अलंकार

प्रेमचंद

ट्रू साइन

प्रकाशक : ट्रू साइन पब्लिशिंग हाउस

पता : SY.N0.21/2 & 21/3, सोननहल्ली,
कृष्णराजपुरल, बेंगलुरु, कर्नाटक – 560049, भारत

ईमेल: books@truesign.in

वेबसाइट: www.truesign.in

अलंकार

प्रेमचंद

ISBN: 978-93-90852-59-8

संस्करण: 2022

विषय सूचि

अध्याय - 1

उन दिनों नील नदी के तट पर बहुत से तपस्वी रहा करते थे। दोनों ही किनारों पर कितनी ही झोपड़ियां थोड़ी-थोड़ी दूर पर बनी हुई थीं। तपस्वी लोग इन्हीं में एकान्तवास करते थे और जरूरत पड़ने पर एक-दूसरे की सहायता करते थे। इन्हीं झोपड़ियों के बीच में जहां-तहां गिरजे बने हुए थे। प्राय: सभी गिरजाघरों पर सलीब का आकार दिखाई देता था। धर्मोत्सवों पर साधु-सन्त दूर-दूर से वहां आ जाते थे। नदी के किनारे जहां-तहां मठ भी थे। जहां तपस्वी लोग अकेले छोटी-छोटी गुफाओं में सिद्धि प्राप्त करने का यत्न करते थे।

ये सभी तपस्वी बड़े-बड़े कठिन व्रत धारण करते थे, केवल सूर्यास्त के बाद एक बार सूक्ष्म आहार करते। रोटी और नमक के सिवाय और किसी वस्तु का सेवन न करते थे। कितने ही तो समाधियों या कन्दराओं में पड़े रहते थे। सभी ब्रह्मचारी थे, सभी मिताहारी थे। वे ऊन का एक कुर्ता और कनटोप पहनते थे; रात को बहुत देर तक जागते और भजन करने के बाद भूमि पर सो जाते थे। अपने पूर्वपुरुष के पापों का प्रायश्चित करने के लिए वह अपनी देह को भोगविलास ही से दूर नहीं रखते थे, वरन उसकी इतनी रक्षा भी न करते थे जो वर्तमानकाल में अनिवार्य समझी जाती है। उनका विश्वास था कि देह को जितना कष्ट दिया जाए, वह जितनी रुग्णावस्था में हो, उतनी ही आत्मा पवित्र होती है। उनके लिए क़ोढ़ और फोड़ों से उत्तम श्रृंगार की कोई वस्तु न थी।

इस तपोभूमि में कुछ लोग तो ध्यान और तप में जीवन को सफल करते थे, पर कुछ ऐसे लोग भी थे जो ताड़ की जटाओं को बटकर किसानों के लिए रस्सियां बनाते या फल के दिनों में कृषकों की सहायता करते थे। शहर के रहने वाले समझते थे कि यह चोरों और डाकुओं का गिरोह है, यह सब अरब के लुटेरों से मिलकर काफिलों को लूट लेते हैं। किन्तु यह भ्रम था। तपस्वी धन को तुच्छ समझते थे, आत्मोद्धार ही उनके जीवन का एकमात्र उद्देश्य था। उनके तेज की ज्योति आकाश को भी आलोकित कर देती थी।

स्वर्ग के दूत युवकों या यात्रियों का वेश धर कर इन मठों में आते थे। इसी प्रकार राक्षस और दैत्य हब्शियों या पशुओं का रूप धर कर इस धर्माश्रम में तपस्वियों को बहकाने के लिए विचरा करते थे। जब ये भक्तगण अपने-अपने घड़े लेकर प्रात:काल सागर की ओर पानी भरने जाते थे, तो उन्हें राक्षसों और दैत्यों के पदचिह्न दिखाई देते थे। यह धर्माश्रम वास्तव में एक समरक्षेत्र था जहां नित्य और विशेषत: रात को स्वर्ग और नरक, धर्म और अधर्म में भीषण संग्राम होता

रहता था। तपस्वी लोग स्वर्गदूतों तथा ईश्वर की सहायता से व्रत, ध्यान और तप से इन पिशाच सेनाओं के आघातों का निवारण करते थे। कभी इन्द्रियजनित वासनाएं उनके मर्मस्थल पर ऐसा अंकुश लगाती थीं कि वे पीड़ा से विकल होकर चीखने लगते थे और उनकी आर्तध्वनि वन पशुओं की गरज के साथ मिलकर तारों से भूषित आकाश तक गूंजने लगती थी। तब वही राक्षस और दैत्य मनोहर वेश धारण कर लेते थे। यद्यपि उनकी सूरत बहुत भयंकर होती है पर वह कभी-कभी सुन्दर रूप धर लिया करते हैं, जिससे उनकी पहचान न हो सके। तपस्वियों को अपनी कुटियों में वासनाओं के ऐसे दृश्य देखकर विस्मय होता था, जिन पर उस समय धुरन्धर विलासियों का चित्त मुग्ध हो जाता। लेकिन सलीब की शरण में बैठे हुए तपस्वियों पर उनके प्रलोभनों का कुछ असर न होता था और यह दुष्टात्माएं सूर्योदय होते ही अपना यथार्थ रूप धारण करके भाग जाती थीं। कोई उनसे पूछता तो कहते- 'हम इसलिए रो रहे हैं कि तपस्वियों ने हमको मारकर भगा दिया है।'

धर्माश्रम के सिद्धपुरुषों का समस्त देश के दुर्जनों और नास्तिकों पर आतंक सा छाया हुआ था। कभी-कभी उनकी धर्म परायणता बड़ा विकराल रूप धारण कर लेती थी। उन्हें धर्म स्मृतियों ने ईश्वर विमुख प्राणियों को दण्ड देने का अधिकार प्रदान कर दिया था और जो कोई उनके कोप का भागी होता था उसे संसार की कोई शक्ति बचा न सकती थी। नगरों में, यहां तक कि इस्कन्द्रिया में भी, इन भीषण यन्त्रणाओं की अद्भुत दन्तकथाएं फैली हुई थीं। एक महात्मा ने कई दुष्टों को अपने सोटे से मारा, जमीन फट गयी और वह उसमें समा गये। अत: दुष्टजन विशेषकर मदारी, विवाहित पादरी और वेश्याएं, इन तपस्वियों से थरथर कांपते थे।

इन सिद्धपुरुषों के योगबल के सामने वनजन्तु भी शीश झुकाते थे। जब कोई योगी मरणासन्न होता तो एक सिंह आकर पंजों से उसकी कब्र खोदता था, इससे योगी को मालूम होता था कि भगवान उसे बुला रहे हैं। वह तुरन्त जाकर अपने सहयोगियों के मुख चूमता था। तब कबर में आकर समाधिस्थ हो जाता था।

अब तक इस तपाश्रम का प्रधान एण्तोनी था। पर अब उसकी अवस्था सौ वर्ष की हो चुकी थी। इसीलिए वह इस स्थान को त्याग कर अपने दो शिष्यों के साथ जिनके नाम मकर और अमात्य थे, एक पहाड़ी में विश्राम करने चला गया था। अब इस आश्रम में पापनाशी नाम के एक साधू से बड़ा और कोई महात्मा न था। उसके सत्कर्मों की कीर्ति दूर-दूर फैली हुई थी और कई तपस्वी थे जिनके अनुयायियों की संख्या अधिक थी और जो अपने आश्रमों के शासन में अधिक कुशल थे। लेकिन पापनाशी व्रत और तप में सबसे बड़ा हुआ था, यहां तक कि वह तीन-तीन दिन अनशन व्रत रखता था। रात को और प्रात:काल अपने शरीर को बाणों से छेदता था और वह घण्टों भूमि पर मस्तक नवाये पड़ा रहता था।

उसके चौबीस शिष्यों ने अपनी-अपनी कुटिया उसकी कुटी के आसपास बना ली थी और योग क्रियाओं में उसी के अनुगामी थे। इन धर्मपुत्रों में ऐसे-ऐसे मनुष्य थे जिन्होंने वर्षों डकैतियां डाली

थीं, जिनके हाथ रक्त से रंगे हुए थे, पर महात्मा पापनाशी के उपदेशों के वशीभूत होकर अब वे धार्मिक जीवन व्यतीत करते थे और अपने पवित्र आचरणों से अपने सहवर्गियों को चकित कर देते थे। एक शिष्य, जो पहले हब्श देश की रानी का बावर्ची था, नित्य रोता रहता था। एक और शिष्य फलदा नाम का था जिसने पूरी बाइबिल कंठस्थ कर ली थी और वाणी में भी निपुण था। लेकिन जो शिष्य आत्मशुद्धि में इन सबसे बढ़कर था वह पॉल नाम का एक किसान युवक था। उसे लोग मूर्ख पॉल कहा करते थे, क्योंकि वह अत्यन्त सरल हृदय था। लोग उसकी भोलीभाली बातों पर हंसा करते थे, लेकिन ईश्वर की उस पर विशेष कृपादृष्टि थी। वह आत्मदर्शी और भविष्यवक्ता था। उसे इलहाम हुआ करता था।

पापनाशी का जन्मस्थान इस्कन्द्रिया था। उसके माता-पिता ने उसे भौतिक विद्या की ऊंची शिक्षा दिलाई थी। उसने कवियों के श्रृंगार का आस्वादन किया था और यौवनकाल में ईश्वर के अनादित्व बल्कि अस्तित्व पर भी दूसरों से वाद-विवाद किया करता था। इसके पश्चात कुछ दिन तक उसने धनी पुरुषों के प्रथानुसार ऐन्द्रिय सुखभोग में व्यतीत किये, जिसे याद करके अब लज्जा और ग्लानि से उसको अत्यन्त पीड़ा होती थी। वह अपने सहचरों से कहा करता 'उन दिनों मुझ पर वासना का भूत सवार था।' इसका आशय यह कदापि न था कि उसने व्यभिचार किया था; बल्कि केवल इतना कि उसने स्वादिष्ट भोजन किया था और नाट्यशालाओं में तमाशा देखने जाया करता था। वास्तव में बीस वर्ष की अवस्था तक उसने उस काल के साधारण मनुष्यों की भांति जीवन व्यतीत किया था। वही भोगलिप्सा अब उसके हृदय में कांटे के समान चुभा करती थी। दैवयोग से उन्हीं दिनों उसे मकर ऋषि के सदुपदेशों को सुनने का सौभाग्य प्राप्त हुआ। उसकी कायापलट हो गयी। सत्य उसके रोम-रोम में व्याप्त हो गया, भाले के समान उसके हृदय में चुभ गया। बपतिस्मा लेने के बाद वह साल भर तक और भद्र पुरुषों में रहा, पुराने संस्कारों से मुक्त न हो सका। लेकिन एक दिन वह गिरजाघर में गया और वहां उपदेशक को यह पद गाते हुए सुना-'यदि तू ईश्वर भक्ति का इच्छुक है तो जा, जो कुछ तेरे पास हो उसे बेच डाल और गरीबों को दे दे।' वह तुरन्त घर गया, अपनी सारी सम्पत्ति बेचकर गरीबों को दान कर दी और धर्माश्रम में प्रविष्ट हो गया और दस साल तक संसार से विरक्त होकर वह अपने पापों का प्रायश्चित करता रहा।

एक दिन वह अपने नियमों के अनुसार उन दिनों का स्मरण कर रहा था, जब वह ईश्वर विमुख था और अपने दुष्कर्मों पर एक-एक करके विचार कर रहा था। सहसा याद आया कि मैंने इस्कन्द्रिया की एक नाट्यशाला में थायस नाम की एक रूपवती नटी देखी थी। वह रमणी रंगशालाओं में नृत्य करते समय अंगप्रत्यंगों की ऐसी मनोहर छवि दिखाती थी कि दर्शकों के हृदय में वासनाओं की तरंगें उठने लगती थीं। वह ऐसा थिरकती थी, ऐसे भाव बताती थी, लालसाओं का ऐसा नग्न चित्र खींचती थी कि सजीले युवक और धनी वृद्ध कामातुर होकर उसके गृहद्वार पर फूलों की मालाएं भेंट करने के लिए आते। थायस उसका सहर्ष स्वागत करती और उन्हें अपनी

अंकस्थली में आश्रय देती। इस प्रकार वह केवल अपनी ही आत्मा का सर्वनाश न करती थी, वरन दूसरों की आत्माओं का भी खून करती थी।

पापनाशी स्वयं उसके मायापाश में फंसते-फंसते रह गया था। वह कामतृष्णा से उन्मत्त होकर एक बार उसके द्वार तक चला गया था। लेकिन वारांगना के चौखट पर वह ठिठक गया, कुछ तो उठती हुई जवानी की स्वाभाविक कातरता के कारण और कुछ इस कारण कि उसकी जेब में रुपये न थे, क्योंकि उसकी माता इसका सदैव ध्यान रखती थी कि वह धन का अपव्यय न कर सके। ईश्वर ने इन्हीं दो साधनों द्वारा उसे पाप के अग्निकुण्ड में गिरने से बचा लिया। किन्तु पापनाशी ने इस असीम दया के लिए ईश्वर को धन्यवाद दिया; क्योंकि उस समय उसके ज्ञानचक्षु बन्द थे। वह न जानता था कि मैं मिथ्या आनन्दभोग की धुन में पड़ा हूं। अब अपनी एकान्त कुटी में उसने पवित्र सलीब के सामने मस्तक झुका दिया और योग के नियमों के अनुसार बहुत देर तक थायस का स्मरण करता रहा क्योंकि उसने मूर्खता और अन्धकार के दिनों में उसके चित्त को इन्द्रियसुख-भोग की इच्छाओं से आन्दोलित किया था। कई घण्टे ध्यान में डूबे रहने के बाद थायस की स्पष्ट और सजीव मूर्ति उसके हृदय नेत्रों के आगे आ खड़ी हुई। अब भी उसकी रूप शोभा उतनी ही अनुपम थी जितनी उस समय जब उसने उसकी कुवासनाओं को उत्तेजित किया था। वह बड़ी कोमलता से गुलाब की सेज पर सिर झुकाये लेटी हुई थी। उसके कमल नेत्रों में एक विचित्र आर्द्रता, एक विलक्षण ज्योति थी। उसके नथुने फड़क रहे थे, अधर कली की भांति आधे खुले हुए थे और उसकी बांहें दो जलधाराओं के सदृश निर्मल और उज्ज्वल थीं। यह मूर्ति देखकर पापनाशी ने अपनी छाती पीटकर कहा- "भगवान तू साक्षी है कि मैं पापों को कितना घोर और घातक समझ रहा हूं।"

धीरे-धीरे इस मूर्ति का मुख विकृत होने लगा, उसके होंठ के दोनों कोने नीचे को झुककर उसकी अर्न्तवेदना को प्रकट करने लगे। उसकी बड़ी-बड़ी आंखें सजल हो गयीं। उसका वक्ष उच्छ्वासों से आन्दोलित होने लगा मानो तूफान के पूर्व हवा सनसना रही हो! यह कौतूहल देखकर पापनाशी को मर्मवेदना होने लगी। भूमि पर सिर नवाकर उसने यों परार्थना की- 'करुणामय! तूने हमारे अन्त:करण को दया से परिपूरित कर दिया है, उसी भांति जैसे प्रभात के समय खेत हिमकणों से परिपूरित होते हैं। मैं तुझे नमस्कार करता हूं! तू धन्य है। मुझे शक्ति दे कि तेरे जीवों को तेरी दया की ज्योति समझाकर प्रेम करुं, क्योंकि संसार में सब कुछ अनित्य है, एक तू ही नित्य, अमर है। यदि इस अभागिनी स्त्री के प्रति मुझे चिन्ता है, तो इसका कारण है कि वह तेरी ही रचना है। स्वर्ग के दूत भी उस पर दयाभाव रखते हैं। भगवान्, क्या यह तेरी ही ज्योति का प्रकाश नहीं है? उसे इतनी शक्ति दे कि वह इस कुमारी को त्याग दे। तू दयासागर है, उसके पाप महाघोर, घृणित हैं और उनके कल्पना मात्र ही से मुझे रोमांच हो जाता है। लेकिन वह जितनी पापिष्ठा है, उतना ही मेरा चित्त उसके लिए व्यथित हो रहा है। मैं यह विचार करके व्यग्र हो जाता हूं कि नरक के दूत अन्तकाल तक उसे जलाते रहेंगे।'

वह यही प्रार्थना कर रहा था कि उसने अपने पैरों के पास एक गीदड़ को पड़े हुए देखा। उसे बड़ा आश्चर्य हुआ, क्योंकि उसकी कुटी का द्वार बन्द था। ऐसा जान पड़ता था कि वह पशु उसके मनोगत विचारों को भांप रहा है, वह कुत्ते की भांति पूंछ हिला रहा था। पापनाशी ने तुरन्त सलीब का आकार बनाया और पशु लुप्त हो गया। उसे तब ज्ञात हुआ कि आज पहली बार राक्षस ने मेरी कुटी में प्रवेश किया। उसने चित्तशान्ति के लिए छोटी सी प्रार्थना की और फिर थायस का ध्यान करने लगा।

उसने अपने मन में निश्चय किया- 'हरिच्छा से मैं अवश्य उसका उद्धार करुंगा।' तब उसने विश्राम किया।

दूसरे दिन उषा के साथ उसकी निद्रा भी खुली। उसने तुरन्त ईशवंदना की और पालम सन्त से मिलने गया जिनका आश्रम वहां से कुछ दूर था। उसने सन्त महात्मा को अपने स्वभाव के अनुसार प्रफुल्लचित्त से भूमि खोदते पाया। पालम बहुत वृद्ध थे। उन्होंने एक छोटी सी फुलवारी लगा रखी थी। वन जन्तु आकर उनके हाथों को चाटते थे और पिशाचादि कभी उन्हें कष्ट न देते थे।

उन्होंने पापनाशी को देखकर नमस्कार किया।

पापनाशी ने उत्तर देते हुए कहा- 'भगवान तुम्हें शान्ति दे।'

पालम- 'तुम्हें भी भगवान शान्ति दे।' यह कहकर उन्होंने माथे का पसीना अपने कुर्ते की अस्तीन से पोंछा।

पापनाशी- बन्धुवर, जहां भगवान की चर्चा होती है, वहां भगवान अवश्य वर्तमान रहते हैं। हमारा धर्म है कि अपने सम्भाषणों में भी ईश्वर की स्तुति ही किया करें। मैं इस समय ईश्वर की कीर्ति प्रसारित करने के लिए एक प्रस्ताव लेकर आपकी सेवा में उपस्थिति हुआ हूं।

पालम- 'बन्धु पापनाशी, भगवान तुम्हारे प्रस्ताव को मेरे काहू की बेलों की भांति सफल करे। वह नित्य प्रभात को मेरी वाटिका पर ओस बिन्दुओं के साथ अपनी दया की वर्षा करता है और उसके प्रदान किए हुए खोरों और खरबूजों का आस्वादन करके मैं उसके असीम वात्सल्य की जय-जयकार मानता हूं। उससे यही याचना करनी चाहिए कि हमें अपनी शान्ति की छाया में रखे क्योंकि मन को उद्विग्न करने वाले भीषण दुरावेगों से अधिक भयंकर और कोई वस्तु नहीं है। जब यह मनोवेग जागृत हो जाते हैं तो हमारी दशा मतवालों की सी हो जाती है, हमारे पैर लड़खड़ाने लगते हैं और ऐसा जान पड़ता है कि अब औंधे मुंह गिरे! कभी-कभी इन मनोवेगों के वशीभूत होकर हम घातक सुखभोग में मग्न हो जाते हैं। लेकिन कभी-कभी ऐसा भी होता है कि आत्मवेदना और इन्द्रियों की अशांति हमें नैराश्यनद में डुबा देती हैं, जो सुखभोग से कहीं सर्वनाशक है। बन्धुवर, मैं एक महान पापी प्राणी हूं, लेकिन मुझे अपने दीर्घ जीवनकाल में यह अनुभव हुआ है कि योगी के लिए इस मलिनता से बड़ा और कोई शत्रु नहीं है। इससे मेरा अभिप्राय उस असाध्य उदासीनता और क्षोभ से है, जो कुहरे की भांति आत्मा पर परदा डाले रहती है और ईश्वर की ज्योति को आत्मा तक नहीं पहुंचने देती। मुक्तिमार्ग में इससे बड़ी और कोई बाधा नहीं है, और

असुरराज की सबसे बड़ी जीत यही है कि वह एक साधु पुरुष के हृदय में क्षुब्ध और मलिन विचार अंकुरित कर दे। यदि वह हमारे ऊपर मनोहर प्रलोभनों ही से आक्रमण करता तो बहुत भय की बात न थी। पर शोक! वह हमें क्षुब्ध करके बाजी मार ले जाता है। पिता एण्तोनी को कभी किसी ने उदास या दु:खी नहीं देखा। उनका मुखड़ा नित्य फूल के समान खिला रहता था। उनके मधुर मुस्कान ही से भक्तों के चित्त को शान्ति मिलती थी। अपने शिष्यों में कितने प्रसन्न मुस्कान चित्त रहते थे। उनकी मुखकान्ति कभी मनोमालिन्य से धुंधली नहीं हुई। लेकिन हां, तुम किसी प्रस्ताव की चर्चा कर रहे थे?'

पापनाशी- बन्धु पालम, मेरे प्रस्ताव का उद्देश्य केवल ईश्वर के माहात्म्य को उज्ज्वल करना है। मुझे अपने सद्परामर्श से अनुगृहीत कीजिए, क्योंकि आप सर्वज्ञ है और पाप की वायु ने कभी आपको स्पर्श नहीं किया।

पालम- बन्धु पापनाशी, मैं इस योग्य भी नहीं हूं कि तुम्हारे चरणों की रज भी माथे पर लगाऊं और मेरे पापों की गणना मरुस्थल के बालुकणों से भी अधिक है। लेकिन मैं वृद्ध हूं और मुझे जो अनुभव है, उससे तुम्हारी सहर्ष सेवा करुंगा।'

पापनाशी- 'तो फिर आपसे स्पष्ट कह देने में कोई संकोच नहीं है कि मैं इस्कन्द्रिय: में रहने वाली थायस नाम की एक पवित्र स्त्री की अधोगति से बहुत दु:खी हूं। वह समस्त नगर के लिए कलंक है और अपने साथ कितनी ही आत्माओं का सर्वनाश कर रही है।'

पालम- 'बन्धु पापनाशी, यह ऐसी व्यवस्था है जिस पर हम जितने आंसू बहायें कम हैं। भद्र श्रेणी में कितनी ही रमणियों का जीवन ऐसा ही पापमय है। लेकिन इस दुरवस्था के लिए तुमने कोई निवारण विधि सोची है?'

पापनाशी- बन्धु पालम, मैं इस्कन्द्रिया जाऊंगा, इस वेश्या की तलाश करुंगा और ईश्वर की सहायता से उसका उद्धार करुंगा। यही मेरा संकल्प है। आप इसे उचित समझते हैं?'

पालम- 'प्रिय बन्धु, मैं एक अधम प्राणी हूं किन्तु हमारे पूज्य गुरु एण्तोनी का कथन था कि मनुष्य को अपना स्थान छोड़कर कहीं और जाने के लिए उतावली न करनी चाहिए।'

पापनाशी- 'पूज्य बन्धु, क्या आपको मेरा परस्ताव पसन्द नहीं है?'

पालम- 'प्रिय पापनाशी, ईश्वर न करे कि मैं अपने बन्धु के विशुद्ध भावों पर शंका करुं, लेकिन हमारे श्रद्धेय गुरु एण्तोनी का यह भी कथन था कि जैसे मछलियां सूखी भूमि पर मर जाती हैं, वही दशा उन साधुओं की होती है जो अपनी कुटी छोड़कर संसार के प्राणियों से मिलते-जुलते हैं। वहां भलाई की कोई आशा नहीं।'

यह कहकर संत पालम ने फिर कुदाल हाथ में ली और धरती गोड़ने लगे। वह फल से लदे हुए एक अंजीर के वृक्ष की जड़ों पर मिट्टी चढ़ा रहे थे। वह कुदाल चला ही रहे थे कि झाड़ियों में सनसनाहट हुई और एक हिरन बाग के बाड़े के ऊपर से कूदकर अन्दर आ गया। वह सहमा हुआ

था, उसकी कोमल टांगें कांप रही थीं। वह सन्त पालम के पास आया और अपना मस्तक उनकी छाती पर रख दिया।

पालम ने कहा- 'ईश्वर को धन्य है जिसने इस सुन्दर वन जन्तु की सृष्टि की।'

इसके पश्चात पालम सन्त अपने झोपड़े में चले गये। हिरन भी उनके पीछे-पीछे चला। सन्त ने तब ज्वार की रोटी निकाली और हिरन को अपने हाथों से खिलायी।

पापनाशी कुछ देर तक विचार में मग्न खड़ा रहा। उसकी आंखें अपने पैरों के पास पड़े हुए पत्थरों पर जमी हुई थीं। तब वह पालम सन्त की बातों पर विचार करता हुआ धीरे-धीरे अपनी कुटी की ओर चला। उसके मन में इस समय भीषण संग्राम हो रहा था।

उसने सोचा- सन्त पालम की सलाह अच्छी मालूम होती है। वह दूरदर्शी पुरुष हैं। उन्हें मेरे प्रस्ताव के औचित्य पर संदेह है, तथापि थायस को घात पिशाचों के हाथों में छोड़ देना घोर निर्दयता होगी। ईश्वर मुझे प्रकाश और बुद्धि दे।

चलते-चलते उसने एक तीतर को जाल में फंसे हुए देखा जो किसी शिकारी ने बिछा रखा था। यह तीतरी मालूम होती थी, क्योंकि उसने एक क्षण में नर को जाल के पास उड़कर और जाल के फन्दे को चोंच से काटते देखा, यहां तक कि जाल में तीतरी के निकलने भर का छिद्र हो गया। योगी ने घटना को विचारपूर्ण नेत्रों से देखा और अपनी ज्ञानशक्ति से सहज में इसका आध्यात्मिक आशय समझ लिया। तीतरी के रूप में थामस थी, जो पापजाल में फंसी हुई थी, और जैसे तीतर ने रस्सी का जाल काटकर उसे मुक्त कर दिया था, वह भी अपने योगबल और सदुपदेश से उन अदृश्य बंधनों को काट सकता था जिनमें थामस फंसी हुई थी। उसे निश्चय हो गया कि ईश्वर ने इस रीति से मुझे परामर्श दिया है। उसने ईश्वर को धन्यवाद दिया। उसका पूर्व संकल्प दृढ़ हो गया; लेकिन फिर जो देखा, नर की टांग उसी जाल में फंसी हुई थी जिसे काटकर उसने मादा को निवृत्त किया था तो वह फिर भ्रम में पड़ गया।

वह सारी रात करवटें बदलता रहा। उषाकाल के समय उसने एक स्वप्न देखा, थायस की मूर्ति फिर उसके सम्मुख उपस्थित हुई। उसके मुखचन्द्र पर कलुषित विलास की आभा न थी, न वह अपने स्वभाव के अनुसार रत्नजटिल वस्त्र पहने हुए थी। उसका शरीर एक लम्बी-चौड़ी चादर से ढंका हुआ था, जिससे उसका मुंह भी छिप गया था केवल दो आंखें दिखाई दे रही थीं, जिनमें से गहरे आंसू बह रहे थे।

यह स्वप्न दृश्य देखकर पापनाशी शोक से विह्वल हो रोने लगा और यह विश्वास करके कि यह दैवी आदेश है, उसका विकल्प शान्त हो गया। वह तुरन्त उठ बैठा, जरीब हाथ में ली जो ईसाई धर्म का एक चिह्न था। कुटी के बाहर निकला, सावधानी से द्वार बन्द किया, जिसमें वन जन्तु और पक्षी अन्दर जाकर ईश्वर ग्रन्थ को गन्दा न कर दें, जो उसके सिरहाने रखा हुआ था। तब उसने अपने प्रधान शिष्य फलदा को बुलाया और उसे शेष तेईस शिष्यों के निरीक्षण में छोड़कर, केवल एक ढीला ढाला चोंगा पहने हुए नील नदी की ओर प्रस्थान किया। उसका विचार

था कि लाइबिया होता हुआ मकदूनिया नरेश (सिकन्दर) के बसाये हुए नगर में पहुंच जाऊं। वह भूख, प्यास और थकान की कुछ परवाह न करते हुए प्रात:काल से सूर्यास्त तक चलता रहा। जब वह नदी के समीप पहुंचा तो सूर्य क्षितिज की गोद में आश्रय ले चुका था और नदी का रक्तजल कंचन और अग्नि के पहाड़ों के बीच में लहरें मार रहा था।

वह नदी के तटवर्ती मार्ग से होता हुआ चला। जब भूख लगती किसी झोपड़ी के द्वार पर खड़ा होकर ईश्वर के नाम पर कुछ मांग लेता। तिरस्कारों, उपेक्षाओं और कटुवचनों को प्रसन्नता से शिरोधार्य करता था। साधु को किसी से अमर्ष नहीं होता। उसे न डाकुओं का भय था, न वन के जन्तुओं का, लेकिन जब किसी गांव या नगर के समीप पहुंचता तो कतरा कर निकल जाता। वह डरता था कि कहीं बालवृन्द उसे आंखमिचौली खेलते हुए न मिल जाएं अथवा किसी कुएं पर पानी भरने वाली रमणियों से सामना न हो जाए जो घड़ों को उतारकर उससे हास-परिहास कर बैठें। योगी के लिए यह सभी शंका की बातें हैं, न जाने कब भूतपिशाच उसके कार्य में विघ्न डाल दें। उसे धर्मग्रन्थों में यह प्रकार की शंका होती है कि भगवान नगरों की यात्रा करते थे और अपने शिष्यों के साथ भोजन करते थे। योगियों की आश्रमवाटिका के पुष्प जितने सुन्दर हैं, उतने ही कोमल भी होते हैं, यहां तक कि सांसारिक व्यवहार का एक झोंका भी उन्हें झुलसा सकता है, उनकी मनोरम शोभा को नष्ट कर सकता है। इन्हीं कारणों से पापनाशी नगरों और बस्तियों से अलग-अलग रहता था कि अपने स्वजातीय भाईयों को देखकर उसका चित्त उनकी ओर आकर्षित न हो जाए।

वह निर्जन मार्गों पर चलता था। संध्या समय जब पक्षियों का मधुर कलरव सुनाई देता और समीर के मन्द झोंके आने लगते तो अपने कनटोप को आंखों पर खींच लेता कि उस पर प्रकृति सौन्दर्य का जादू न चल जाए। इसके प्रतिकूल भारतीय ऋषि महात्मा प्रकृति सौन्दर्य के रसिक होते थे। एक सप्ताह की यात्रा के बाद वह सिलसिल नाम के स्थान पर पहुंचा। वहां नील नदी एक संकरी घाटी में होकर बहती है और उसके तट पर पर्वतश्रेणी की दुहरी मेंड़ सी बनी हुई है। इसी स्थान पर मिस्र निवासी अपने पिशाच पूजा के दिनों में मूर्तियां अंकित करते थे। पापनाशी को एक बृहदाकार 'स्फिक्स'* ठोस पत्थर का बना हुआ दिखाई दिया। इस भय से कि इस प्रतिमा में अब भी पैशाचिक विभूतियां संचित न हों, पापनाशी ने सलीब का चिह्न बनाया और प्रभु मसीह का स्मरण किया। तत्क्षण उसने प्रतिमा के एक कान में से एक चमगादड़ को उड़कर भागते देखा। पापनाशी को विश्वास हो गया कि मैंने उस पिशाच को भगा दिया जो शताब्दियों से इन प्रतिमा में अड्डा जमाये हुए था। उसका धर्मोत्साह बढ़ा, उसने एक पत्थर उठाकर प्रतिमा के मुख पर मारा। चोट लगते ही प्रतिमा का मुख इतना उदास हो गया कि पापनाशी को उस पर दया आ गयी। उसने उसे सम्बोधित करके कहा- हे प्रेत, तू भी उन प्रेतों की भांति प्रभु पर ईमान ला जिन्हें प्रात:स्मरणीय एण्तोनी ने वन में देखा था, और मैं ईश्वर, उसके पुत्र और अलख ज्योति के नाम पर तेरा उद्धार करुंगा।

यह वाक्य समाप्त होते ही स्फिंक्स के नेत्रों में अग्निज्योति प्रस्फुटित हुई, उसकी पलकें कांपने लगीं और उसके पाषाणमुख से 'मसीह' की ध्वनि निकली; माना पापनाशी के शब्द प्रतिध्वनित हो गये हों। अतएव पापनाशी ने दाहिना हाथ उठाकर उस मूर्ति को आशीर्वाद दिया।

इस प्रकार पाषाणहृदय में भक्ति का बीज आरोपित करके पापनाशी ने अपनी राह ली। थोड़ी देर के बाद घाटी चौड़ी हो गयी। वहां किसी बड़े नगर के अवशिष्ट चिह्न दिखाई दिये। बचे हुए मन्दिर जिन खम्भों पर अवलम्बित थे, वास्तव के उन बड़ी-बड़ी पाषाण मूर्तियों ने ईश्वरीय प्रेरणा से पापनाशी पर एक लम्बी निगाह डाली। वह भय से कांप उठा। इस प्रकार वह सत्रह दिन तक चलता रहा, क्षुधा से व्याकुल होता तो वनस्पतियां उखाड़कर खा लेता और रात को किसी भवन के खंडहर में, जंगली बिल्लियों और चूहों के बीच में सो रहता। रात को ऐसी स्त्रियां भी दिखायी देती थीं जिनके पैरों की जगह कांटेदार पूंछ थी। पापनाशी को मालूम था कि यह नारकीय स्त्रियां हैं और वह सलीब के चिह्न बनाकर उन्हें भगा देता था।

अठारहवें दिन पापनाशी को बस्ती से बहुत दूर एक दरिद्र झोपड़ी दिखाई दी। वह खजूर के पत्तियों की थी और उसका आधा भाग बालू के नीचे दबा हुआ था। उसे आशा हुई कि इनमें अवश्य कोई सन्त रहता होगा। उसने निकट आकर एक बिल के रास्ते अन्दर झांका (उसमें द्वार न थे) तो एक घड़ा, प्याज का एक गट्ठा और सूखी पत्तियों का बिछावन दिखाई दिया। उसने विचार किया, यह अवश्य किसी तपस्वी की कुटिया है, और उनके शीघ्र ही दर्शन होंगे हम दोनों एक-दूसरे के प्रति शुभकामना सूचक पवित्र शब्दों का उच्चारण करेंगे। कदाचित ईश्वर अपने किसी कौए द्वारा रोटी का एक टुकड़ा हमारे पास भेज देगा और हम दोनों मिलकर भोजन करेंगे।

मन में यह बातें सोचता हुआ उसने सन्त को खोजने के लिए कुटिया की परिक्रमा की। एक सौ पग भी न चला होगा कि उसे नदी के तट पर एक मनुष्य पाल्थी मारे बैठा दिखाई दिया। वह नग्न था। उसके सिर और दाढ़ी के बाल सन हो गये थे और शरीर ईंट से भी ज्यादा लाल था। पापनाशी ने साधुओं के प्रचलित शब्दों में उसका अभिवादन किया- 'बन्धु, भगवान तुम्हें शान्ति दे, तुम एक दिन स्वर्ग के आनन्दलाभ करो।'

पर उस वृद्ध पुरुष ने इसका कुछ उत्तर न दिया, अचल बैठा रहा। उसने मानो कुछ सुना ही नहीं। पापनाशी ने समझा कि वह ध्यान में मग्न है। वह हाथ बांधकर उकड़ूं बैठ गया और सूर्यास्त तक ईशप्रार्थना करता रहा। जब अब भी वह वृद्ध पुरुष मूर्तिवत बैठा रहा तो उसने कहा- 'पूज्य पिता, अगर आपकी समाधि टूट गयी है, तो मुझे प्रभु मसीह के नाम पर आशीर्वाद दीजिए।'

वृद्ध पुरुष ने उसकी ओर बिना ताके ही उत्तर दिया-

'पथिक, मैं तुम्हारी बात नहीं समझा और न प्रभु मसीह को ही जानता हूं।'

पापनाशी ने विस्मित होकर कहा- 'अरे जिसके प्रति ऋषियों ने भविष्यवाणी की, जिसके नाम पर लाखों आत्माएं बलिदान हो गयीं, जिसकी सीजर ने भी पूजा की, और जिसका जयघोष

सिलसिली की प्रतिमा ने अभी-अभी किया है, क्या उस प्रभु मसीह के नाम से भी तुम परिचित नहीं हो? क्या यह सम्भव है?'

वृद्ध- 'हां मित्रवर, यह सम्भव है, और यदि संसार में कोई वस्तु निश्चित होती तो निश्चित भी होता!'

पापनाशी उस पुरुष की अज्ञानावस्था पर बहुत विस्मित और दुखी हुआ। बोला- 'यदि तुम प्रभु मसीह को नहीं जानते तो तुम्हारा धर्म-कर्म सब व्यर्थ है, तुम कभी अनन्तपद नहीं प्रप्त कर सकते।'

वृद्ध- 'कर्म करना, या कर्म से हटना दोनों ही व्यर्थ हैं। हमारे जीवन और मरण में कोई भेद नहीं।'

पापनाशी- 'क्या, क्या? क्या तुम अनन्त जीवन के आकांक्षी नहीं हो? लेकिन तुम तो तपस्वियों की भांति वन्यकुटी में रहते हो?'

'हां, ऐसा जान पड़ता है।'

'क्या मैं तुम्हें नग्न और विरत नहीं देखता?'

'हां, ऐसा जान पड़ता है।'

'क्या तुम कन्दमूल नहीं खाते और इच्छाओं का दमन नहीं करते?'

'हां, ऐसा जान पड़ता है।'

'क्या तुमने संसार के मायामोह को नहीं त्याग दिया है?'

'हां, ऐसा जान पड़ता है। मैंने उन मिथ्या वस्तुओं को त्याग दिया है, जिन पर संसार के प्राणी जान देते हैं।'

'तुम मेरी भांति एकान्तसेवी, त्यागी और शुदधाचरण हो। किन्तु मेरी भांति ईश्वर की भक्ति और अनन्त सुख की अभिलाषा से यह व्रत नहीं धारण किया है। अगर तुम्हें प्रभु मसीह पर विश्वास नहीं है तो तुम क्यों सात्विक बने हुए हो? अगर तुम्हें स्वर्ग के अनन्त सुख की अभिलाषा नहीं है तो संसार के पदार्थों को क्यों नहीं भोगते?'

वृद्ध पुरुष ने गम्भीर भाव से जवाब दिया- 'मित्र, मैंने संसार की उत्तम वस्तुओं का त्याग नहीं किया है और मुझे इसका गर्व है कि मैंने जो जीवनपथ ग्रहण किया है, वह सामान्यत: सन्तोषजनक है, यद्यपि यथार्थ तो यह है कि संसार की उत्तम या निकृष्ट, भले या बुरे जीवन का भेद ही मिथ्या है। कोई वस्तु स्वत: भली या बुरी, सत्य या असत्य, हानिकर या लाभकर, सुखमय या दुखमय नहीं होती। हमारा विचार ही वस्तुओं को इन गुणों में आभूषित करता है, उसी भांति जैसे नमक भोजन को स्वाद प्रदान करता है।'

पापनाशी ने अपवाद किया- 'तो तुम्हारे मतानुसार संसार में कोई वस्तु स्थायी नहीं है? तुम उस थके हुए कुत्ते की भांति हो, जो कीचड़ में पड़ा सो रहा है- अज्ञान के अन्धकार में अपना जीवन नष्ट कर रहे हो। तुम प्रतिमावादियों से भी गये गुजरे हो।'

'मित्र, कुत्तों और ऋषियों का अपमान करना समान ही व्यर्थ है। कुत्ते क्या हैं, हम यह नहीं जानते। हमको किसी वस्तु का लेशमात्र भी ज्ञान नहीं।'

'तो क्या तुम भ्रांतिवादियों में हो? क्या तुम उस निबुद्धि, कर्महीन सम्प्रदाय में हो, जो सूर्य के प्रकाश में और रात्रि के अन्धकार में कोई भेद नहीं कर सकते?'

'हां मित्र, मैं वास्तव में भ्रमवादी हूं। मुझे इस सम्प्रदाय में शान्ति मिलती है, चाहे तुम्हें हास्यास्पद जान पड़ता हो। क्योंकि एक ही वस्तु भिन्न-भिन्न अवस्थाओं में भिन्न-भिन्न रूप धारण कर लेती है। इस विशाल मीनारों ही को देखो। प्रभात के प्रकाश में यह केशर के कंगूरों से देख पड़ते हैं। सन्ध्या समय सूर्य की ज्योति दूसरी ओर पड़ती है और काले-काले त्रिभुजों के सदृश दिखाई देते हैं। यथार्थ में किस रंग के हैं, इसका निश्चय कौन करेगा? बादलों ही को देखो। वह कभी अपनी दमक से कुन्दन को जलाते हैं, कभी अपनी कालिमा से अन्धकार को मात करते हैं। विश्व के सिवाय और कौन ऐसा निपुण है, जो उनके विविध आवरणों की छाया उतार सके? कौन कह सकता है कि वास्तव में इस मेघ समूह का क्या रंग है? सूर्य मुझे ज्योतिर्मय दिखता है, किन्तु मैं उसके तत्त्व को नहीं जानता। मैं आग को जलते हुए देखता हूं, पर नहीं जानता कि कैसे जलती है और क्यों जलती है? मित्रवर, तुम व्यर्थ मेरी उपेक्षा करते हो। लेकिन मुझे इसकी भी चिन्ता नहीं कि कोई मुझे क्या समझता है, मेरा मान करता है या निन्दा।'

पापनाशी ने फिर शंका की- 'अच्छा एक बात और बता दो। तुम इस निर्जन वन में प्याज और छुहारे खाकर जीवन व्यतीत करते हो? तुम इतना कष्ट क्यों भोगते हो। तुम्हारे ही समान मैं भी इन्द्रियों का दमन करता हूं और एकान्त में रहता हूं। लेकिन मैं यह सब कुछ ईश्वर को प्रसन्न करने के लिए, स्वर्गीय आनन्द भोगने के लिए करता हूं। यह एक मार्जनीय उद्देश्य है, परलोक सुख के लिए ही इस लोक में कष्ट उठाना बुद्धिसंगत है। इसके प्रतिकूल व्यर्थ बिना किसी उद्देश्य के संयम और व्रत का पालन करना, तपस्या से शरीर और रक्त तो घुलाना निरी मूर्खता है। अगर मुझे विश्वास न होता- हे अनादि ज्योति, इस दुर्वचन के लिए क्षमा कर- अगर मुझे उस सत्य पर विश्वास है, जिसका ईश्वर ने ऋषियों द्वारा उपदेश किया है, जिसका उसके परमप्रिय पुत्र ने स्वयं आचरण किया है, जिसकी धर्म सभाओं ने और आत्मसमर्पण करने वाले महान पुरुषों ने साक्षी दी है- अगर मुझे पूर्ण विश्वास न होता कि आत्मा की मुक्ति के लिए शारीरिक संयम और निग्रह परमावश्यक है; यदि मैं भी तुम्हारी ही तरह अज्ञेय विषयों से अनभिज्ञ होता, तो मैं तुरन्त सांसारिक मनुष्यों में आकर मिल जाता, धनोपार्जन करता, संसार के सुखी पुरुषों की भांति सुखभोग करता और विलासदेवी के पुजारियों से कहता- आओ मेरे मित्रो, मद के प्याले भरभर पिलाओ, फूलों के सेज बिछाओ, इत्र और फुलेल की नदियां बहा दो। लेकिन तुम कितने बड़े

मूर्ख हो कि व्यर्थ ही इन सुखों को त्याग रहे हो, तुम बिना किसी लाभ की आशा के यह सब कष्ट उठाते हो। देते हो, मगर पाने की आशा नहीं रखते। और नकल करते हो हम तपस्वियों की, जैसे अबोध बन्दर दीवार पर रंग पोतकर अपने मन में समझता है कि मैं चित्रकार हो गया। इसका तुम्हारे पास क्या जवाब है?'

वृद्ध ने सहिष्णुता से उत्तर दिया- 'मित्र, कीचड़ में सोने वाले कुत्ते और अबोध बन्दर का जवाब ही क्या?'

पापनाशी का उद्देश्य केवल इस वृद्ध पुरुष को ईश्वर का भक्त बनाना था। उसकी शान्तिवृत्ति पर वह लज्जित हो गया। उसका क्रोध उड़ गया। बड़ी नम्रता से क्षमाप्रार्थना की- 'मित्रवर, अगर मेरा धर्मोत्साह औचित्य की सीमा से बाहर हो गया है, तो मुझे क्षमा करो। ईश्वर साक्षी है कि मुझे तुमसे नहीं, केवल तुम्हारी भ्रान्ति से घृणा है! तुमको इस अन्धकार में देखकर मुझे हार्दिक वेदना होती है, और तुम्हारे उद्धार की चिन्ता मेरे रोम-रोम में व्याप्त हो रही है। तुम मेरे प्रश्नों का उत्तर दो, मैं तुम्हारी उक्तियों का खण्डन करने के लिए उत्सुक हूं।'

वृद्ध पुरुष ने शान्तिपूर्वक कहा- 'मेरे लिए बोलना या चुप रहना एक ही बात है। तुम पूछते हो, इसलिए सुनो- जिन कारणों से मैंने वह सात्विक जीवन ग्रहण किया है। लेकिन मैं तुमसे इनका प्रतिवाद नहीं सुनना चाहता। मुझे तुम्हारी वेदना, शान्ति की कोई परवाह नहीं, और न इसकी परवाह है कि तुम मुझे क्या समझते हो। मुझे न प्रेम है न घृणा। बुद्धिमान पुरुष को किसी के प्रति ममत्व या द्वेष न होना चाहिए। लेकिन तुमने जिज्ञासा की है, उत्तर देना मेरा कर्तव्य है। सुनो, मेरा नाम टिमाक्लीज है। मेरे माता-पिता धनी सौदागर थे। हमारे यहां नौकाओं का व्यापार होता था। मेरा पिता सिकन्दर के समान चतुर और कार्यकुशल था; पर वह उतना लोभी न था। मेरे दो भाई थे। वह भी जहाजों ही का व्यापार करते थे। मुझे विद्या का व्यसन था। मेरे बड़े भाई को पिताजी ने एक धनवान युवती से विवाह करने पर बाध्य किया, लेकिन मेरे भाई शीघ्र ही उससे असन्तुष्ट हो गये। उनका चित्त अस्थिर हो गया। इसी बीच में मेरे छोटे भाई का उस स्त्री से कलुषित सम्बन्ध हो गया।

लेकिन वह स्त्री दोनों भाइयों में किसी को भी न चाहती थी। उसे एक गवैये से प्रेम था। एक दिन भेद खुल गया। दोनों भाइयों ने गवैये का वध कर डाला। मेरी भावज शोक से व्यथितचित्त हो गयी। यह तीनों अभागे प्राणी बुद्धि को वासनाओं की बलिवेदी पर चढ़ाकर शहर की गलियों में फिरने लगे। नंगे, सिर के बाल बढ़ाये, मुंह से फिचकुर बहाते, कुत्ते की भांति चिल्लाते रहते थे। लड़के उन पर पत्थर फेंकते और उन पर कुत्ते दौड़ाते। अन्त में तीनों मर गये और मेरे पिता ने अपने ही हाथों से उन तीनों को कब्र में सुलाया। पिताजी को भी इतना शोक हुआ कि उनका दाना-पानी छूट गया और वह अपरिमित धन रहते हुए भी भूख से तड़प-तड़प कर परलोक सिधारे। मैं एक विपुल सम्पत्ति का वारिस हो गया। लेकिन घर वालों की दशा देखकर मेरा चित्त संसार से विरक्त हो गया था। मैंने उस सम्पत्ति को देशाटन में व्यय करने का निश्चय किया। इटली, यूनान, अफ्रीका आदि

देशों की यात्रा की; पर एक प्राणी भी ऐसा न मिला जो सुखी या ज्ञानी हो। मैंने इस्कन्द्रिया और एथेन्स में दर्शन का अध्ययन किया और उसके अपवादों को सुनते मेरे कान बहरे हो गये। दिन रात देश-विदेश घूमता हुआ मैं भारतवर्ष में जा पहुंचा और वहां गंगातट पर मुझे एक नग्न पुरुष के दर्शन हुए जो वहीं तीस वर्षों से मूर्ति की भांति निश्चल पद्मासन लगाये बैठा हुआ था। उसके तृणवत शरीर पर लताएं चढ़ गयी थीं और उसकी जटाओं में चिड़ियों ने घोंसले बना लिये थे, फिर भी वह जीवित था। उसे देखकर मुझे अपने दोनों भाइयों की, भावज की, गवैये की, पिता की याद आयी और तब मुझे ज्ञात हुआ कि यही एक ज्ञानी पुरुष है। मेरे मन में विचार उठा कि मनुष्यों के दु:ख के तीन कारण होते हैं। या तो वह वस्तु नहीं मिलती जिसकी उन्हें अभिलाषा होती है अथवा उसे पाकर उन्हें उसके हाथ से निकल जाने का भय होता है अथवा जिस चीज को वह बुरा समझते हैं, उसको उन्हें सहन करना पड़ता है। इन विचारों को चित्त से निकाल दो और सारे दु:ख आप ही आप शांत हो जाएंगे। संसार के श्रेष्ठ पदार्थों का परित्याग कर दूंगा और उसी भारतीय योगी की भांति मौन और निश्चल रहूंगा।'

पापनाशी ने इस कथन को ध्यान से सुना और तब बोला- 'टिमो, मैं स्वीकार करता हूं कि तुम्हारा कथन बिल्कुल अर्थ शून्य नहीं है। संसार की धन-सम्पत्ति को तुच्छ समझना बुद्धिमानों का काम है। लेकिन अपने अनन्त सुख की उपेक्षा करना परले सिरे की नादानी है। इससे ईश्वर के क्रोध की आशंका है। मुझे तुम्हारे अज्ञान पर बड़ा दु:ख है और मैं सत्य का उपदेश करुंगा जिसमें तुमको उसके अस्तित्व का विश्वास हो जाए और तुम आज्ञाकारी बालक के समान उसकी आज्ञा पालन करो।'

टिमाक्लीज ने बात काटकर कहा- 'नहीं-नहीं, मेरे सिर अपने धर्मसिद्धान्तों का बोझ मत लादो। इस भूल में न पड़ो कि तुम मुझे अपने विचारों के अनुकूल बना सकोगे। यह तर्क-वितर्क सब मिथ्या है। कोई मत न रखना ही मेरा मत है। किसी सम्प्रदाय में न होना ही मेरा सम्प्रदाय है। मुझे कोई दु:ख नहीं, इसलिए कि मुझे किसी वस्तु की ममता नहीं। अपनी राह जाओ और मुझे इस उदासीनावस्था से निकालने की चेष्टा न करो। मैंने बहुत कष्ट झेले हैं और यह दशा ठण्डे जल से स्नान करने की भांति सुखकर प्रतीत हो रही है।'

पापनाशी को मानव चरित्र का पूरा ज्ञान था। वह समझ गया कि इस मनुष्य पर ईश्वर की कृपादृष्टि नहीं हुई है और उसकी आत्मा के उद्धार का समय अभी दूर है। उसने टिमाक्लीज का खण्डन न किया कि कहीं उसकी उद्धारक शक्ति घातक न बन जाए क्योंकि विधर्मियों से शास्त्रार्थ करने में कभी-कभी ऐसा हो जाता है कि उनके उद्धार के साधन उनके अपकार के यन्त्र बन जाते हैं। अतएव जिन्हें सद्ज्ञान प्राप्त है, उन्हें बड़ी चतुराई से उसका प्रचार करना चाहिए। उसने टिमाक्लीज को नमस्कार किया और एक लम्बी सांस खींचकर रात ही को फिर यात्रा पर चल पड़ा।

सूर्योदय हुआ तो उसने जलपक्षियों को नदी के किनारे एक पैर पर खड़े देखा। उनकी पीली और गुलाबी गर्दनों का प्रतिबिम्ब जल में दिखाई देता था। कोमल बेत वृक्ष अपनी हरी-हरी पत्तियों को जल पर फैलाए हुए थी। स्वच्छ आकाश में सारस का समूह त्रिभुज के आकर में उड़ रहा था और झाड़ियों में छिपे हुए बगुलों की आवाज सुनाई देती थी। जहां तक निगाह जाती थी नदी का हरा जल हिलकोरे मार रहा था। उजले पाल वाली नौकाएं चिड़ियों की भांति तैर रही थीं, और किनारों पर जहां-तहां श्वेत भवन जगमगा रहे थे। तटों पर हल्का कुहरा छाया हुआ था और द्वीपों के आड़ से जो खजूर, फूल और फल के वृक्षों से ढंके हुए थे; ये बत्तख, लालसर, हारिल आदि ये चिड़िया कलरव करती हुई निकल रही थी। बाईं ओर मरुस्थल तक हरे-भरे खेतों और वृक्षपुंजों की शोभा आंखों को मुग्ध कर देती थी। पके हुए गेहूं के खेतों पर सूर्य की किरणें चमक रही थीं और भूमि से भीनी-भीनी सुगन्ध के झोंके आते थे। यह प्रकृति शोभा देखकर पापनाशी ने घुटनों पर गिरकर ईश्वर की वन्दना की- 'भगवान्, मेरी यात्रा समाप्त हुई। तुझे धन्यवाद देता हूं। दयानिधि, जिस प्रकार तूने इन अंजीर के पौधों पर ओस की बूंदों की वर्षा की है, उसी प्रकार थायस पर, जिसे तूने अपने प्रेम से रचा है, अपनी दया की दृष्टि कर। मेरी हार्दिक इच्छा है कि वह तेरी प्रेममयी रक्षा के अधीन एक नवविकसित पुष्प की भांति स्वर्गतुल्य जेरुशलम में अपने यश और कीर्ति का प्रसार करे।'

और तदुपरान्त उसे जब कोई वृक्ष फूलों से सुशोभित अथवा कोई चमकीले परों वाला पक्षी दिखाई देता तो उसे थायस की याद आती। कई दिन तक नदी के बायें किनारे पर, एक उर्वर और आबाद प्रान्त में चलने के बाद वह इस्कन्द्रिया नगर में पहुंचा जिसे यूनानियों ने 'रमणीक' और 'स्वर्णमयी' की उपाधि दे रखी थी। सूर्योदय की एक घड़ी बीत चुकी थी, जब उसे एक पहाड़ी के शिखर पर वह विस्तृत नगर नजर आया, जिसकी छतें कंचनमयी प्रकाश में चमक रही थीं। वह ठहर गया और मन में विचार करने लगा- 'यही वह मनोरम भूमि है जहां मैंने मृत्युलोक में पर्दापण किया, यहीं मेरे पापमय जीवन की उत्पत्ति हुई, यहीं मैंने विषाक्त वायु का आलिंगन किया, इसी विनाशकारी रक्तसागर में मैंने जलविहार किये! वह मेरा पालना है जिसके घातक गोद में मैंने काम की मधुर लोरियां सुनीं। साधारण बोलचाल में कितना प्रतिभाशाली स्थान है, कितना गौरव से भरा हुआ। इस्कन्द्रिया! मेरी विशाल जन्मभूमि! तेरे बालक तेरा पुत्रवत सम्मान करते हैं, यह स्वाभाविक है। लेकिन योगी प्रकृति को अवहेलनीय समझता है, साधु बाह्यरूप को तुच्छ समझता है, प्रभु मसीह का दास जन्मभूमि को विदेश समझता है, और तपस्वी इस पृथ्वी का प्राणी ही नहीं। मैंने अपने हृदय को तेरी ओर से फेर लिया है। मैं तुमसे घृणा करता हूं। मैं तेरी सम्पत्ति को, तेरी विद्या को, तेरे शास्त्रों को, तेरे सुख-विलास को और तेरी शोभा को घृणित समझता हूं। तू पिशाचों का क्रीड़ास्थल है, तुझे धिक्कार है! अर्थसेवियों की अपवित्र शय्या, नास्तिकता का वितण्डा क्षेत्र, तुझे धिक्कार है! और जिबरील, तू अपने पैरों से उस अशुद्ध वायु को शुद्ध कर दे जिसमें मैं सांस लेने वाला हूं, जिसमें यहां के विषैले कीटाणु मेरी आत्मा को भ्रष्ट न कर दें।'

इस तरह अपने विचारोद्‌गारों को शान्त करके पापनाशी शहर में प्रविष्ट हुआ। यह द्वार पत्थर का एक विशाल मण्डप था। उसके मेहराब की छांह में कई दरिद्र भिक्षुक बैठे हुए पथिकों के सामने हाथ फैला-फैलाकर खैरात मांग रहे थे।

एक वृद्धा स्त्री ने जो वहां घुटनों के बल बैठी थी, पापनाशी की चादर पकड़ ली और उसे चूमकर बोली- 'ईश्वर के पुत्र, मुझे आशीर्वाद दो कि परमात्मा मुझसे सन्तुष्ट हो। मैंने परलौकिक सुख के निमित्त इस जीवन में अनेक कष्ट झेले। तुम देव पुरुष हो, ईश्वर ने तुम्हें दु:खी प्राणियों के कल्याण के लिए भेजा है, अतएव तुम्हारी चरणरज कंचन से भी बहुमूल्य है।'

पापनाशी ने वृद्धा को हाथों से स्पर्श करके आशीर्वाद दिया। लेकिन वह मुश्किल से बीस कदम चला होगा कि लड़कों के एक गोल ने उसको मुंह चिढ़ाना और उस पर पत्थर फेंकना शुरू किया और तालियां बजाकर कहने लगे- 'जरा अपनी विशाल मूर्ति देखिए! आप लंगूर से भी काले हैं, और आपकी दाढ़ी बकरे की दाढ़ी से लम्बी है। बिल्कुल भुतना मालूम होता है। इसे किसी बाग में मारकर लटका दो, कि चिड़ियां हौवा समझकर उड़ें। लेकिन नहीं, बाग में गया तो सेंत में सब फूल नष्ट हो जाएंगे। उसकी सूरत ही मनहूस है। इसका मांस कौओं को खिला दो।' यह कहकर उन्होंने पत्थर की एक बाढ़ छोड़ दी।

लेकिन पापनाशी ने केवल इतना कहा- 'ईश्वर, तू इस अबोध बालकों को सुबुद्धि दे, वह नहीं जानते कि वे क्या करते हैं।'

वह आगे चला तो सोचने लगा- उस वृद्धा स्त्री ने मेरा कितना सम्मान किया और इन लड़कों ने कितना अपमान किया। इस भांति एक ही वस्तु को भ्रम में पड़े हुए प्राणी भिन्न-भिन्न भावों से देखते हैं। यह स्वीकार करना पड़ेगा कि टिमाक्लीज मिथ्यावादी होते हुए भी बिल्कुल निबुद्धि न था। वह अंधा तो इतना जानता था कि मैं प्रकाश से वंचित हूं। उसका वचन इन दुराग्रहियों से कहीं उत्तम था जो घने अंधकार में बैठे पुकारते हैं- 'वह सूर्य है!' वह नहीं जानते कि संसार में सब कुछ माया, मृगतृष्णा, उड़ता हुआ बालू है। केवल ईश्वर ही स्थायी है।'

वह नगर में बड़े वेग से पांव उठाता हुआ चला। दस वर्ष के बाद देखने पर भी उसे वहां का एक-एक पत्थर परिचित मालूम होता था, और प्रत्येक पत्थर उसके मन में किसी दुष्कर्म की याद दिलाता था। इसलिए उसने सड़कों से जड़े हुए पत्थरों पर अपने पैरों को पटकना शुरू किया और जब पैरों से रक्त बहने लगा तो उसे आनन्द सा हुआ। सड़क के दोनों किनारों पर बड़े-बड़े महल बने हुए थे जो सुगन्ध की लपटों से अलसित जान पड़ते थे। देवदार, छुहारे आदि के वृक्ष सिर उठाये हुए इन भवनों को मानो बालाकों की भांति गोद में खिला रहे थे। अधखुले द्वारों में से पीतल की मूर्तियां, संगमरमर के गमलों में रखी हुई दिखाई दे रही थीं और स्वच्छ जल के हौज कुंजों की छाया में लहरें मार रहे थे। पूर्ण शान्ति छाई थी। शोरगुल का नाम न था। हां, कभी-कभी द्वार से आने वाली वीणा की ध्वनि कान में आ जाती थी। पापनाशी एक भवन के द्वार पर रुका जिसकी सायबान के स्तम्भ युवतियों की भांति सुन्दर थे। दीवारों पर यूनान के सर्वश्रेष्ठ ऋषियों की प्रतिमाएं

शोभा दे रही थीं। पापनाशी ने अफलातूं, सुकरात, अरस्तू, एपिक्युरस और जिनों की प्रतिमाएं पहचानीं और मन में कहा- इन मिथ्याभ्रम में पड़ने वाले मनुष्यों की कीर्तियों को मूर्तिमान करना मूर्खता है। अब उनके मिथ्या विचारों की कलई खुल गयी। उनकी आत्मा अब नरक में पड़ी सड़ रही है, और यहां तक कि अफलातूं भी, जिसने संसार को अपनी प्रगल्भता से गुंजरित कर दिया था, अब पिशाचों के साथ तूतू -मैंमैं कर रहा है। द्वार पर एक हथौड़ी रखी हुई थी। पापनाशी ने द्वार खटखटाया। एक गुलाम ने तुरन्त द्वार खोल दिया और एक साधु को द्वार पर खड़े देखकर कर्कश स्वर में बोला- 'दूर हो यहां से, दूसरा द्वार देख, नहीं तो मैं डंडे से खबर लूंगा।'

पापनाशी ने सरल भाव से कहा- 'मैं कुछ भिक्षा मांगने नहीं आया हूं। मेरी केवल यही इच्छा है कि मुझे अपने स्वामी निसियास के पास ले चलो।'

गुलाम ने और भी बिगड़कर जवाब दिया- 'मेरा स्वामी तुम जैसे कुत्तों से मुलाकात नहीं करता!'

पापनाशी- 'पुत्र, जो मैं कहता हूं वह करो, अपने स्वामी से इतना ही कह दो कि मैं उससे मिलना चाहता हूं।'

दरबान ने क्रोध के आवेश में आकर कहा- 'चला जा यहां से, भिखमंगा कहीं का!' और अपनी छड़ी उठाकर उसने पापनाशी के मुंह पर जोर से लगाई। लेकिन योगी ने छाती पर हाथ बांधे, बिना जरा भी उत्तेजित हुए, शांत भाव से यह चोट सह ली और तब विनयपूर्वक फिर वही बात कही- 'पुत्र, मेरी याचना स्वीकार करो।'

दरबान ने चकित होकर मन में कहा- यह तो विचित्र आदमी है, जो मार से भी नहीं डरता और तुरन्त अपने स्वामी से पापनाशी का संदेशा कह सुनाया।

निसियास अभी स्नानागार से निकला था। दो युवतियां उसकी देह पर तेल की मालिश कर रही थीं। वह रूपवान पुरुष था, बहुत ही प्रसन्नचित्त। उसके मुख पर कोमल व्यंग की आभा थी। योगी को देखते ही वह उठ खड़ा हुआ और हाथ फैलाये हुए उसकी ओर बढ़ा- आओ मेरे मित्र, मेरे बन्धु, मेरे सहपाठी, आओ। मैं तुम्हें पहचान गया, यद्यपि तुम्हारी सूरत इस समय आदमियों जैसी नहीं, पशुओं जैसी है। आओ, मेरे गले से लग जाओ। तुम्हें वह दिन याद है जब हम व्याकरण, अलंकार और दर्शनशास्त्र पढ़ते थे? तुम उस समय भी तीव्र और उद्दण्ड प्रकृति के मनुष्य थे, पर पूर्ण सत्यवादी। तुम्हारी तृप्ति एक चुटकी भर नमक में हो जाती थी, पर तुम्हारी दानशीलता का वारापार न था। तुम अपने जीवन की भांति अपने धन की भी कुछ परवाह न करते थे। तुममें उस समय भी थोड़ी सी झक थी जो बुद्धि की कुशलता का लक्षण है। तुम्हारे चरित्र की विचित्रता मुझे बहुत भली मालूम होती थी। आज तुमने वर्षों के बाद दर्शन दिये हैं। हृदय से मैं तुम्हारा स्वागत करता हूं। तुमने वन्य जीवन को त्याग दिया और ईसाइयों की दुर्मति को तिलांजलि देकर फिर अपने सनातन धर्म पर आरूढ़ हो गये, इसके लिए तुम्हें बधाई देता हूं। मैं सफेद पत्थर पर इस दिन का स्मारक बनाऊंगा।

यह कहकर उसने उन दोनों सुन्दरियों को आदेश दिया- 'मेरे प्यारे मेहमान के हाथों-पैरों और दाढ़ी में सुगन्ध लगाओ।'

युवतियां हंसी और तुरन्त एक थाल, सुगन्ध की शीशी और आईना लायीं। लेकिन पापनाशी ने कठोर स्वर से उन्हें मना किया और आंखें नीची कर लीं कि उन पर निगाह न पड़ जाए क्योंकि दोनों नग्न थीं। निसियास ने तब उसके लिए गावत किये और बिस्तर मंगाये और नाना प्रकार के भोजन और उत्तम शराब उसके सामने रखी। पर उसने घृणा के साथ सब वस्तुओं को सामने से हटा दिया। तब बोला- 'निसियास, मैंने उस सत्पथ का परित्याग नहीं किया जिसे तुमने गलती से 'ईसाइयों की दुर्गति' कहा है। वही तो सत्य की आत्मा और ज्ञान का प्राण है। आदि में केवल 'शब्द' था और 'शब्द' के साथ ईश्वर था, और शब्द ही ईश्वर था। उसी ने समस्त ब्रह्माण्ड की रचना की। वही जीवन का स्रोत है और जीवन मानव जाति का प्रकाश है।'

निसियास ने उत्तर दिया- 'प्रिय पापनाशी, क्या तुम्हें आशा है कि मैं अर्थहीन शब्दों के झंकार से चकित हो जाऊंगा? क्या तुम भूल गये कि मैं स्वयं छोटा-मोटा दार्शनिक हूं? क्या तुम समझते हो कि मेरी शांति उन चिथड़ों से हो जाएगी जो कुछ निर्बुद्धि मनुष्यों ने इसलियस के वस्त्रों से फाड़ लिया है, जब इसलियस, फलातूं और अन्य तत्त्व ज्ञानियों से मेरी शांति न हुई? ऋषियों के निकाले हुए सिद्धान्त केवल कल्पित कथाएं हैं, जो मानव सरल हृदयता के मनोरंजन के निमित्त कही गयी है। उनको पढ़कर हमारा मनोरंजन उसी भांति होता है जैसे अन्य कथाओं को पढ़कर।'

इसके बाद अपने मेहमान का हाथ पकड़कर वह उसे एक कमरे में ले गया, जहां हजारों लपेटे हुए भोजपत्र टोकरों में रखे हुए थे। उन्हें दिखाकर बोला- 'यही मेरा पुस्तकालय है। इसमें उन सिद्धान्तों में से कितनों ही का संग्रह है, जो ज्ञानियों ने सृष्टि के रहस्य की व्याख्या करने के लिए आविष्कृत किये हैं। सेरापियम* में भी अतुल धन के होते हुए; सब सिद्धान्तों का संग्रह नहीं है! लेकिन शोक! यह सब केवल रोगपीड़ित मनुष्यों के स्वप्न हैं!'

उसने तब अपने मेहमान को एक हाथीदांत की कुर्सी पर जबरदस्ती बैठाया और खुद भी बैठ गया। पापनाशी ने इन पुस्तकों को देखकर त्योरियां चढ़ायीं और बोला- 'इन सबको अग्नि की भेंट कर देना चाहिए।'

निसियास बोला- 'नहीं प्रिय मित्र, यह घोर अनर्थ होगा; क्योंकि रुग्ण पुरुषों को मिटा दें तो संसार शुष्क और नीरस हो जाएगा और हम सब विचार शैथिल्य के गड्ढे में जा पड़ेंगे।

पापनाशी ने उसी ध्वनि में कहा- 'यह सत्य है कि मूर्तिवादियों के सिद्धान्त मिथ्या और भ्रान्तिकारक हैं। किन्तु ईश्वर ने जो सत्य का रूप है मानवशरीर धारण किया और अलौकिक विभूतियों द्वारा अपने को प्रकट किया और हमारे साथ रहकर हमारा कल्याण करता रहा।'

निसियास ने उत्तर दिया- प्रिय पापनाशी, तुमने यह बात अच्छी कही कि ईश्वर ने मानवशरीर धारण किया। तब तो वह मनुष्य ही हो गया। लेकिन तुम ईश्वर और उसके रूपान्तरों का समर्थन

करने तो नहीं आये? बतलाओ तुम्हें मेरी सहायता तो न चाहिए? मैं तुम्हारी क्या मदद कर सकता हूं?'

पापनाशी बोला- 'बहुत कुछ! मुझे ऐसा ही सुगन्धित एक वस्त्र दे दो जैसा तुम पहने हुए हो। इसके साथ सुनहरे खड़ाऊं और एक प्याला तेल भी दे दो कि मैं अपनी दाढ़ी और बालों में चुपड़ लूं। मुझे एक हजार स्वर्ण मुद्राओं की एक थैली भी चाहिए निसियास! मैं ईश्वर के नाम पर और पुरानी मित्रता के नाते तुमसे सहायता मांगने आया हूं।'

निसियास ने अपना सर्वोत्तम वस्त्र मंगवा दिया। उस पर किमख्वाब के बूटों में फूलों और पशुओं के चित्र बने हुए थे। दोनों युवतियों ने उसे खोलकर उसका भड़कीला रंग दिखाया और प्रतीक्षा करने लगी कि पापनाशी अपना ऊनी लबादा उतारे तो पहनायें, लेकिन पापनाशी ने जोर देकर कहा कि यह कदापि नहीं हो सकता। मेरी खाल चाहे उतर जाए पर यह ऊनी लबादा नहीं उतर सकता। विवश होकर उन्होंने उस बहुमूल्य वस्त्र को लबादे के ऊपर ही पहना दिया। दोनों युवतियां सुन्दरी थीं, और वह पुरुषों से शर्माती न थीं। वह पापनाशी को इस दुरंगे भेष में देखकर खूब हंसी। एक ने उसे अपना प्यारा सामन्त कहा, दूसरी ने उसकी दाढ़ी खींच ली। लेकिन पापनाशी ने उन दृष्टिपात तक न किया। सुनहरी खड़ाऊं पैरों में पहनकर और थैली कमर में बांधकर उसने निसियास से कहा, जो विनोदभाव से उसकी ओर देख रहा था- निसियास, इन वस्तुओं के विषय में कुछ सन्देह मत करना, क्योंकि मैं इनका सदुपयोग करुंगा।

निसियास बोला- 'प्रिय मित्र, मुझे कोई सन्देह नहीं हैं क्योंकि मेरा विश्वास है कि मनुष्य में न भले काम करने की क्षमता है न बुरे। भलाई व बुराई का आधार केवल प्रथा पर है। मैं उन सब कुत्सित व्यवहारों का पालन करता हूं, जो इस नगर में प्रचलित हैं। इसलिए मेरी गणना सज्जन पुरुषों में है। अच्छा मित्र, अब जाओ और चैन करो।'

लेकिन पापनाशी ने उससे अपना उद्देश्य प्रकट करना अवश्यक समझा। बोला- 'तुम थायस को जानते हो, जो यहां की रंगशालाओं का श्रृंगार है?' निसियास ने कहा- 'वह परम सुन्दरी है और किसी समय मैं उसके प्रेमियों में था। उसकी खातिर मैंने एक कारखाना और दो अनाज के खेत बेच डाले और उसके विरह वर्णन में निकृष्ट कविताओं से भरे हुए तीन ग्रन्थ लिख डाले। यह निर्विवाद है कि रूप लालित्य संसार की सबसे प्रबल शक्ति है, और यदि हमारे शरीर की रचना ऐसी होती कि हम यौवनजीवन उस पर अधिकृत रह सकते तो हम दार्शनिकों के जीवन और भ्रम, माया और मोह, पुरुष और प्रकृति की जरा भी परवाह न करते। लेकिन मित्र, मुझे यह देखकर आश्चर्य होता है कि तुम अपनी कुटी छोड़कर केवल थायस की चर्चा करने के लिए आये हो।'

यह कहकर निसियास ने एक ठंडी सांस खींची। पापनाशी ने उसे भीतर नेत्रों से देखा। उसकी यह कल्पना ही असम्भव मालूम होती थी कि कोई मनुष्य इतनी सावधानी से अपने पापों को प्रकट कर सकता है। उसे जरा भी आश्चर्य न होता, अगर जमीन फट जाती और उसमें से अग्निज्वाला निकलकर उसे निगल जाती। लेकिन जमीन स्थिर बनी रही, और निसियास हाथ पर मस्तक रखे

चुपचाप बैठा हुआ अपने पूर्व जीवन की स्मृतियों पर म्लानमुख से मुस्कराता रहा। योगी तब उठा और गम्भीर स्वर में बोला- 'नहीं निसियास, मैं अपना एकान्तवास छोड़कर इस पिशाच नगरी में थायस की चर्चा करने नहीं आया हूं। बल्कि, ईश्वर की सहायता से मैं इस रमणी को अपवित्र विलास के बन्धनों से मुक्त कर दूंगा और उसे प्रभु मसीह की सेवार्थ भेंट करुंगा। अगर निराकार ज्योति ने मेरा साथ न छोड़ा तो थायस अवश्य इस नगर को त्यागकर किसी वनिता धर्माश्रम में प्रवेश करेगी।'

निसियास ने उत्तर दिया- 'मधुर कलाओं और लालित्य की देवी वीनस को रुष्ट करते हो तो सावधान रहना। उसकी शक्ति अपार है और यदि तुम उसकी प्रधान उपासिका को ले जाओगे तो वह तुम्हारे ऊपर वज्रघात करेगी।'

पापनाशी बोला- 'प्रभु मसीह मेरी रक्षा करेंगे। मेरी उनसे यह भी प्रार्थना है कि वह तुम्हारे हृदय में धर्म की ज्योति प्रकाशित करें और तुम उस अन्धकारमय कूप में से निकल आओ जिसमें पड़े हुए एड़ियां रगड़ रहे हो।'

यह कहकर वह गर्व से मस्तक उठाये बाहर निकला। लेकिन निसियास भी उसके पीछे चला। द्वार पर आते-आते उसे पा लिया और तब अपना हाथ उसके कन्धे पर रखकर उसके कान में बोला- 'देखो वीनस को क्रुद्ध मत करना। उसका प्रत्याघात अत्यन्त भीषण होता है।'

किन्तु पापनाशी ने इस चेतावनी को तुच्छ समझा, सिर फेरकर भी न देखा। वह निसियास को पतित समझता था, लेकिन जिस बात से उसे जलन होती थी वह यह थी कि मेरा पुराना मित्र थायस का प्रेमपात्र रह चुका है। उसे ऐसा अनुभव होता था कि इससे घोर अपराध हो ही नहीं सकता। अब से वह निसियास को संसार का सबसे अधम, सबसे घृणित प्राणी समझने लगा। उसने भ्रष्टाचार से सदैव नफरत की थी, लेकिन आज के पहले यह पाप उसे इतना नारकीय कभी न प्रतीत हुआ था। उसकी समझ में प्रभु मसीह के क्रोध और स्वर्ग दूतों के तिरस्कार का इससे निन्द्य और कोई विषय ही न था।

उसके मन में थायस को इन विलासियों से बचाने के लिए और भी तीव्र आकांक्षा जागृत हुई। अब बिना एक क्षण विलम्ब किये मुझे थामस से भेंट करनी चाहिए। लेकिन अभी मध्याह्न काल था और जब तक दोपहर की गरमी शान्त न हो जाए, थायस के घर जाना उचित न था। पापनाशी शहर की सड़कों पर घूमता रहा। आज उसने कुछ भोजन न किया था जिसमें उस पर ईश्वर की दया दृष्टि रहे। कभी वह दीनता से आंखें जमीन की ओर झुका लेता था, और कभी अनुरक्त होकर आकाश की ओर ताकने लगता था। कुछ देर इधर-उधर निष्प्रयोजन घूमने के बाद वह बन्दरगाह पर जा पहुंचा। सामने विस्तृत बन्दरगाह था, जिसमें असंख्य जलयान और नौकाएं लंगर डाले पड़ी हुई थीं, और उनके आगे नीला समुद्र, श्वेत चादर ओढ़े हंस रहा था। एक नौका ने, जिसकी पतवार पर एक अप्सरा का चित्र बना हुआ था अभी लंगर खोला था। डांडें पानी में चलने लगे, मांझियों ने गाना आरम्भ किया और देखते-देखते वह श्वेत वस्त्रधारिणी जलकन्या योगी की दृष्टि में केवल

एक स्वप्नचित्र की भांति रह गयी। बन्दरगाह से निकलकर, वह अपने पीछे जगमगाता हुआ जलमार्ग छोड़ती खुले समुद्र में पहुंच गयी।

पापनाशी ने सोचा- मैं भी किसी समय संसारसागर पर गाते हुए यात्रा करने को उत्सुक था लेकिन मुझे शीघ्र ही अपनी भूल मालूम हो गयी। मुझ पर अप्सरा का जादू न चला।

इन्हीं विचारों में मग्न वह रस्सियों की गेंडुली पर बैठ गया। निद्रा से उसकी आंखें बन्द हो गयीं। नींद में उसे एक स्वप्न दिखाई दिया। उसे मालूम हुआ कि कहीं से तुरहियों की आवाज कान में आ रही है, आकाश रक्तवर्ण हो गया है। उसे ज्ञात हुआ कि धर्माधिर्म के विचार का दिन आ पहुंचा। वह बड़ी तन्मयता से ईश वन्दना करने लगा। इसी बीच में उसने एक अत्यन्त भयंकर जंतु को अपनी ओर आते देखा, जिसके माथे पर प्रकाश का एक सलीव लगा हुआ था। पापनाशी ने उसे पहचान लिया- सिलसिली की पिशाचमूर्ति थी। उस जन्तु ने उसे दांतों के नीचे दबा लिया और उसे लेकर चला, जैसे बिल्ली अपने बच्चे को लेकर चलती है। इस भांति वह जन्तु पापनाशी को कितने ही द्वीपों से होता, नदियों को पार करता, पहाड़ों को फांदता अन्त में एक निर्जन स्थान में पहुंचा, जहां दहकते हुए पहाड़ और झुलसते राख के ढेरों के सिवाय और कुछ नजर न आता था। भूमि कितने ही स्थलों पर फट गयी थी और उसमें से आग की लपट निकल रही थी। जन्तु ने पापनाशी को धीरे से उतार दिया और कहा- 'देखो!'

पापनाशी ने एक खोह के किनारे झुककर नीचे देखा। एक आग की नदी पृथ्वी के अन्तस्थल में दो काले-काले पर्वतों के बीच से बह रही थी। वहां धुंधले प्रकाश में नरक के दूत पापात्माओं को कष्ट दे रहे थे। इन आत्माओं पर उनके मृत शरीर का हल्का आवरण था, यहां तक कि वह कुछ वस्त्र भी पहने हुए थी। ऐसे दारुण कष्टों में भी यह आत्माएं बहुत दु:खी न जान पड़ती थीं। उनमें से एक जो लम्बी, गौरवर्ण, आंखें बन्द किये हुए थी, हाथ में एक तलवार लिये जा रही थी। उसके मधुर स्वरों से समस्त मरुभूमि गूंज रही थी। वह देवताओं और शूरवीरों की विरुदावली गा रही थी। छोटे-छोटे हरे रंग के दैत्य उनके होंठ और कंठ को लाल लोहे की सलाखों से छेद रहे थे। यह अमर कवि होमर की प्रतिछाया थी। वह इतना कष्ट झेलकर भी गाने से बाज न आती थी। उसके समीप ही अनकगोरस, जिसके सिर के बाल गिर गये थे, धूल में प्रकाल से शक्लें बना रहा था। एक दैत्य उसके कानों में खौलता हुआ तेल डाल रहा था; पर उसकी एकाग्रता को भंग न कर सकता था। इसके अतिरिक्त पापनाशी को और कितनी ही आत्माएं दिखाई दीं जो जलती हुई नदी के किनारे बैठी हुई उसी भांति पठनपाठन, वाद-प्रतिवाद, उपासनाध्यान में मग्न थीं जैसे यूनान के गुरुकुलों में गुरु-शिष्य किसी वृक्ष की छाया में बैठकर किया करते थे, वृद्ध टिमाक्लीज ही सबसे अलग था और भ्रान्तिवादियों की भांति सिर हिला रहा था। एक दैत्य उसकी आंखों के सामने एक मशाल हिला रहा था, किन्तु टिमाक्लीज आंखें ही न खोलता था।

इस दृश्य से चकित होकर पापनाशी ने उस भयंकर जन्तु की ओर देखा जो उसे यहां लाया था। कदाचित उससे पूछना चाहता था कि यह क्या रहस्य है? पर वह जन्तु अदृश्य हो गया था और

उसकी जगह एक स्त्री मुंह पर नकाब डाले खड़ी थी। वह बोली- 'योगी, खूब आंखें खोलकर देख! इन भ्रष्ट आत्माओं का दुराग्रह इतना जटिल है कि नरक में भी उनकी भ्रान्ति शान्त नहीं हुई। यहां भी वह उसी माया के खिलौने बने हुए हैं। मृत्यु ने उनके भ्रमजाल को नहीं तोड़ा क्योंकि प्रत्यक्ष ही, केवल मर जाने से ही ईश्वर के दर्शन नहीं होते। जो लोग जीवनभर अज्ञानान्धकार में पड़े हुए थे, वह मरने पर भी मूर्ख ही बने रहेंगे। यह दैत्यगण ईश्वरीय न्याय के यंत्र ही तो हैं। यही कारण है कि आत्माएं उन्हें न देखती हैं न उनसे भयभीत होती हैं। वह सत्य के ज्ञान से शून्य थे, अतएव उन्हें अपने अकर्मों का भी ज्ञान न था। उन्होंने जो कुछ किया अज्ञान की अवस्था में किया। उन पर वह दोषारोपण नहीं कर सकता फिर वह उन्हें दण्ड भोगने पर कैसे मजबूर कर सकता है?'

पापनाशी ने उत्तेजित होकर कहा- 'ईश्वर सर्वशक्तिमान है, वह सब कुछ कर सकता है।

नकाबपोश स्त्री ने उत्तर दिया- 'नहीं, वह असत्य को सत्य नहीं कर सकता। उसको दंड भोग के योग्य बनाने के लिए पहले उनको अज्ञान से मुक्त करना होगा, और जब वह अज्ञान से मुक्त हो जाएंगे तो वह धर्मात्माओं की श्रेणी में आ जाएंगे!'

पापनाशी उद्विग्न और मर्माहत होकर फिर खोह के किनारों पर झुका। उसने निसियास की छाया को एक पुष्पमाला सिर पर डाले, और एक झुलसे हुए मेहंदी के वृक्ष के नीचे बैठे देखा। उसकी बगल में एक अति रूपवती वेश्या बैठी हुई थी और ऐसा विदित होता था कि वह प्रेम की व्याख्या कर रहे हैं। वेश्या की मुखश्री मनोहर और अप्रतिम थी। उन पर जो अग्नि की वर्षा हो रही थी वह ओस की बूंदों के समान सुखद और शीतल थी, और वह झुलसती हुई भूमि उनके पैरों से कोमल तृण के समान दब जाती थी। यह देखकर पापनाशी की क्रोधाग्नि जोर से भड़क उठी। उसने चिल्लाकर कहा-ईश्वर, इस दुराचारी पर वज्रघात कर! यह निसियास है। उसे ऐसा कुचल कि वह रोये, कराहे और क्रोध से दांत पीसे। उसने थायस को भ्रष्ट किया है।

सहसा पापनाशी की आंखें खुल गईं। वह एक बलिष्ठ मांझी की गोद में था। मांझी बोला- 'बस मित्र, शान्त हो जाओ। जल देवता साक्षी है कि तुम नींद में बुरी तरह चौंक पड़ते हो। अगर मैंने तुम्हें सम्हाल न लिया होता तो तुम अब तक पानी में डुबकियां खाते होते। आज मैंने तुम्हारी जान बचाई।'

पापनाशी बोला- 'ईश्वर की दया है।'

वह तुरन्त उठ खड़ा हुआ और इस स्वप्न पर विचार करता हुआ आगे बढ़ा। अवश्य ही यह दुस्वप्न है। नरक को मिथ्या समझना ईश्वरीय न्याय का अपमान करना है। इस स्वप्न का प्रेषक कोई पिशाच है।

ईसाई तपस्वियों के मन में नित्य यह शंका उठती रहती कि इस स्वप्न का हेतु ईश्वर है या पिशाच। पिशाचादि उन्हें नित्य घेरे रहते थे। मनुष्यों से जो मुंह मोड़ता है, उसका गला पिशाचों से नहीं छूट सकता। मरुभूमि पिशाचों का क्रीड़ाक्षेत्र है। वहां नित्य उनका शोर सुनाई देता है। तपस्वियों को प्रायः अनुभव से, स्वप्न की व्यवस्था से ज्ञान हो जाता है कि यह मर्द ईश्वरीय प्रेरणा है या

पिशाचिक प्रलोभन। पर कभी-कभी बहुत यत्न करने पर भी उन्हें भ्रम हो जाता था। तपस्वियों और पिशाचों में निरन्तर और महाघोर संग्राम होता रहता था। पिशाचों को सदैव यह धुन रहती थी कि योगियों को किसी तरह धोखे में डालें और उनसे अपनी आज्ञा मनवा लें। सन्त जॉन एक प्रसिद्ध पुरुष थे। पिशाचों के राजा ने साठ वर्ष तक लगातार उन्हें धोखा देने की चेष्टा की, पर सन्त जॉन उसकी चालों को ताड़ लिया करते थे। एक दिन पिशाचराजा ने एक वैरागी का रूप धारण किया और जॉन की कुटी में आकर बोला- 'जॉन, कल शाम तक तुम्हें अनशन (व्रत) रखना होगा।' जॉन ने समझा, वह ईश्वर का दूत है और दो दिन तक निर्जल रहा। पिशाच ने उन पर केवल यही एक विजय प्राप्त की, यद्यपि इससे पिशाचराज का कोई कुत्सित उद्देश्य न पूरा हुआ, पर सन्त जॉन को अपनी पराजय का बहुत शोक हुआ। किन्तु पापनाशी ने जो स्वप्न देखा था उसका विषय ही कहे देता था कि इसका कर्ता पिशाच है।

वह ईश्वर से दीन शब्दों में कह रहा था- 'मुझसे ऐसा कौन सा अपराध हुआ जिसके दण्डस्वरूप तूने मुझे पिशाच के फन्दे में डाल दिया।' सहसा उसे मालूम हुआ कि मैं मनुष्यों के एक बड़े समूह में इधर-उधर धक्के खा रहा हूं। कभी इधर जा पड़ता हूं, कभी उधर। उसे नगरों की भीड़भाड़ में चलने का अभ्यास न था। वह एक जड़ वस्तु की भांति इधर-उधर ठोकरें खाता फिरता था, और अपने कमख्वाब के कुर्ते के दामन से उलझकर वह कई बार गिरते-गिरते बचा। अन्त में उसने एक मनुष्य से पूछा- 'तुम लोग सबके-सब एक ही दिशा में इतनी हड़बड़ी के साथ कहां दौड़े जा रहे हो? क्या किसी सन्त का उपदेश हो रहा है?'

उस मनुष्य ने उत्तर दिया- 'यात्री, क्या तुम्हें मालूम नहीं कि शीघ्र ही तमाशा शुरू होगा और थायस रंगमंच पर उपस्थित होगी। हम सब उसी थियेटर में जा रहे हैं। तुम्हारी इच्छा हो तो तुम भी हमारे साथ चलो। इस अप्सरा के दर्शन मात्र ही से हम कृतार्थ हो जाएंगे।'

पापनाशी ने सोचा कि थायस को रंगशाला में देखना मेरे उद्देश्य के अनुकूल होगा। वह उस मनुष्य के साथ हो लिया। उनके सामने थोड़ी दूर पर रंगशाला स्थित थी। उसके मुख्य द्वार पर चमकते हुए परदे पड़े थे और उसकी विस्तृत वृत्ताकार दीवारें अनेक प्रतिमाओं से सजी हुई थीं। अन्य मनुष्यों के साथ यह दोनों पुरुष भी तंग गली में दाखिल हुए। गली के दूसरे सिरे पर अर्धचन्द्र के आकार का रंगमंच बना हुआ था जो इस समय प्रकाश से जगमगा रहा था। वे दर्शकों के साथ एक जगह पर बैठे। वहां नीचे की ओर किसी तालाब के घाट की भांति सीढ़ियों की कतार रंगशाला तक चली गयी थी। रंगशाला में अभी कोई न था, पर वह खूब सजी हुई थी। बीच में कोई परदा न था। रंगशाला के मध्य में कब्र की भांति एक चबूतरा सा बना हुआ था। चबूतरे के चारों तरफ रावटियां थीं। रावटियों के सामने भाले रखे हुए थे और लम्बी-लम्बी खूंटियों पर सुनहरी ढालें लटक रही थीं। स्टेज पर सन्नाटा छाया हुआ था। जब दर्शकों का अर्धवृत्त ठसाठस भर गया तो मधुमक्खियों की भिनभिनाहटसी दबी हुई आवाज आने लगी। दर्शकों की आंखें अनुराग से भरी

हुई, वृहद निस्तब्ध रंगमंच की ओर लगी हुई थीं। स्त्रियां हंसती थीं और नींबू खाती थीं और नित्यप्रति नाटक देखने वाले पुरुष अपनी जगहों से दूसरों को हंस-हंस पुकारते थे।

पापनाशी मन में ईश्वर की प्रार्थना कर रहा था और मुंह से एक भी मिथ्या शब्द नहीं निकलता था, लेकिन उसका साथी नाट्यकाल की अवनति की चर्चा करने लगा- 'भाई, हमारी इस कला का घोर पतन हो गया है। प्राचीन समय में अभिनेता चेहरे पहनकर कवियों की रचनाएं उच्च स्वर से गाया करते थे। अब तो वह गूंगों की भांति अभिनय करते हैं। वह पुराने सामान भी गायब हो गये। न तो वह चेहरे रहे जिनमें आवाज को फैलाने के लिए धातु की जीभ बनी रहती थी, न वह ऊंचे खड़ाऊं ही रह गये जिन्हें पहनकर अभिनेतागण देवताओं की तरह लम्बे हो जाते थे, न वह ओजस्विनी कविताएं रहीं और न वह मर्मस्पर्शी अभिनयचातुर्य। अब तो पुरुषों की जगह रंगमंच पर स्त्रियों का दौरदौरा है, जो बिना संकोच के खुले मुंह मंच पर आती हैं। उस समय के यूनान निवासी स्त्रियों को स्टेज पर देखकर न जाने दिल में क्या कहते। स्त्रियों के लिए जनता के सम्मुख मंच पर आना घोर लज्जा की बात है। हमने इस कुप्रथा को स्वीकार करके अपने आध्यात्मिक पतन का परिचय दिया है। यह निर्विवाद है कि स्त्री पुरुष का शत्रु और मानवजाति का कलंक है।

पाप नाशी ने इसका समर्थन किया- 'बहुत सत्य कहते हो, स्त्री हमारी प्राणघातिका है। उससे हमें कुछ आनन्द प्राप्त होता है और इसलिए उससे सदैव डरना चाहिए।'

उसके साथी ने जिसका नाम डोरियन था, कहा-'स्वर्ग के देवताओं की शपथ खाता हूं; स्त्री से पुरुष को आनन्द नहीं प्राप्त होता, बल्कि चिन्ता, दुःख और अशान्ति। प्रेम ही हमारे दारुणतम कष्टों का कारण है। सुनो मित्र, जब मेरी तरुणावस्था थी तो मैं एक द्वीप की सैर करने गया था और वहां मुझे एक बहुत बड़ा मेहंदी का वृक्ष दिखाई दिया जिसके विषय में यह दन्तकथा प्रचलित है कि फीडरा जिन दिनों हिमोलाइट पर आशिक थी तो वह विरहदशा में इसी वृक्ष के नीचे बैठी रहती थी और दिल बहलाने के लिए अपने बालों की सुइयां निकालकर इन पत्तियों में चुभाया करती थी। सब पत्तियां छिद गयीं। फीडरा की प्रेमकथा तो तुम जानते ही होगे। अपने प्रेमी का सर्वनाश करने के पश्चात वह स्वयं गले में फांसी डाल, एक हाथीदांत की खूंटी से लटकर मर गयी। देवताओं की ऐसी इच्छा हुई कि फीडरा की असह्य विरह वेदना के चिह्न स्वरूप इस वृक्ष की पत्तियों में नित्य छेद होते रहे। मैंने एक पत्ती तोड़ ली और लाकर उसे अपने पलंग के सिरहाने लटका दिया कि वह मुझे प्रेम की कुटिलता की याद दिलाती रहे और मेरे गुरु, अमर एपिक्युरस के सिद्धान्तों पर अटल रखे, जिसका उद्देश्य था कि कुवासना से डरना चाहिए। लेकिन यथार्थ में प्रेम जिगर का एक रोग है और कोई यह नहीं कह सकता कि यह रोग मुझे नहीं लग सकता।'

पापनाशी ने प्रश्न किया- 'डोरियन, तुम्हारे आनन्द के विषय क्या हैं ?'

डोरियन ने खेद से कहा- 'मेरे आनन्द का केवल एक विषय है, और वह भी बहुत आकर्षक नहीं। वह ध्यान है जिसकी पाचनशक्ति दूषित हो गयी हो उसके लिए आनन्द का और क्या विषय हो सकता है ?'

पापनाशी को अवसर मिला कि वह इस आनन्दवादी को आध्यात्मिक सुख की दीक्षा दे, जो ईश्वराधना से प्राप्त होता है। बोला-'मित्र डोरियन; सत्य पर कान धरो, और प्रकाश ग्रहण करो।'

लेकिन सहसा उसने देखा कि सबकी आंखें मेरी तरफ उठी हैं और मुझे चुप रहने का संकेत कर रहे हैं। नाट्यशाला में पूर्ण शान्ति स्थापित हो गयी और एक क्षण में वीरगान की ध्वनि सुनाई दी।

खेल शुरू हुआ। होमर की इलियड का एक दु:खान्त दृश्य था। ट्रोजन युद्ध समाप्त हो चुका था। यूनान के विजयी सूरमा अपनी छोलदारियों से निकलकर कूच की तैयारी कर रहे थे कि एक अद्भुत घटना हुई। रंगभूमि के मध्यस्थित समाधि पर बादलों का एक टुकड़ा छा गया। एक क्षण के बाद बादल हट गया और एशिलीस का प्रेत सोने के शस्त्रों से सजा हुआ प्रकट हुआ। वह योद्धाओं की ओर हाथ फैलाये मानो कह रहा है, हेलास के सपूतों, क्या तुम यहां से प्रस्थान करने को तैयार हो ? तुम उस देश को जाते हो जहां जाना मुझे फिर नसीब न होगा और मेरी समाधि को बिना कुछ भेंट किये ही छोड़े जाते हो।

यूनान के वीर सामन्त, जिनमें वृद्ध नेस्टर, अगामेमनन, उलाइसेस आदि थे, समाधि के समीप आकर इस घटना को देखने लगे। पिर्रस ने जो एशिलीस का युवा पुत्र था, भूमि पर मस्तक झुका दिया। उलीस ने ऐसा संकेत किया जिससे विदित होता था वह मृतात्मा की इच्छा से सहमत है। उसने अगामेमनन से अनुरोध किया- हम सबों को एशिलीस का यशगान करना चाहिए, क्योंकि हेलास ही की मानरक्षा में उसने वीरगति पायी है। उसका आदेश है कि परायम की पुत्री कुमारी पॉलिक्सेना मेरी समाधि पर समर्पित की जाए। यूनानवीरों, अपने नायक का आदेश स्वीकार करो!

किन्तु सम्राट अगामेमनन ने आपत्ति की- 'ट्रोजन की कुमारियों की रक्षा करो। परायम का यशस्वी परिवार बहुत दु:ख भोग चुका है।'

उसकी आपत्ति का कारण यह था कि वह उलाइसेस के अनुरोध से सहमत है। निश्चय हो गया कि पॉलिक्सेना एशिलीस को बलि दी जाए। मृत आत्मा इस भांति शान्त होकर यमलोक को चली गयी। चरित्रों के वार्तालाप के बाद कभी उत्तेजक और कभी करुण स्वरों में गाना होता था। अभिनय का एक भाग समाप्त होते ही दर्शकों ने तालियां बजायीं।

पापनाशी जो प्रत्येक विषय में धर्मसिद्धान्तों का व्यवहार किया करता था, बोला- 'अभिनय से सिद्ध होता है कि सत्ताहीन देवताओं के उपासक कितने निर्दयी होते हैं।'

डोरियन ने उत्तर दिया- 'यह दोष प्राय: सभी मतवादों में पाया जाता है। सौभाग्य से महात्मा एपिक्यु रस ने, जिन्हें ईश्वरीय ज्ञान प्राप्त था, मुझे अदृश्य की मिथ्या, शंकाओं से मुक्त कर दिया।'

इतने में अभिनय फिर शुरू हुआ। हेक्युबा, जो पॉलिक्सेना की माता थी, उस छोलदारी से बाहर निकली जिसमें वह कैद थी। उसके श्वेत केश बिखरे हुए थे, कपड़े फटकर तारतार हो गये थे। उसकी शोकमूर्ति देखते ही दर्शकों ने वेदनापूर्ण आह भरी। हेक्युबा को अपनी कन्या के विषादमय

अन्त का एक स्वप्न द्वारा ज्ञान हो गया था। अपने और अपनी पुत्री के दुर्भाग्य पर वह सिर पीटने लगी। उलाइसेस ने उसके समीप जाकर कहा- 'पॉलिक्सेना पर से अपना मातृ स्नेह अब उठा लो। वृद्ध स्त्री ने अपने बाल नोच लिये, मुंह का नखों से खसोटा और निर्दयी योद्धा उलाइसेस के हाथों को चूमा, जो अब भी दयाशून्य शान्ति से कहता जान पड़ता था- 'हेक्युबा, धैर्य से काम लो। जिस विपत्ति का निवारण नहीं हो सकता, उसके सामने सिर झुकाओ। हमारे देश में भी कितनी ही माताएं अपने पुत्रों के लिए रोती रही हैं, जो आज यहां वृक्षों के नीचे मोहनिद्रा में मग्न हैं। और हेक्युबा ने, जो पहले एशिया के सबसे समृद्धिशाली राज्य की स्वामिनी थी और इस समय गुलामी की बेड़ियों में जकड़ी हुई थी, नैराश्य से धरती पर सिर पटक दिया।'

तब छोलदारियों में से एक के सामने का परदा उठा और कुमारी पॉलिक्सेना प्रकट हुई। दर्शकों में एक सनसनी सी दौड़ गयी। उन्होंने थायस को पहचान लिया। पापनाशी ने उस वेश्या को फिर देखा जिसकी खोज में वह आया था। वह अपने गोरे हाथ से भारी परदे को ऊपर उठाये हुए थी। वह एक विशाल प्रतिमा की भांति स्थिर खड़ी थी। उसके अपूर्व लोचनों से गर्व और आत्मोत्सर्ग झलक रहा था और उसके प्रदीप्त सौन्दर्य से समस्त दर्शकवृन्द एक निरुपाय लालसा के आवेग से थर्रा उठे!

पापनाशी का चित्त व्यग्र हो उठा। छाती को दोनों हाथों से दबाकर उसने एक ठण्डी सांस ली और बोला- 'ईश्वर! तूने एक प्राणी को क्योंकर इतनी शक्ति प्रदान की है?'

किन्तु डोरियन जरा भी अशान्त न हुआ। बोला-'वास्तव में जिन परमाणुओं के एकत्र हो जाने से इस स्त्री की रचना हुई है, उसका संयोग बहुत ही नयनाभिराम है। लेकिन यह केवल प्रकृति की एक क्रीड़ा है, और परमाणु जड़वस्तु है। किसी दिन वह स्वाभाविक रीति से विच्छिन्न हो जाएंगे। जिन परमाणुओं से लैला और क्लियोपेट्रा की रचना हुई थी वह अब कहां हैं? मैं मानता हूं कि स्त्रियां कभी-कभी बहुत रूपवती होती हैं, लेकिन वह भी तो विपत्ति और घृणोत्पादक अवस्थाओं के वशीभूत हो जाती हैं। बुद्धिमानों को यह बात मालूम है, यद्यपि मूर्ख लोग इस पर ध्यान नहीं देते।'

योगी ने भी थायस को देखा। दार्शनिक ने भी। दोनों के मन में भिन्न-भिन्न विचार उत्पन्न हुए। एक ने ईश्वर से फरियाद की, दूसरे ने उदासीनता से तत्त्व का निरूपण किया। इतने में रानी हेक्युबा ने अपनी कन्या को इशारों से समझाया, मानो कह रही है- इस हृदयहीन उलाइसेस पर अपना जादू डाल! अपने रूप लावण्य, अपने यौवन और अपने अश्रुप्रवाह का आश्रय ले।

थायस, या कुमारी पॉलिक्सेना ने छोलदारी का परदा गिरा दिया। तब उसने एक कदम आगे बढ़ाया, लोगों के दिल हाथ से निकल गये। और जब वह गर्व से तालों पर कदम उठाती हुई उलाइसेस की ओर चली तो दर्शकों को ऐसा मालूम हुआ मानो वह सौन्दर्य का केन्द्र है। कोई आपे में न रहा। सबकी आंखें उसी ओर लगी हुई थीं। अन्य सभी का रंग उसके सामने फीका पड़ गया। कोई उन्हें देखता भी न था।

उलाइसेस ने मुंह फेर लिया और मुंह चादर में छिपा लिया कि इस दया भिखारिनी के नेत्र कटाक्ष और प्रेमालिंगन का जादू उस पर न चले। पॉलिक्सेना ने उससे इशारों से कहा- 'मुझसे क्यों डरते हो? मैं तुम्हें प्रेमपाश में फंसाने नहीं आयी हूं। जो अनिवार्य है, वह होगा। उसके सामने सिर झुकाती हूं। मृत्यु का मुझे भय नहीं है। परायम की लड़की और वीर हेक्टर की बहन, इतनी गयी गुजरी नहीं है कि उसकी शय्या, जिसके लिए बड़े-बड़े सम्राट लालायित रहते थे, किसी विदेशी पुरुष का स्वागत करे। मैं किसी की शरणागत नहीं होना चाहती।'

हेक्युबा जो अभी तक भूमि पर अचेत सी पड़ी थी, सहसा उठी और अपनी प्रिय पुत्री को छाती से लगा लिया। यह उसका अन्तिम नैराश्यपूर्ण आलिंगन था। पतिवंचित मातृहृदय के लिए संसार में कोई अवलम्ब न था। पॉलिक्सेना ने धीरे से माता के हाथों से अपने को छुड़ा लिया, मानो उससे कह रही थी- 'माता, धैर्य से काम लो! अपने स्वामी की आत्मा को दुखी मत करो। ऐसा क्यों करती हो कि यह लोग निदर्यता से जमीन पर गिरकर मुझे अलग कर लें?'

थायस का मुखचन्द्र इस शोकावस्था में और भी मधुर हो गया था, जैसे मेघ के हल्के आवरण से चन्द्रमा। दर्शकवृन्द को उसने जीवन के आवेशों और भावों का कितना अपूर्व चित्र दिखाया! इससे सभी मुग्ध थे! आत्मसम्मान, धैर्य, साहस आदि भावों का ऐसा अलौकिक, ऐसा मुग्धकर दिग्दर्शन कराना थायस का ही काम था। यहां तक कि पापनाशी को भी उस पर दया आ गयी। उसने सोचा, यह चमक-दमक अब थोड़े ही दिनों के और मेहमान हैं, फिर तो यह किसी धर्माश्रम में तपस्या करके अपने पापों का प्रायश्चित करेगी।

अभिनय का अन्त निकट आ गया। हेक्युबा मूर्छित होकर गिर पड़ी, और पॉलिक्सेना उलाइसेस के साथ समाधि पर आयी। योद्धागण उसे चारों ओर से घेरे हुए थे। जब वह बलिवेदी पर चढ़ी तो एशिलीज के पुत्र ने एक सोने के प्याले में शराब लेकर समाधि पर गिरा दी। मातमी गीत गाये जा रहे थे। जब बलि देने वाले पुजारियों ने उसे पकड़ने को हाथ फैलाया तो उसने संकेत द्वारा बतलाया कि मैं स्वच्छन्द रहकर मरना चाहती हूं, जैसाकि राजकन्याओं का धर्म है। तब अपने वस्त्रों को उतारकर वह वज्र को हृदयस्थल में रखने को तैयार हो गयी। पिर्रस ने सिर फेरकर अपनी तलवार उसके वक्षस्थल में भोंक दी। रुधिर की धारा बह निकली। कोई लाग रखी गयी थी। थायस का सिर पीछे को लटक गया, उसकी आंखें तिलमिलाने लगीं और एक क्षण में वह गिर पड़ी।

योद्धागण तो बलि को कफन पहना रहे थे। पुष्पवर्षा की जा रही थी। दर्शकों की आर्तध्वनि से हवा गूंज रही थी। पापनाशी उठ खड़ा हुआ और उच्चस्वर से उसने यह भविष्यवाणी की- 'मिथ्यावादियों, और प्रेतों को पूजने वालों! यह क्या भ्रम हो गया है! तुमने अभी जो दृश्य देखा है, वह केवल एक रूपक है। उस कथा का आध्यात्मिक अर्थ कुछ और है, और यह स्त्री थोड़े ही दिनों में अपनी इच्छा और अनुराग से, ईश्वर के चरणों में समर्पित हो जाएगी।

इसके एक घण्टे बाद पापनाशी ने थायस के द्वार पर जंजीर खटखटायी।

थायस उस समय रईसों के मुहल्ले में, सिकन्दर की समाधि के निकट रहती थी। उसके विशाल भवन के चारों ओर सायेदार वृक्ष थे, जिनमें से एक जलधारा कृत्रिम चट्टानों के बीच से होकर बहती थी। एक बूढ़ी हब्शिन दासी ने जो मुंदरियों से लदी हुई थी, आकर द्वार खोल दिया और पूछा- 'क्या आज्ञा है?'

पापनाशी ने कहा- 'मैं थामस से भेंट करना चाहता हूं। ईश्वर साक्षी है कि मैं यहां इसी काम के लिए आया हूं।'

वह अमीरों जैसे वस्त्र पहने हुए था और उसकी बातों से रोब पटकता था। अतएव दासी उसे अन्दर ले गयी। और बोली- 'थायस परियों के कुंज में विराजमान है।'

अध्याय - 2

थायस ने स्वाधीन, लेकिन निर्धन और मूर्तिपूजक माता-पिता के घर जन्म लिया था। जब वह बहुत छोटी सी लड़की थी, तो उसका बाप एक सराय का भटियारा था। उस सराय में प्रायः मल्लाह बहुत आते थे। बाल्यकाल की अश्रृंखल, किन्तु सजीव स्मृतियां उसके मन में अब भी संचित थीं। उसे अपने बाप की याद आती थी, जो पैर पर पैर रखे अंगीठी के सामने बैठा रहता था। लम्बा, भारी-भरकम, शान्त प्रकृति का मनुष्य था उन फिर ऊनों की भांति जिनकी कीर्ति सड़क के नुक्कड़ों पर भाटों के मुख से नित्य अमर होती रहती थी। उसे अपनी दुर्बल माता की भी याद आती थी, जो भूखी बिल्ली की भांति घर में चारों ओर चक्कर लगाती रहती थी। सारा घर उसके तीक्ष्ण कंठ स्वर में गूंजता और उसके उद्दीप्त नेत्रों की ज्योति से चमकता रहता था। पड़ोस वाले कहते थे, यह डायन है, रात को उल्लू बन जाती है और अपने प्रेमियों के पास उड़ जाती है। यह अफीमचियों की गप थी। थामस अपनी मां से भली-भांति परिचित थी और जानती थी कि वह जादू टोना नहीं करती। हां, उसे लोभ का रोग था और दिन की कमाई को रातभर गिनती रहती थी। असली पिता और लोभिनी माता थायस के लालन-पालन की ओर विशेष ध्यान न देते थे। वह किसी जंगली पौधे के समान अपनी बाढ से बढ़ती जाती थी। वह मतवाले मल्लाहों के कमरबन्द से एक-एक करके पैसे निकालने में निपुण हो गयी। वह अपने अश्लील वाक्यों और बाजारी गीतों से उनका मनोरंजन करती थी, यद्यपि वह स्वयं इनका आशय न जानती थी। घर शराब की महक से भरा रहता था। जहां-तहां शराब के चमड़े के पीपे रखे रहते थे और वह मल्लाहों की गोद में बैठती फिरती थी। तब मुंह में शराब का लसका लगाये वह पैसे लेकर घर से निकलती और एक बुढ़िया से गुलगुले लेकर खाती। नित्यप्रति एक ही अभिनय होता रहता था। मल्लाह अपनी जान जोखिम यात्राओं की कथा कहते, तब चौसर खेलते, देवताओं को गालियां देते और उन्मत्त होकर 'शराब, शराब, सबसे उत्तम शराब!' की रट लगाते। नित्यप्रति रात को मल्लाहों के हुल्लड़ से बालिका की नींद उचट जाती थी। एक-दूसरे को वे घोंघे फेंक कर मारते जिससे मांस कट जाता था और भयंकर कोलाहल मचता था। कभी तलवारें भी निकल पड़ती थीं और रक्तपात हो जाता था।

थायस को यह याद करके बहुत दुःख होता था कि बाल्यावस्था में यदि किसी को मुझसे स्नेह था तो वह सरल, सहृदय अहमद था। अहमद इस घर का हब्शी गुलाम था, तवे से भी ज्यादा काला, लेकिन बड़ा सज्जन, बहुत नेक जैसे रात की मीठी नींद। वह बहुधा थामस को घुटनों पर बैठा लेता और पुराने जमाने के तहखानों की अद्भुत कहानियां सुनाता जो धन लोलुप राजेमहाराजे बनवाते थे और बनवाकर शिल्पियों और कारीगरों का वध कर डालते थे कि किसी को बता न

दें। कभी-कभी ऐसे चतुर चोरों की कहानियां सुनाता जिन्होंने राजाओं की कन्या से विवाह किया और मीनार बनवाये। बालिका थायस के लिए अहमद बाप भी था, मां भी था, दाई था और कुत्ता भी था। वह अहमद के पीछे-पीछे फिरा करती; जहां वह जाता, परछाईं की तरह साथ लगी रहती। अहमद भी उस पर जान देता था। बहुत रात को अपने पुआल के गद्दे पर सोने के बदले बैठा हुआ वह उसके लिए कागज के गुब्बारे और नौकाएं बनाया करता।

अहमद के साथ उसके स्वामियों ने घोर निर्दयता का बर्ताव किया था। एक कान कटा हुआ था और देह पर कोड़ों के दाग ही दाग थे। किन्तु उसके मुख पर नित्य सुखमय शान्ति खेला करती थी और कोई उससे न पूछता था कि इस आत्मा की शान्ति और हृदय के सन्तोष का स्रोत कहां था। वह बालक की तरह भोला था। काम करते-करते थक जाता तो अपने भद्दे स्वर में धार्मिक भजन गाने लगता, जिन्हें सुनकर बालिका कांप उठती और वही बातें स्वप्न में भी देखती।

'हमसे बता मेरी बेटी, तू कहां गयी थी और क्या देखा था?'

'मैंने कफन और सफेद कपड़े देखे। स्वर्गदूत कब्र पर बैठे हुए थे और मैंने प्रभु मसीह की ज्योति देखी।'

थायस उससे पूछती-'दादा, तुम कब्र में बैठे हुए दूतों का भजन क्यों गाते हो।'

अहमद जवाब देता- 'मेरी आंखों की नन्ही पुतली, मैं स्वर्ग दूतों के भजन इसलिए गाता हूं कि हमारे प्रभु मसीह स्वर्गलोक को उड़ गये हैं।'

अहमद ईसाई था। उसकी यथोचित रीति से दीक्षा हो चुकी थी और ईसाइयों के समाज में उसका नाम भी थियोडोर प्रसिद्ध था। वह रातों को छिपकर अपने सोने के समय में उनके संगीतों में शामिल हुआ करता था।

उस समय ईसाई धर्म पर विपत्ति की घटाएं छाई हुई थीं। रूस के बादशाह की आज्ञा से ईसाइयों के गिरजे खोदकर फेंक दिये गये थे, पवित्र पुस्तकें जला डाली गयी थीं और पूजा की सामग्रियां लूट ली गयी थीं। ईसाइयों के सम्मानपद छीन लिये गये थे और चारों ओर उन्हें मौत ही मौत दिखाई देती थी। इस्कन्द्रिया में रहने वाले समस्त ईसाई समाज के लोग संकट में थे। जिसके विषय में ईसावलम्बी होने का जरा भी सन्देह होता, उसे तुरन्त कैद में डाल दिया जाता था। सारे देश में इन खबरों से हाहाकार मचा हुआ था कि स्याम, अरब, ईरान आदि स्थानों में ईसाई बिशपों और व्रतधारिणी कुमारियों को कोड़े मारे गये हैं, सूली दी गयी हैं और जंगल के जानवरों के सामने डाल दिया गया है। इस दारुण विपत्ति के समय जब ऐसा निश्चय हो रहा था कि ईसाइयों का नाम निशान भी न रहेगा; एन्थोनी ने अपने एकान्तवास से निकलकर मानो मुरझाये हुए धान में पानी डाल दिया। एन्थोनी मिस्र निवासी ईसाइयों का नेता, विद्वान, सिद्धपुरुष था। जिसके अलौकिक कृत्यों की खबरें दूर-दूर तक फैली हुई थीं। वह आत्मज्ञानी और तपस्वी था। उसने समस्त देश में भ्रमण करके ईसाई सम्प्रदाय मात्र को श्रद्धा और धर्मोत्साह से प्लावित कर दिया। विधर्मियों से गुप्त रहकर वह एक समय में ईसाइयों की समस्त सभाओं में पहुंच जाता था, और सभी में उस शक्ति और

विचारशीलता का संचार कर देता था जो उसके रोम-रोम में व्याप्त थी। गुलामों के साथ असाधारण कठोरता का व्यवहार किया गया था। इससे भयभीत होकर कितने ही धर्मविमुख हो गये, और अधिकांश जंगल को भाग गये। वहां या तो वे साधु हो जायेंगे या डाके मारकर निर्वाह करेंगे। लेकिन अहमद पूर्ववत् इन सभाओं में सम्मिलित होता, कैदियों से भेंट करता, आहत पुरुषों का क्रियाकर्म करता और निर्भय होकर ईसाई धर्म की घोषणा करता था। प्रतिभाशाली एन्थोनी अहमद की यह दृढ़ता और निश्चलता देखकर इतना प्रसन्न हुआ कि चलते समय उसे छाती से लगा लिया और बड़े प्रेम से आशीर्वाद दिया।

जब थायस सात वर्ष की हुई तो अहमद ने उसे ईश्वर चर्चा करनी शुरू की। उसकी कथा सत्य और असत्य का विचित्र मिश्रण लेकिन बाल्यहृदय के अनुकूल थी।

ईश्वर फिर ऊन की भांति स्वर्ग में, अपने हरम के खेमों और अपने बाग के वृक्षों की छांह में रहता है। वह बहुत प्राचीन काल से वहां रहता है, और दुनिया से भी पुराना है। उसके केवल एक ही बेटा है, जिसका नाम प्रभु ईशु है। वह स्वर्ग के दूतों से और रमणी युवतियों से भी सुन्दर है। ईश्वर उसे हृदय से प्यार करता है। उसने एक दिन प्रभु मसीह से कहा- 'मेरे भवन और हरम, मेरे छुहारे के वृक्षों और मीठे पानी की नदियों को छोड़कर पृथ्वी पर जाओ और दीन-दु:खी प्राणियों का कल्याण करो! वहां तुझे छोटे बालक की भांति रहना होगा। वहां दु:ख ही तेरा भोजन होगा और तुझे इतना रोना होगा कि आंसुओं से नदियां बह निकलें, जिनमें दीन-दु:खी जन नहाकर अपनी थकन को भूल जाएं। जाओ प्यारे पुत्र!'

प्रभु मसीह ने अपने पूज्य पिता की आज्ञा मान ली और आकर बेथलेहम नगर में अवतार लिया। वह खेतों और जंगलों में फिरते थे और अपने साथियों से कहते थे- मुबारक हैं वे लोग जो भूखे रहते हैं, क्योंकि मैं उन्हें अपने पिता की मेज पर खाना खिलाऊंगा। मुबारक हैं वे लोग जो प्यासे रहते हैं, क्योंकि वह स्वर्ग की निर्मल नदियों का जल पियेंगे और मुबारक हैं वे जो रोते हैं, क्योंकि मैं अपने दामन से उनके आंसू पोछूंगा।'

यही कारण है कि दीनहीन प्राणी उन्हें प्यार करते हैं और उन पर विश्वास करते हैं। लेकिन धनी लोग उनसे डरते हैं कि कहीं यह गरीबों को उनसे ज्यादा धनी न बना दें। उस समय क्लियोपेट्रा और सीजर पृथ्वी पर सबसे बलवान थे। वे दोनों ही मसीह से जलते थे, इसीलिए पुजारियों और न्यायाधीशों को हुक्म दिया कि प्रभु मसीह को मार डालो। उनकी आज्ञा से लोगों ने एक सलीब खड़ी की और प्रभु को सूली पर चढ़ा दिया। किन्तु प्रभु मसीह ने कब्र के द्वार को तोड़ डाला और फिर अपने पिता ईश्वर के पास चले गये।

उसी समय से प्रभु मसीह के भक्त स्वर्ग को जाते हैं। ईश्वर प्रेम से उनका स्वागत करता है और उनसे कहता है- 'आओ, मैं तुम्हारा स्वागत करता हूं क्योंकि तुम मेरे बेटे को प्यार करते हो। हाथ धोकर मेज पर बैठ जाओ।' तब स्वर्ग अप्सराएं गाती हैं और जब तक मेहमान लोग भोजन करते हैं, नाच होता रहता है। उन्हें ईश्वर अपनी आंखों की ज्योति से अधिक प्यार करता है, क्योंकि वे

उसके मेहमान होते हैं और उनके विश्राम के लिए अपने भवन के गलीचे और उनके स्वादन के लिए अपने बाग का अनार प्रदान करता है।

अहमद इस प्रकार थायस से ईश्वर चर्चा करता था। वह विस्मित होकर कहती थी- 'मुझे ईश्वर के बाग के अनार मिलें, तो खूब खाऊं।'

अहमद कहता था- 'स्वर्ग के फल वही प्राणी खा सकते हैं, जो बपतिस्मा ले लेते हैं।'

तब थायस ने बपतिस्मा लेने की आकांक्षा प्रकट की। प्रभु मसीह में उसकी भक्ति देखकर अहमद ने उसे और भी धर्म कथाएं सुनानी शुरू कीं।

इस प्रकार एक वर्ष तक बीत गया। ईस्टर का शुभ सप्ताह आया और ईसाइयों ने धर्मोत्सव मनाने की तैयारी की। इसी सप्ताह में एक रात को थायस नींद से चौंकी तो देखा कि अहमद उसे गोद में उठा रहा है। उसकी आंखों में इस समय अद्भुत चमक थी। वह और दिनों की भांति फटे हुए पाजामे नहीं, बल्कि एक श्वेत लम्बा ढीला चोंगा पहने हुए था। उसके थायस को उसी चोंगे में छिपा लिया और उसके कान में बोला- 'आ, मेरी आंखों की पुतली, आ। और बपतिस्मा के पवित्र वस्त्र धारण कर।'

वह लड़की को छाती से लगाये हुए चला। थायस कुछ डरी, किन्तु उत्सुक भी थी। उसने सिर चोंगे से बाहर निकाल लिया और अपने दोनों हाथ अहमद की मर्दन में डाल दिये। अहमद उसे लिये वेग से दौड़ा चला जाता था। वह एक तंग अंधेरी गली से होकर गुजरा; तब यहूदियों के मुहल्ले को पार किया, फिर एक कब्रिस्तान के गिर्द में घूमते हुए एक खुले मैदान में पहुंचा जहां ईसाई, धर्महितों की लाशें सलीबों पर लटकी हुई थीं। थायस ने अपना सिर चोगे में छिपा लिया और फिर रास्ते भर उसे मुंह बाहर निकालने का साहस न हुआ। उसे शीघ्र ज्ञात हो गया कि हम लोग किसी तहखाने में चले जा रहे हैं। जब उसने फिर आंखें खोलीं तो अपने को एक तंग खोह में पाया। राल की मशालें जल रही थीं। खोह की दीवारों पर ईसाई सिद्ध महात्माओं के चित्र बने हुए थे जो मशालों के अस्थिर प्रकाश में चलते-फिरते, सजीव मालूम होते थे। उनके हाथों में खजूर की डालें थीं और उनके इर्द-गिर्द मेमने, कबूतर, फाखते और अंगूर की बेलें चित्रित थीं। इन्हीं चित्रों में थायस ने ईशु को पहचाना, जिसके पैरों के पास फूलों का ढेर लगा हुआ था।

खोह के मध्य में एक पत्थर के जलकुण्ड के पास, एक वृद्ध पुरुष लाल रंग का ढीला कुर्ता पहने खड़ा था। यद्यपि उसके वस्त्र बहुमूल्य थे, पर वह अत्यन्त दीन और सरल जान पड़ता था। उसका नाम बिशप जीवन था, जिसे बादशाह ने देश से निकाल दिया था। अब वह भेड़ का ऊन कातकर अपना निर्वाह करता था। उसके समीप दो लड़के खड़े थे। निकट ही एक बुढ़ी हब्शिन एक छोटा सा सफेद कपड़ा लिये खड़ी थी। अहमद ने थायस को जमीन पर बैठा दिया और बिशप के सामने घुटनों के बल बैठकर बोला- 'पूज्य पिता, यही वह छोटी लड़की है जिसे मैं प्राणों से भी अधिक चाहता हूं। मैं उसे आपकी सेवा में लाया हूं कि आप अपने वचनानुसार, यदि इच्छा हो तो, उसे बपतिस्मा प्रदान कीजिए।'

यह सुनकर बिशप ने हाथ फैलाया। उनकी उंगलियों के नाखून उखाड़ लिये गये थे क्योंकि आपत्ति के दिनों में वह राजाज्ञा की परवाह न करके अपने धर्म पर आरूढ़ रहे थे। थायस डर गयी और अहमद की गोद में छिप गयी, किन्तु बिशप के इन स्नेहमय शब्दों ने उस आश्वस्त कर दिया- 'प्रिय पुत्री, डरो मत। अहमद तेरा धर्मपिता है, जिसे हम लोग थियोडोरा कहते हैं, और यह वृद्ध स्त्री तेरी माता है जिसने अपने हाथों से तेरे लिए एक सफेद वस्त्र तैयार किया। इसका नाम नीतिदा है। यह इस जन्म में गुलाम है; पर स्वर्ग में यह प्रभु मसीह की प्रेयसी बनेगी।'

तब उसने थायस से पूछा- 'थायस, क्या तू ईश्वर पर, जो हम सबों का परम पिता है, उसके इकलौते पुत्र प्रभु मसीह पर जिसने हमारी मुक्ति के लिए प्राण अर्पण किये, और मसीह के शिष्यों पर विश्वास करती हैं?'

हब्शी और हब्शिन ने एक स्वर से कहा- 'हां।'

तब बिशप के आदेश से नीतिदा ने थायस के कपड़े उतारे। वह नग्न हो गयी। उसके गले में केवल एक यन्त्र था। विशप ने उसे तीन बार जलकुण्ड में गोता दिया, और तब नीतिदा ने देह का पानी पोंछकर अपना सफेद वस्त्र पहना दिया। इस प्रकार वह बालिका ईसा शरण में आयी जो कितनी परीक्षाओं और प्रलोभनों के बाद अमर जीवन प्राप्त करने वाली थी।

जब यह संस्कार समाप्त हो गया और सब लोग खोह के बाहर निकले तो अहमद ने बिशप से कहा- 'पूज्य पिता, हमें आज आनन्द मनाना चाहिए; क्योंकि हमने एक आत्मा को प्रभु मसीह के चरणों पर समर्पित किया। आज्ञा हो तो हम आपके शुभस्थान पर चलें और शेष रात्रि उत्सव मनाने में काटें।'

बिशप ने प्रसन्नता से इस प्रस्ताव को स्वीकार किया। लोग बिशप के घर आये। इसमें केवल एक कमरा था। दो चरखे रखे हुए थे और एक फटी हुई दरी बिछी थी। जब यह लोग अन्दर पहुंचे तो बिशप ने नीतिदा से कहा- 'चूल्हा और तेल की बोतल लाओ। भोजन बनायें।'

यह कहकर उसने कुछ मछलियां निकालीं, उन्हें तेल में भूना, तब सबके-सब फर्श पर बैठकर भोजन करने लगे। बिशप ने अपनी यन्त्रणाओं का वृत्तान्त कहा और ईसाइयों की विजय पर विश्वास प्रकट किया। उसकी भाषा बहुत ही पेचदार, अलंकृत, उलझी हुई थी। तत्त्व कम, शब्दाडम्बर बहुत था। थायस मंत्रमुग्ध-सी बैठी सुनती रही।

भोजन समाप्त हो जाने का बिशप ने मेहमानों को थोड़ी-सी शराब पिलाई। नशा चढ़ा तो वे बहक-बहककर बातें करने लगे। एक क्षण के बाद अहमद और नीतिदा ने नाचना शुरू किया। यह प्रेत नृत्य था। दोनों हाथ हिला-हिलाकर कभी एक-दूसरे की तरफ लपकते, कभी दूर हट जाते। जब सेवा होने में थोड़ी देर रह गयी तो अहमद ने थायस को फिर गोद में उठाया और घर चला आया।

अन्य बालकों की भांति थायस भी आमोदप्रिय थी। दिनभर वह गलियों में बालकों के साथ नाचती गाती रहती थी। रात को घर आती तब भी वह गीत गाया करती, जिनका सिर-पैर कुछ न होता।

अब उसे अहमद जैसे शान्त, सीधे-सीधे आदमी की अपेक्षा लड़के-लड़कियों की संगति अधिक रुचिकर मालूम होती! अहमद भी उसके साथ कम दिखाई देता। ईसाइयों पर अब बादशाह की क्रूर दृष्टि न थी, इसलिए वह अबाध रूप से धर्म संभाएं करने लगे थे। धर्मनिष्ठ अहमद इन सभाओं में सम्मिलित होने से कभी न चूकता। उसका धर्मोत्साह दिनोंदिन बढ़ने लगा। कभी-कभी वह बाजार में ईसाइयों को जमा करके उन्हें आने वाले सुखों की शुभ सूचना देता। उसकी सूरत देखते ही शहर के भिखारी, मजदूर, गुलाम, जिनका कोई आश्रय न था, जो रातों में सड़क पर सोते थे, एकत्र हो जाते और वह उनसे कहता- 'गुलामों के मुक्त होने के दिन निकट हैं, न्याय जल्द आने वाला है, धन के मतवाले चैन की नींद न सो सकेंगे। ईश्वर के राज्य में गुलामों को ताजा शराब और स्वादिष्ट फल खाने को मिलेंगे, और धनी लोग कुत्ते की भांति दुबके हुए मेज के नीचे बैठे रहेंगे और उनका जूठन खायेंगे।'

यह शुभ सन्देश शहर के कोने-कोने में गूंजने लगता और धनी स्वामियों को शंका होती कि कहीं उनके गुलाम उत्तेजित होकर बगावत न कर बैठें। थायस का पिता भी उससे जला करता था। वह कुत्सित भावों को गुप्त रखता।

एक दिन चांदी का एक नमकदान जो देवताओं के यज्ञ के लिए अलग रखा हुआ था, चोरी हो गया। अहमद ही अपराधी ठहराया गया। अवश्य अपने स्वामी को हानि पहुंचाने और देवताओं का अपमान करने के लिए उसने यह अधर्म किया है! चोरी को साबित करने के लिए कोई प्रमाण न था और अहमद पुकार-पुकारकर कहता था- मुझ पर व्यर्थ ही यह दोषारोपण किया जाता है। तिस पर भी वह अदालत में खड़ा किया गया। थायस के पिता ने कहा- 'यह कभी मन लगाकर काम नहीं करता।' न्यायाधीश ने उसे प्राणदण्ड का हुक्म दे दिया। जब अहमद अदालत से चलने लगा तो न्यायधीश ने कहा- 'तुमने अपने हाथों से अच्छी तरह काम नहीं लिया इसलिए अब यह सलीब में ठोंक दिये जायेंगे!'

अहमद ने शान्तिपूर्वक फैसला सुना, दीनता से न्यायाधीश को प्रणाम किया और तब कारागार में बन्द कर दिया गया। उसके जीवन के केवल तीन दिन और थे और तीनों दिन वह कैदियों को उपदेश देता रहा। कहते हैं उसके उपदेशों का ऐसा असर पड़ा कि सारे कैदी और जेल के कर्मचारी मसीह की शरण में आ गये। यह उसके अविचल धर्मानुराग का फल था।

चौथे दिन वह उसी स्थान पर पहुंचाया गया जहां से दो साल पहले, थायस को गोद में लिये वह बड़े आनन्द से निकला था। जब उसके हाथ सलीब पर ठोंक दिये गये, तो उसने 'उफ' तक न किया, और एक भी अपशब्द उसके मुंह से न निकला! अन्त में बोला-'मैं प्यासा हूं!'

तीन दिन और तीन रात उसे असह्य प्राणपीड़ा भोगनी पड़ी। मानव शरीर इतना दुस्सह अगंविच्छेद सह सकता है, असम्भव सा प्रतीत होता था। बार-बार लोगों को खयाल होता था कि वह मर गया। मक्खियां आंखों पर जमा हो जातीं, किन्तु सहसा उसके रक्तवर्ण नेत्र खुल जाते थे। चौथे दिन प्रात:काल उसने बालकों सा सरल और मृदुस्वर में गाना शुरू किया- मरियम, बता तू कहां गयी थी, और वहां क्या देखा? तब उसने मुस्कराकर कहा-

'वह स्वर्ग के दूत तुझे लेने को आ रहे हैं। उनका मुख कितना तेजस्वी है। वह अपने साथ फल और शराब लिये आते हैं। उनके परों से कैसी निर्मल, सुखद वायु चल रही है।'

और यह कहते-कहते उसका प्राणान्त हो गया।

मरने पर भी उसका मुख मंडल आत्मोल्लास से उद्दीप्त हो रहा था। यहां तक कि वे सिपाही भी जो सलीब की रक्षा कर रहे थे, विस्मत हो गये। बिशप जीवन ने आकर शव का मृतक संस्कार किया और ईसाई समुदाय ने महात्मा थियोडोर की कीर्ति को प्रेमाज्ज्वल अक्षरों में अंकित किया।

अहमद के प्राणदण्ड के समय थायस का ग्यारहवां वर्ष पूरा हो चुका था। इस घटना से उसके हृदय को गहरा सदमा पहुंचा। उसकी आत्मा अभी इतनी पवित्र न थी कि वह अहमद की मृत्यु को उसके जीवन के समान ही मुबारक समझती, उसकी मृत्यु को उद्धार समझकर प्रसन्न होती। उसके अबोध मन में यह भ्रान्त बीज उत्पन्न हुआ कि इस संसार में वही प्राणी दया धर्म का पालन कर सकता है, जो कठिन से कठिन यातनाएं सहने के लिए तैयार रहे। यहां सज्जनता का दण्ड अवश्य मिलता है। उसे सत्कर्म से भय होता था कि कहीं मेरी भी यही दशा न हो। उसका कोमल शरीर पीड़ा सहने में असमर्थ था।

वह छोटी ही उम्र में बादशाह के युवकों के साथ क्रीड़ा करने लगी। संध्या समय वह बूढ़े आदमियों के पीछे लग जाती और उनसे कुछ न कुछ ले मरती थी। इस भांति जो कुछ मिलता उससे मिठाइयां और खिलौने मोल लेती। पर उसकी लोभिनी माता चाहती थी कि वह जो कुछ पाये वह मुझे दे। थायस इसे न मानती थी। इसलिए उसकी माता उसे मारा-पीटा करती थी। माता की मार से बचने के लिए वह बहुधा घर से भाग जाती और शहरपनाह की दीवार की दरारों में वन्य जन्तुओं के साथ छिपी रहती।

एक दिन उसकी माता ने इतनी निर्दयता से उसे पीटा कि वह घर से भागी और शहर के फाटक के पास चुपचाप पड़ी सिसक रही थी कि एक बुढ़िया उसके सामने जाकर खड़ी हो गयी। वह थोड़ी देर तक मुग्धभाव से उसकी ओर ताकती रही और तब बोली- 'ओ मेरी गुलाब, मेरी गुलाब, मेरी फूल सी बच्ची! धन्य है तेरा पिता जिसने तुझे पैदा किया और धन्य है तेरी माता जिसने तुझे पाला।'

थायस चुपचाप बैठी जमीन की ओर देखती रही। उसकी आंखें लाल थीं, वह रो रही थी।

बुढ़िया ने फिर कहा- 'मेरी आंखों की पुतली, मुन्नी, क्या तेरी माता तुझ जैसी देवकन्या को पाल-पोसकर आनन्द से फूल नहीं जाती, और तेरा पिता तुझे देखकर गौरव से उन्मत्त नहीं हो जाता?'

थायस ने इस तरह भुनभुनाकर उत्तर दिया, मानो मन ही में कह रही है- मेरा बाप शराब से फूला हुआ पीपा है और माता रक्त चूसने वाली जोंक है।

बुढ़िया ने दायें-बायें देखा कि कोई सुन तो नहीं रहा है, तब निस्संक होकर अत्यन्त मृदु कंठ से बोली- 'अरे मेरी प्यारी आंखों की ज्योति, ओ मेरी खिली हुई गुलाब की कली, मेरे साथ चलो। क्यों इतना कष्ट सहती हो? ऐसे मां-बाप की झाड़ मारो। मेरे यहां तुम्हें नाचने और हंसने के सिवाय और कुछ न करना पड़ेगा। मैं तुम्हें शहद के रसगुल्ले खिलाऊंगी, और मेरा बेटा तुम्हें आंखों की पुतली बनाकर रखेगा। वह बड़ा सुन्दर सजीला जवान है, उसकी दाढ़ी पर अभी बाल भी नहीं निकले, गोरे रंग का कोमल स्वभाव का प्यारा लड़का है।'

थायस ने कहा- 'मैं शौक से तुम्हें साथ चलूंगी।' और उठकर बुढ़िया के पीछे शहर के बाहर चली गयी।

बुढ़िया का नाम मीरा था। उसके पास कई लड़के-लड़कियों की एक मंडली थी। उन्हें उसने नाचना, गाना, नकलें करना सिखाया था। इस मंडली को लेकर वह नगर-नगर घूमती थी, और अमीरों के जलसों में उनका नाच-गाना कराके अच्छा पुरस्कार लिया करती थी।

उसकी चतुर आंखों ने देख लिया कि यह कोई साधारण लड़की नहीं है। उसका उठान कहे देता था कि आगे चलकर वह अत्यन्त रूपवती रमणी होगी। उसने उसे कोड़े मारकर संगीत और पिंगल की शिक्षा दी। जब सितार के तालों के साथ उसके पैर न उठते तो वह उसकी कोमल पिंडलियों में चमड़े के तस्मे से मारती। उसका पुत्र जो हिजड़ा था, थायस से द्वेष रखता था, जो उसे स्त्री मात्र से था। पर वह नाचने में, नकल करने में, मनोगत भावों को संकेत, सैन, आकृति द्वारा व्यक्त करने में, प्रेम की घातों के दर्शाने में अत्यन्त कुशल था। हिजड़ों में यह गुण प्रायः ईश्वरदत्त होते हैं। उसने थायस को यह विद्या सिखाई, खुशी से नहीं बल्कि इसलिए कि इस तरकीब से वह जी भरकर थायस को गालियां दे सकता था। जब उसने देखा कि थायस नाचने-गाने में निपुण होती जाती है और रसिक लोग उसके नृत्यगान से जितने मुग्ध होते हैं, उतना मेरे नृत्य कौशल से नहीं होते तो उसकी छाती पर सांप काटने लगा। वह उसके गालों को नोच लेता, उसके हाथ-पैर में चुटकियां काटता। पर उसकी जलन से थायस को लेशमात्र भी दुःख न होता था। निर्दय व्यवहार का उसे अभ्यास हो गया था। अन्तियोकस उस समय बहुत आबाद शहर था। मीरा जब इस शहर में आयी तो उसने रईसों से थायस की खूब प्रशंसा की। थायस का रूप लावण्य देखकर लोगों ने बड़े चाव से उसे अपनी रागरंग की मजलिसों में निमन्त्रित किया, और उसके नृत्यगान पर मोहित हो गये। शनैः-शनैः यही उसका नित्य का काम हो गया! नृत्यगान समाप्त होने पर वह प्रायः सेठ-साहूकारों के साथ नदी के किनारे, घने कुञ्जों में विहार करती। उस समय तक

उसे प्रेम के मूल्य का ज्ञान न था, जो कोई बुलाता उसके पास जाती, मानो कोई जौहरी का लड़का धनराशि को कौड़ियों की भांति लुटा रहा हो। उसका एक-एक कटाक्ष हृदय को कितना उद्विग्न कर देता है, उसका एक-एक कर स्पर्श कितना रोमांचकारी होता है, यह उसके अज्ञात यौवन को विदित न था।

एक रात को उसका मुजरा नगर के सबसे धनी रसिक युवकों के सामने हुआ। जब नृत्य बन्द हुआ तो नगर के प्रधान राज्य कर्मचारी का बेटा, जवानी की उमंग और काम चेतना से विह्वल होकर उसके पास आया और ऐसे मधुर स्वर में बोला जो प्रेम रस में सनी हुई थी-

'थायस, यह मेरा परम सौभाग्य होता यदि तेरे अलकों में गुंथी हुई पुष्पमाला या तेरे कोमल शरीर का आभूषण, अथवा तेरे चरणों की पादुका मैं होता। यह मेरी परम लालसा है कि पादुका की भांति तेरे सुन्दर चरणों से कुचला जाता, मेरा प्रेमालिंगन तेरे सुकोमल शरीर का आभूषण और तेरी अलकराशि का पुष्प होता। सुन्दरी रमणी, मैं प्राणों को हाथ में लिये तुम्हें भेंट करने को उत्सुक हो रहा हूं। मेरे साथ चल और हम दोनों प्रेम में मग्न होकर संसार को भूल जायें।'

जब तक वह बोलता रहा, थायस उसकी ओर विस्मित होकर ताकती रही। उसे ज्ञात हुआ कि उसका रूप मनोहर है। अकस्मात उसे अपने माथे पर ठंडा पसीना बहता हुआ जान पड़ा। वह हरी घास की भांति आर्द्र हो गयी। उसके सिर में चक्कर आने लगे, आंखों के सामने मेघ घटा सी उठती हुई जान पड़ी। युवक ने फिर वही प्रेमाकांक्षा प्रकट की, लेकिन थायस ने फिर इनकार किया। उसके आतुर नेत्र, उसकी प्रेम याचना बस निष्फल हुई और जब उसने अधीर होकर उसे अपनी गोद में ले लिया और बलात खींच ले जाना चाहा तो उसने निष्ठुरता से उसे हटा दिया। तब वह उसके सामने बैठकर रोने लगा। पर उसके हृदय में एक नवीन, अज्ञात और अलक्षित चैतन्यता उदित हो गयी थी। वह अब भी दुराग्रह करती रही।

मेहमानों ने सुना तो बोले-'यह कैसी पगली है? लोलस कुलीन, रूपवान, धनी है और यह नाचने वाली युवती उसका अपमान करती है!'

लोलस रात घर लौटा तो प्रेममद से मतवाला हो रहा था। प्रात:काल वह फिर थायस के घर आया, तो उसका मुख विवर्ण और आंखें लाल थीं। उसने थायस के द्वार पर फूलों की माला चढ़ाई। लेकिन थायस भयभीत और अशान्त थी, और लोलस से मुंह छिपाती रहती थी। फिर भी लोलस की स्मृति एक क्षण के लिए भी उसकी आंखों से न उतरती। उसे वेदना होती थी पर वह इसका कारण न जानती थी। उसे आश्चर्य होता था कि मैं इतनी खिन्न और अन्यमनस्क क्यों हो गयी हूं। वह अन्य सब प्रेमियों से दूर भागती थी। उनसे उसे घृणा होती थी। उसे दिन का प्रकाश अच्छा न लगता, सारे दिन अकेले बिछावन पर पड़ी, तकिये में मुंह छिपाये रोया करती। लोलस कई बार किसी न किसी युक्ति से उसके पास पहुंचा, पर उसका प्रेमाग्रह, रोना-धोना, एक भी उसे न पिघला सका। उसके सामने वह ताक न सकती, केवल यही कहती- 'नहीं, नहीं।'

लेकिन एक पक्ष के बाद उसकी जिद्द जाती रही। उसे ज्ञात हुआ कि मैं लोलस के प्रेमपाश में फंस गयी हूं। वह उसके घर गयी और उसके साथ रहने लगी। अब उनके आनन्द की सीमा न थी। दिन भर एक-दूसरे से आंखें मिलाये बैठे प्रेमालाप किया करते। संध्या को नदी के नीरव निर्जन तट पर हाथ में हाथ डाले टहलते। कभी-कभी अरुणोदय के समय उठकर पहाड़ियों पर सम्बुल के फूल बटोरने चले जाते। उनकी थाली एक थी। प्याला एक था, मेज एक थी। लोलस उसके मुंह के अंगूर निकालकर अपने मुंह में खा जाता।

तब मीरा लोलस के पास आकर रोने पीटने लगी कि मेरी थायस को छोड़ दो। वह मेरी बेटी है, मेरी आंखों की पुतली! मैंने इसी उदर से उसे निकाल, इस गोद में उसका लालन-पालन किया और अब तू उसे मेरी गोद से छीन लेना चाहता है।

लोलस ने उसे प्रचुर धन देकर विदा किया, लेकिन जब वह धन तृष्णा से लोलुप होकर फिर आयी तो लोलस ने उसे कैद करा दिया। न्यायाधिकारियों को ज्ञात हुआ कि वह कुटनी है, भोली लड़कियों को बहका ले जाना ही उसका उद्यम है तो उसे प्राणदण्ड दे दिया और वह जंगली जानवरों के सामने फेंक दी गई।

लोलस अपनी अखंड, सम्पूर्ण कामना से थायस को प्यार करता था। उसकी प्रेम कल्पना ने विराट रूप धारण कर लिया था, जिससे उसकी किशोर चेतना सशंक हो जाती थी। थायस अन्त:करण से कहती- 'मैंने तुम्हारे सिवाय और किसी से प्रेम नहीं किया।'

लोलस जवाब देता- 'तुम संसार में अद्वितीय हो।' दोनों पर छः महीने तक यह नशा सवार रहा। अन्त में टूट गया। थायस को ऐसा जान पड़ता कि मेरा हृदय शून्य और निर्जन है। वहां से कोई चीज गायब हो गयी है। लोलस उसकी दृष्टि में कुछ और मालूम होता था। वह सोचती- मुझमें सहसा यह अन्तर क्यों हो गया? यह क्या बात है कि लोलस अब और मनुष्यों का सा हो गया है, अपना सा नहीं रहा? मुझे क्या हो गया है?

यह दशा उसे असह्य प्रतीत होने लगी। अखण्ड प्रेम के आस्वादन के बाद अब यह नीरस, शुष्क व्यापार उसकी तृष्णा को तृप्त न कर सका। वह अपने खोये हुए लोलस को किसी अन्य प्राणी में खोजने की गुप्त इच्छा को हृदय में छिपाये हुए, लोलस के पास से चली गयी। उसने सोचा प्रेम रहने पर भी किसी पुरुष के साथ रहना उस आदमी के साथ रहने से कहीं सुखकर है, जिससे अब प्रेम नहीं रहा। वह फिर नगर के विषयभोगियों के साथ उन धर्मोत्सवों में जाने लगी जहां वस्त्रहीन युवतियां मन्दिरों में नृत्य किया करती थीं या जहां वेश्याओं के गोल के गोल नदी में तैरा करते थे। वह उस विलासप्रिय और रंगीले नगर के रागरंग में दिल खोलकर भाग लेने लगी। वह नित्य रंगशालाओं में आती जहां चतुर गवैये और नर्तक देश देशान्तरों से आकर अपने करतब दिखाते थे और उत्तेजना के भूखे दर्शकवृन्द वाह-वाह की ध्वनि से आसमान सिर पर उठा लेते थे।

थायस गायकों, अभिनेताओं, विशेषत: उन स्त्रियों के चरित्रों को बड़े ध्यान से देखा करती थी जो दु:खान्त नाटकों में मनुष्य से प्रेम करने वाली देवियों या देवताओं से प्रेम करने वाली स्त्रियों

का अभिनय करती थीं। शीघ्र ही उसे वह लटके मालूम हो गये, जिनके द्वारा वह पात्राएं दर्शकों का मन हर लेती थीं, और उसने सोचा, क्या मैं जो उन सबों से रूपवती हूं, ऐसा ही अभिनय करके दर्शकों को प्रसन्न नहीं कर सकती? वह रंगशाला व्यवस्थापक के पास गयी और उससे कहा कि मुझे भी इस नाट्यमंडली में सम्मिलित कर लीजिए। उसके सौन्दर्य ने उसकी पूर्वशिक्षा के साथ मिलकर उसकी सिफारिश की। व्यवस्थापक ने उसकी प्रार्थना स्वीकार कर ली। और वह पहली बार रंगमंच पर आयी।

पहले दर्शकों ने उसका बहुत आशाजनक स्वागत न किया। एक तो वह इस काम में अभ्यस्त न थी, दूसरे उसकी प्रशंसा के पुल बांधकर जनता को पहले ही से उत्सुक न बनाया गया था। लेकिन कुछ दिनों तक गौण चरित्रों का पार्ट खेलने के बाद उसके यौवन ने वह हाथ-पांव निकाले कि सारा नगर लोटपोट हो गया। रंगशाला में कहीं तिल रखने भर की जगह न बचती। नगर के बड़े-बड़े हाकिम, रईस, अमीर, लोकमत के प्रभाव से रंगशाला में आने पर मजबूर हुए। शहर के चौकीदार, पल्लेदार, मेहतर, घाट के मजदूर, दिन-दिन भर उपवास करते थे कि अपनी जगह सुरक्षित करा लें। कविजन उसकी प्रशंसा में कवित्त कहते। लम्बी दाढ़ियों वाले विज्ञानशास्त्री व्यायामशालाओं में उसकी निन्दा और उपेक्षा करते। जब उसका तामझाम सड़क पर से निकलता तो ईसाई पादरी मुंह फेर लेते थे। उसके द्वार की चौखट पुष्पमालाओं से ढकी रहती थी। अपने प्रेमियों से उसे इतना अतुल धन मिलता कि उसे गिनना मुश्किल था। तराजू पर तौल लिया जाता था। कृपण बूढ़ों की संग्रह की हुई समस्त सम्पत्ति उसके ऊपर कौड़ियों की भांति लुटाई जाती थी। पर उसे गर्व न था। ऐंठ न थी। देवताओं की कृपादृष्टि और जनता की प्रशंसा ध्वनि से उसके हृदय को गौरवयुक्त आनन्द होता था। सबकी प्यारी बनकर वह अपने को प्यार करने लगी थी।

कई वर्ष तक ऐन्टिओकवासियों के प्रेम और प्रशंसा का सुख उठाने के बाद उसके मन में प्रबल उत्कंठा हुई कि इस्कन्द्रिया चलूं और उस नगर में अपना ठाटबाट दिखाऊं, जहां बचपन में मैं नंगी और भूखी, दरिद्र और दुर्बल, सड़कों पर मारी-मारी फिरती थी और गलियों की खाक छानती थी। इस्कन्द्रियां आंखें बिछाये उसकी राह देखता था। उसने बड़े हर्ष से उसका स्वागत किया और उस पर मोती बरसाये। वह क्रीड़ाभूमि में आती तो धूम मच जाती। प्रेमियों और विलासियों के मारे उसे सांस न मिलती, पर वह किसी को मुंह न लगाती। दूसरा, लोलस उसे जब न मिला तो उसने उसकी चिन्ता ही छोड़ दी। उस स्वर्गसुख की अब उसे आशा न थी।

उसके अन्य प्रेमियों में तत्त्वज्ञानी निसियास भी था जो विरक्त होने का दावा करने पर भी उसके प्रेम का इच्छुक था। वह धनवान था पर अन्य धनपतियों की भांति अभिमानी और मन्दबुद्धि न था। उसके स्वभाव में विनय और सौहार्द की आभा झलकती थी, किन्तु उसका मधुर हास्य और मृदु कल्पनाएं उसे रिझाने में सफल न होतीं। उसे निसियास से प्रेम न था, कभी-कभी उसके सुभाषितों से उसे चिढ़ होती थी। उसके शंकावाद से उसका चित्त व्यग्र हो जाता था, क्योंकि निसियास की श्रद्धा किसी पर न थी और थायस की श्रद्धा सभी पर थी। वह ईश्वर पर, भूत प्रेतों पर, जादू-टोने

पर, जन्त्र-मन्त्र पर पूरा विश्वास करती थी। उसकी भक्ति प्रभु मसीह पर भी थी, श्याम बालों की पुनीता देवी पर भी उसे विश्वास था कि रात को जब अमुक प्रेत गलियों में निकलता है, तो कुतियां भौंकती हैं। मारण, उच्चाटन, वशीकरण के विधानों पर और शक्ति पर उसे अटल विश्वास था। उसका चित्त अज्ञात के लिए उत्सुक रहता था। वह देवताओं की मनौतियां करती थी और सदैव शुभाशाओं में मग्न रहती थी भविष्य से यह शंका रहती थी, फिर भी उसे जानना चाहती थी। उसके यहां, ओझे, सयाने, तांत्रिक, मन्त्र जगाने वाले, हाथ देखने वाले जमा रहते थे। वह उनके हाथों नित्य धोखा खाती पर सतर्क न होती थी। वह मौत से डरती थी और उससे सतर्क रहती थी। सुखभोग के समय भी उसे भय होता था कि कोई निर्दय कठोर हाथ उसका गला दबाने के लिए बढ़ आता है और वह चिल्ला उठती थी।

निसियास कहता था-'प्रिय, एक ही बात है, चाहे हम रुग्ण और जर्जर होकर महारात्रि की गोद में समा जायें, अथवा यहीं बैठे, आनन्दभोग करते, हंसते-खेलते, संसार से प्रस्थान कर जायें। जीवन का उद्देश्य सुखभोग है। आओ जीवन की बहार लूटें। प्रेम से हमारा जीवन सफल हो जायेगा। इन्द्रियों द्वारा प्राप्त ज्ञान ही यथार्थ ज्ञान है। इसके सिवाय सब मिथ्या के लिए अपने जीवन सुख में क्यों बाधा डालें?'

थायस सरोष होकर उत्तर देती- 'तुम जैसे मनुष्यों से भगवान बचाये, जिन्हें कोई आशा नहीं, कोई भय नहीं। मैं प्रकाश चाहती हूं, जिससे मेरा अन्त:करण चमक उठे।'

जीवन के रहस्य को समझने के लिए उसे दर्शनग्रन्थों को पढ़ना शुरू किया, पर वह उसकी समझ में न आये। ज्योंज्यों बाल्यावस्था उससे दूर होती जाती थी, त्यों-त्यों उसकी याद उसे विकल करती थी। उसे रातों को भेष बदलकर उन सड़कों, गलियों, चौराहों पर घूमना बहुत प्रिय मालूम होता जहां उसका बचपन इतने दु:ख से कटा था। उसे अपने माता-पिता के मरने का दु:ख होता था, इस कारण और भी कि वह उन्हें प्यार न कर सकी थी।

जब किसी ईसाई पूजक से उसकी भेंट हो जाती, तो उसे अपना बपतिस्मा याद आता और चित्त अशान्त हो जाता। एक रात को वह एक लम्बा लबादा ओढ़, सुन्दर केशों को एक काले टोप से छिपाये, शहर के बाहर विचर रही थी कि सहसा वह एक गिरजाघर के सामने पहुंच गयी। उसे याद आया, मैंने इसे पहले भी देखा है। कुछ लोग अन्दर गा रहे थे और दीवार की दरारों से उज्ज्वल प्रकाश रेखाएं बाहर झांक रही थीं। इसमें कोई नवीन बात न थी, क्योंकि इधर लगभग बीस वर्षों से ईसाई धर्म में को विघ्नबाधा न थी, ईसाई लोग निरापद रूप से अपने धर्मोत्सव करते थे। लेकिन इन भजनों में इतनी अनुरक्ति, करुण स्वर्गध्वनि थी, जो मर्मस्थल में चुटकियां लेती हुई जान पड़ती थीं। थायस अन्त:करण के वशीभूत होकर इस तरह द्वार खोलकर भीतर घुस गयी, मानो किसी ने उसे बुलाया है। वहां उसे बाल, वृद्ध, नरनारियों का एक बड़ा समूह एक समाधि के सामने सिजदा करता हुआ दिखाई दिया। यह कब्र केवल पत्थर की एक ताबूत थी, जिस पर अंगूर के गुच्छों और बेलों के आकार बने हुए थे। पर उस पर लोगों की असीम श्रद्धा थी। वह खजूर की टहनियों और

गुलाब की पुष्प मालाओं से की हुई थी, चारों तरफ दीपक जल रहे थे और उसके मलिन प्रकाश में लोबान, ऊद आदि का धुआं स्वर्ग दूतों के वस्त्रों की तहों सा दीखता था, और दीवार के चित्र स्वर्ग के दृश्यों जैसे। कई श्वेत वस्त्रधारी पादरी कब्र के पैरों पर पेट के बल पड़े हुए थे। उनके भजन दु:ख के आनन्द को प्रकट करते थे और अपने शोकोल्लास में दु:ख और सुख, हर्ष और शोक का ऐसा समावेश कर रहे थे कि थायस को उनके सुनने से जीवन के सुख और मृत्यु के भय, एक साथ ही किसी जलस्रोत की भांति अपनी सचिन्त स्नायुओं में बहते हुए जान पड़े।

जब गाना बन्द हुआ तो भक्तजन उठे और एक कतार में कब्र के पास जाकर उसे चूमा। ये सामान्य प्राणी थे; जो मजूरी करके निवार्ह करते थे। क्या ही धीरे-धीरे पग उठाते, आंखों में आंसू भरे, सिर झुकाये, वे आगे बढ़ते और बारी-बारी से कब्र की परिक्रमा करते थे। स्त्रियों ने अपने बालकों को गोद में उठाकर कब्र पर उनके होंठ रख दिये।

थायस ने विस्मित और चिन्तित होकर एक पादरी से पूछा- 'पूज्य पिता, यह कैसा समारोह है?'

पादरी ने उत्तर दिया- 'क्या तुम्हें नहीं मालूम कि हम आज सन्त थियोडोर की जयन्ती मना रहे हैं? उनका जीवन पवित्र था। उन्होंने अपने को धर्म की बलिवेदी पर चढ़ा दिया, और इसीलिए हम श्वेत वस्त्र पहनकर उनकी समाधि पर लाल गुलाब के फूल चढ़ाने आये हैं।'

यह सुनते ही थायस घुटनों के बल बैठ गयी और जोर से रो पड़ी। अहमद की अर्धविस्मृत स्मृतियां जाग्रत हो गयीं। उस दीन, दुखी, अभागे प्राणी की कीर्ति कितनी उज्ज्वल है! उसके नाम पर दीपक जलते हैं, गुलाब की लपटें आती हैं, हवन के सुगन्धित धुएं उठते हैं, मीठे स्वरों का नाद होता है और पवित्र आत्माएं मस्तक झुकाती हैं। थायस ने सोचा-अपने जीवन में वह पुण्यात्मा था, पर अब वह पूज्य और उपास्य हो गया हैं! वह अन्य प्राणियों की अपेक्षा क्यों इतना श्रद्धास्पद है? वह कौन सी अज्ञात वस्तु है जो धन और भोग से भी बहुमूल्य है?

वह आहिस्ता से उठी और उस सन्त की समाधि की ओर चली जिसने उसे गोद में खिलाया था। उसकी अपूर्व आंखों में भरे हुए अश्रुबिन्दु दीपक के आलोक में चमक रहे थे। तब वह सिर झुकाकर, दीन भाव से कब्र के पास गयी और उस पर अपने अधरों से अपनी हार्दिक श्रद्धा अंकित कर दी, उन्हीं अधरों से जो अगणित तृष्णाओं का क्रीड़ा क्षेत्र थे!

जब वह घर आयी तो निसियास को बाल संवारे, वस्त्रों में सुगन्ध मले, कमरे को खोले बैठे देखा। वह उसके इन्तजार में समय काटने के लिए एक नीतिग्रंथ पढ़ रहा था। उसे देखते ही वह बांहें खोले उसकी ओर बढ़ा और मृदु हास्य से बोला- 'कहां गयी थी, चंचला देवी? तुम जानती हो तुम्हारे इन्तजार में बैठा हुआ, मैं इस नीतिग्रंथ में क्या पढ़ रहा था?' नीति के वाक्य और शुद्धाचरण के उपदेश?' 'कदापि नहीं। ग्रंथ के पन्नों पर अक्षरों की जगह अगणित छोटी-छोटी थायसें नृत्य कर रही थीं। उनमें से एक भी मेरी उंगली से बड़ी न थी, पर उनकी छवि अपार थी और सब एक ही थायस का प्रतिबिम्ब थीं। कोई तो रत्नजड़ित वस्त्र पहने अकड़ती हुई चलती थी,

कोई श्वेत मेघ समूह के सदृश्य स्वच्छ आवरण धारण किये हुए थी; कोई ऐसी भी थीं जिनकी नग्नता हृदय में वासना का संचार करती थी। सबके पीछे दो, एक ही रंग-रूप की थीं। इतनी अनुरूप कि उनमें भेद करना कठिन था। दोनों हाथ में हाथ मिलाये हुए थीं, दोनों ही हंसती थीं। पहली कहती थी- मैं प्रेम हूं। दूसरी कहती थी-मैं नृत्य हूं।'

यह कहकर निसियास ने थायस को अपने करपाश में खींच लिया। थायस की आंखें झुकी हुई थीं। निसियास को यह ज्ञान न हो सका कि उनमें कितना रोष भरा हुआ है। वह इसी भांति सूक्तियों की वर्षा करता रहा, इस बात से बेखबर कि थायस का ध्यान ही इधर नहीं है। वह कह रहा था- 'जब मेरी आंखों के सामने यह शब्द आये-अपनी आत्मशुद्धि के मार्ग में कोई बाधा मत आने दो, तो मैंने पढ़ा, 'थायस के अधर स्पर्श अग्नि से दाहक और मधु से मधुर हैं।' इसी भांति एक पण्डित दूसरे पण्डितों के विचारों को उलट-पलट देता है; और यह तुम्हारा ही दोष है। यह सर्वथा सत्य है कि जब तक हम वही हैं जो हैं, तब तक हम दूसरों के विचारों में अपने ही विचारों की झलक देखते रहेंगे।'

वह अब भी इधर मुखातिब न हुई। उसकी आत्मा अभी तक हब्शी की कब्र के सामने झुकी हुई थी। सहसा उसे आह भरते देखकर उसने उसकी गर्दन का चुम्बन कर लिया और बोला- 'प्रिय, संसार में सुख नहीं है जब तक हम संसार को भूल न जायें। आओ, हम संसार से छल करें, छल करके उससे सुख लें-प्रेम में सबकुछ भूल जायें।'

लेकिन उसने उसे पीछे हटा दिया और व्यथित होकर बोली- 'तुम प्रेम का मर्म नहीं जानते! तुमने कभी किसी से प्रेम नहीं किया। मैं तुम्हें नहीं चाहती, जरा भी नहीं चाहती। यहां से चले जाओ, मुझे तुमसे घृणा होती है। अभी चले जाओ, मुझे तुम्हारी सूरत से नफरत है। मुझे उन सब प्राणियों से घृणा है, धनी है, आनन्दभोगी हैं। जाओ, जाओ। दया और प्रेम उन्हीं में है जो अभागे हैं। जब मैं छोटी थी तो मेरे यहां एक हब्शी था जिसने सलीब पर जान दी। वह सज्जन था, वह जीवन के रहस्यों को जानता था। तुम उसके चरण धोने योग्य भी नहीं हो। चले जाओ। तुम्हारा स्त्रियों का सा श्रृंगार मुझे एक आंख नहीं भाता। फिर मुझे अपनी सूरत मत दिखाना।'

यह कहते-कहते वह फर्श पर मुंह के बल गिर पड़ी और सारी रात रोकर काटी। उसने संकल्प किया कि मैं सन्त थियोडोर की भांति और दरिद्र दशा में जीवन व्यतीत करुंगी।

दूसरे दिन वह फिर उन्हीं वासनाओं में लिप्त हो गयी जिनकी उसे चाट पड़ गयी थी। वह जानती थी कि उसकी रूपशोभा अभी पूरे तेज पर है, पर स्थायी नहीं इसीलिए इसके द्वारा जितना सुख और जितनी ख्याति प्राप्त हो सकती थी, उसे प्राप्त करने के लिए वह अधीर हो उठी। थियेटर में वह पहले की अपेक्षा और देर तक बैठकर पुस्तकावलोकन किया करती। वह कवियों, मूर्तिकारों और चित्रकारों की कल्पनाओं को सजीव बना देती थी, विद्वानों और तत्त्व ज्ञानियों को उसकी गति, अगंविन्यास और उस प्राकृतिक माधुर्य की झलक नजर आती थी जो समस्त संसार में व्यापक है और उनके विचार में ऐसी अर्पूव शोभा स्वयं एक पवित्र वस्तु थी। दीन, दरिद्र, मूर्ख लोग उसे एक

स्वर्गीय पदार्थ समझते थे। कोई किसी रूप में उसकी उपासना करता था, कोई किसी रूप में। कोई उसे भोग्य समझता था, कोई स्तुत्य और कोई पूज्य। किन्तु इस प्रेम, भक्ति और श्रद्धा की पात्रा होकर भी वह दु:खी थी, मृत्यु की शंका उसे अब और भी अधिक होने लगी। किसी वस्तु से उसे इस शंका से निवृत्ति न होती। उसका विशाल भवन और उपवन भी, जिनकी शोभा अकथनीय थी और जो समस्त नगर में जनश्रुति बने हुए थे, उसे आश्वस्त करने में असफल थे।

इस उपवन में ईरान और हिन्दुस्तान के वृक्ष थे, जिनके लाने और पालने में अपरिमित धन व्यय हुआ था। उनकी सिंचाई के लिए एक निर्मल जल धारा बहायी गयी थी। समीप ही एक झील बनी हुई थी। जिसमें एक कुशल कलाकार के हाथों सजाये हुए स्तम्भ चिह्नों और कृत्रिम पहाड़ियों तक तट पर की सुन्दर मूर्तियों का प्रतिबिम्ब दिखाई देता था। उपवन के मध्य में 'परियों का कुंज' था। यह नाम इसलिए पड़ा था कि उस भवन के द्वार पर तीन पूरे कद की स्त्रियों की मूर्तियां खड़ी थीं। वह सशंक होकर पीछे ताक रही थीं कि कोई देखता न हो। मूर्तिकार ने उनकी चितवनों द्वारा मूर्तियों में जान डाल दी थी। भवन में जो प्रकाश आता था वह पानी की पतली चादरों से छनकर मद्धिम और रंगीन हो जाता था। दीवारों पर भांति-भांति की झालरें, मालाएं और चित्र लटके हुए थे। बीच में एक हाथी दांत की परम मनोहर मूर्ति थी जो निसियास ने भेंट की थी। एक तिपाई पर एक काले पाषाण की बकरी की मूर्ति थी, जिसकी आंखें नीलम की बनी हुई थीं। उसके थनों को घेरे हुए छ: चीनी के बच्चे खड़े थे, लेकिन बकरी अपने फटे हुए खुर उठाकर ऊपर की पहाड़ी पर उचक जाना चाहती थी। फर्श पर ईरानी कालीनें बिछी हुई थीं, मसनदों पर कैथे के बने हुए सुनहरे बेलबूटे थे। सोने के धूपदान से सुगन्धित धुएं उठ रहे थे, और बड़े-बड़े चीनी गमलों में फूलों से लदे हुए पौधे सजाये हुए थे। सिरे पर, ऊदी छाया में, एक बड़े हिन्दुस्तानी कछुए के सुनहरे नख चमक रहे थे, जो पेट के बल उलट दिया गया था। यही थायस का शयनागार था। इसी कछुए के पेट पर लेटी हुई वह इस सुगन्ध और सजावट और सुषमा का आनन्द उठाती थी, मित्रों से बातचीत करती थी और या तो अभिनय कला का मनन करती थी, या बीते हुए दिनों का।

तीसरा पहर था। थायस परियों के कुंज में शयन कर रही थी। उसने आईने में अपने सौन्दर्य की अवनति के प्रथम चिह्न देखे थे, और उसे इस विचार से पीड़ा हो रही थी कि झुर्रियों और श्वेत बालों का आक्रमण होने वाला है। उसने इस विचार से अपने को आश्वासन देने की विफल चेष्टा की कि मैं जड़ी-बूटियों के हवन करके मंत्रों द्वारा अपने वर्ण की कोमलता को फिर से प्राप्त कर लूंगी। उसके कानों में इन शब्दों की निर्दय ध्वनि आयी- 'थायस, तू बुढ़िया हो जायेगी!' भय से उसके माथे पर ठण्डा-ठण्डा पसीना आ गया। तब उसने पुन: अपने को संभालकर आईने में देखा और उसे ज्ञात हुआ कि मैं अब भी परम सुन्दरी और प्रेयसी बनने के योग्य हूं। उसने पुलकित मन से मुस्कराकर मन में कहा- आज भी इस्कन्द्रिया में कोई ऐसी रमणी नहीं है, जो अंगों की चपलता और लचक में मुझसे टक्कर ले सके। मेरी बांहों की शोभा अब भी हृदय को खींच सकती है, यथार्थ में यही प्रेम का पाश है!

वह इसी विचार में मग्न थी कि उसने एक अपरिचित मनुष्य को अपने सामने आते देखा। उसकी आंखों में ज्वाला थी, दाढ़ी बढ़ी हुई थी और वस्त्र बहुमूल्य थे। उसके हाथ में आईना छूटकर गिर पड़ा और वह भय से चीख उठी।

पापनाशी स्तम्भित हो गया। उसका अपूर्व सौन्दर्य देखकर उसने शुद्ध अन्त:करण से प्रार्थना की- भगवान मुझे ऐसी शक्ति दीजिए कि इस स्त्री का मुख मुझे लुब्ध न करे, वरन तेरे इस दास की प्रतिज्ञा को और भी दृढ़ करे।

तब अपने को संभालकर वह बोला- 'थायस, मैं एक दूर देश में रहता हूं, तेरे सौन्दर्य की प्रशंसा सुनकर तेरे पास आया हूं। मैंने सुना था तुमसे चतुर अभिनेत्री और तुमसे मुग्धकर स्त्री संसार में नहीं है। तुम्हारे प्रेम रहस्यों और तुम्हारे धन के विषय में जो कुछ कहा जाता है, वह आश्चर्यजनक है और उससे 'रोडोप' की कथा याद आती है, जिसकी कीर्ति को नील के मांझी नित्य गाया करते हैं। इसलिए मुझे भी तुम्हारे दर्शनों की अभिलाषा हुई और अब मैं देखता हूं कि प्रत्यक्ष सुनी-सुनाई बातों से कहीं बढ़कर है। जितना मशहूर है उससे तुम हजार गुना चतुर और मोहिनी हो। वास्तव में तुम्हारे सामने बिना मतवालों की भांति डगमगाये आना असम्भव है।'

यह शब्द कृत्रिम थे, किन्तु योगी ने पवित्र भक्ति से प्रभावित होकर सच्चे जोश से उनका उच्चारण किया। थायस ने प्रसन्न होकर इस विचित्र प्राणी की ओर ताका जिससे वह पहले भयभीत हो गयी थी। उसके अभद्र और उद्दण्ड वेश ने उसे विस्मित कर दिया। उसे अब तक जितने मनुष्य मिले थे, यह उन सबों से निराला था। उसके मन में ऐसे अद्भुत प्राणी के जीवन वृत्तान्त जानने की प्रबल उत्कंठा हुई। उसने उसका मजाक उड़ाते हुए कहा- 'महाशय, आप प्रेम प्रदर्शन में बड़े कुशल मालूम होते हैं। होशियार रहियेगा कि मेरी चितवनें आपके हृदय के पार न हो जायें। मेरे प्रेम के मैदान में जरा संभलकर कदम रखियेगा।'

पापनाशी बोला- 'थामस, मुझे तुमसे अगाध प्रेम है। तुम मुझे जीवन और आत्मा से भी प्रिय हो। तुम्हारे लिए मैंने अपना वन्य जीवन छोड़ा है, तुम्हारे लिए मेरे होंठों से, जिन्होंने मौनव्रत धारण किया था, अपवित्र शब्द निकले हैं। तुम्हारे लिए मैंने वह देखा जो न देखना चाहिए था, वह सुना है जो मेरे लिए वर्जित था। तुम्हारे लिए मेरी आत्मा तड़प रही है, मेरा हृदय अधीर हो रहा है और जलस्रोत की भांति विचार की धाराएं प्रवाहित हो रही हैं। तुम्हारे लिए मैं अपने नंगे पैर सर्पों और बिच्छुओं पर रखते हुए भी नहीं हिचका हूं। अब तुम्हें मालूम हो गया होगा कि मुझे तुमसे कितना प्रेम है। लेकिन मेरा प्रेम उन मनुष्यों जैसा नहीं है जो वासना की अग्नि से जलते हुए तुम्हारे पास जीवभक्षी व्याघ्रों की, और उन्मत्त सांड़ों की भांति दौड़े आते हैं। उनका वही प्रेम होता है जो सिंह को मृगशावक से। उनकी पाशविक कामलिप्सा तुम्हारी आत्मा को भी भस्मीभूत कर डालेगी। मेरा प्रेम पवित्र है, अनन्त है, स्थायी है। मैं तुमसे ईश्वर के नाम पर, सत्य के नाम पर प्रेम करता हूं। मेरा हृदय पतितोद्धार और ईश्वरीय दया के भाव से परिपूर्ण है। मैं तुम्हें फलों से की हुई शराब की मस्ती से और एक अल्परात्रि के सुख स्वप्न से कहीं उत्तम पदार्थों का वचन

देने आया हूं। मैं तुम्हें महाप्रसाद और सुधा रसपान का निमन्त्रण देने आया हूं। मैं तुम्हें उस आनन्द का सुख संवाद सुनाने आया हूं जो नित्य, अमर, अखण्ड है। मृत्युलोक के प्राणी यदि उसको देख लें तो आश्चर्य से भर जायें।'

थायस ने कुटिल हास्य करके उत्तर दिया- 'मित्र, यदि वह ऐसा अद्भुत प्रेम है, तो तुरन्त दिखा दो। एक क्षण भी विलम्ब न करो। लम्बी-लम्बी वक्तृताओं से मेरे सौन्दर्य का अपमान होगा। मैं आनन्द का स्वाद उठाने के लिए रो रही हूं। किन्तु जो मेरे दिल की बात पूछो, तो मुझे इस कोरी प्रशंसा के सिवा और कुछ हाथ न आयेगा। वादे करना आसान है; उन्हें पूरा करना मुश्किल है। सभी मनुष्यों में कोई न कोई गुण विशेष होता है। ऐसा मालूम होता है कि तुम वाणी में निपुण हो। तुम एक अज्ञात प्रेम का वचन देते हो। मुझे यह व्यापार करते इतने दिन हो गये और उसका इतना अनुभव हो गया है कि अब उसमें किसी नवीनता की, किसी रहस्य की आशा नहीं रही। इस विषय का ज्ञान प्रेमियों को दार्शनिकों से अधिक होता है।'

'थायस, दिल्लगी की बात नहीं है, मैं तुम्हारे लिए अछूता प्रेम लाया हूं।'

'मित्र, तुम बहुत देर में आये। मैं सभी प्रकार के प्रेमों का स्वाद ले चुकी हूं।'

'मैं जो प्रेम लाया हूं, वह उज्ज्वल है, श्रेय है! तुम्हें जिस प्रेम का अनुभव हुआ है वह निंद्य और त्याज्य है।'

थायस ने गर्व से गर्दन उठाकर कहा- 'मित्र, तुम मुंहफट जान पड़ते हो। तुम्हें गृहस्वामिनी के प्रति मुख से ऐसे शब्द निकालने में जरा भी संकोच नहीं होता? मेरी ओर आंख उठाकर देखो और तब बताओ कि मेरा स्वरूप निन्दित और पतित प्राणियों जैसा ही है। नहीं, मैं अपने कृत्यों पर लज्जित नहीं हूं। अन्य स्त्रियां भी, जिनका जीवन मेरे ही जैसा है, अपने को नीच और पतित नहीं समझतीं, यद्यपि उनके पास न इतना धन है और न इतना रूप। सुख मेरे पैरों के नीचे आंखें बिछाये रहता है, इसे सारा जगत जानता है। मैं संसार के मुकुटधारियों को पैर की धूलि समझती हूं। उन सबों ने इन्हीं पैरों पर शीश नवाये हैं। आंखें उठाओ। मेरे पैरों की ओर देखो। लाखों प्राणी उनका चुम्बन करने के लिए अपने प्राण भेंट कर देंगे। मेरा डीलडौल बहुत बड़ा नहीं है, मेरे लिए पृथ्वी पर बहुत स्थान की जरूरत नहीं। जो लोग मुझे देव मन्दिर के शिखर पर से देखते हैं, उन्हें मैं बालू के कण के समान दीखती हूं, पर इस कण ने मनुष्यों में जितनी ईर्ष्या, जितना द्वेष, जितनी निराशा, जितनी अभिलाषा और जितने पापों का संचार किया है उनके बोझ से अटल पर्वत भी दब जायेगा। जब मेरी कीर्ति समस्त संसार में प्रसारित हो रही है तो तुम्हारी लज्जा और निंद्रा की बात करना पागलपन नहीं तो और क्या है?'

पापनाशी ने अविचलित भाव से उत्तर दिया- 'सुन्दरी, यह तुम्हारी भूल है। मनुष्य जिस बात की सराहना करते हैं, वह ईश्वर की दृष्टि में पाप है। हमने इतने भिन्न-भिन्न देशों में जन्म लिया है कि यदि हमारी भाषा और विचार अनुरूप न हों, तो कोई आश्चर्य की बात नहीं। लेकिन मैं ईश्वर को साक्षी देकर कहता हूं कि मैं तुम्हारे पास से जाना नहीं चाहता। कौन मेरे मुख में ऐसे आग्नेय शब्दों

को प्रेरित करेगा जो तुम्हें मोम की भांति पिघला दे कि मेरी उंगलियां तुम्हें अपनी इच्छा के अनुसार रूप दे सकें? ओ नारीरत्न! यह कौन-सी शक्ति है जो तुम्हें मेरे हाथों में सौंप देगी कि मेरे अन्तःकरण में निहित सद्प्रेरणा तुम्हारा पुनःसंस्कार करके तुम्हें ऐसा नया और परिष्कृत सौन्दर्य प्रदान करे कि तुम आनन्द से विह्वल हो पुकार उठो, मेरा फिर से नया संस्कार हुआ? कौन मेरे हृदय में उस सुधास्रोत को प्रवाहित करेगा कि तुम उसमें नहाकर फिर अपनी मौलिक पवित्रता प्राप्त कर सको? कौन मुझे मर्दन की निर्मल धारा में परिवर्तित कर देगा जिसकी लहरों का स्पर्श तुम्हें अनन्त सौन्दर्य से विभूषित कर दे?'

थायस का क्रोध शान्त हो गया। उसने सोचा- यह पुरुष अनन्त जीवन के रहस्यों में परिचित है, और जो कुछ वह कह सकता है उसमें ऋषि वाक्यों की सी प्रतिभा है। यह अवश्य कोई कीमियागर है और ऐसे गुप्त मन्त्र जानता है जो जीर्णावस्था का निवारण कर सकते हैं। उसने अपनी देह को, उसकी इच्छाओं को समर्पित करने का निश्चय कर लिया। वह एक सशंक पक्षी की भांति कई कदम पीछे हट गयी और अपने पलंग पट्टी पर बैठकर उसकी प्रतीक्षा करने लगी। उसकी आंखें झुकी हुई थीं और लम्बी पलकों की मलिन छाया कपालों पर पड़ रही थी। ऐसा जान पड़ता था कि कोई बालक नदी के किनारे बैठा हुआ किसी विचार में मग्न है।

किन्तु पापनाशी केवल उसकी ओर टकटकी लगाये ताकता रहा, अपनी जगह से जौ भर भी न हिला। उसके घुटने थरथरा रहे थे और मालूम होता था कि वे उसे संभाल न सकेंगे। उसका तालू सूख गया था, कानों में तीव्र भनभनाहट की आवाज आने लगी। अकस्मात उसकी आंखों के सामने अन्धकार छा गया, मानो समस्त भवन मेघाच्छादित हो गया है। उसे ऐसा भाषित हुआ कि प्रभु मसीह ने इस स्त्री को छिपाने के निमित्त उसकी आंखों पर पर्दा डाल दिया है। इस गुप्त करावलम्ब से आश्वस्त और सशक्त होकर उसने ऐसे गम्भीर भाव से कहा जो किसी वृद्ध तपस्वी के यथायोग्य था- 'क्या तुम समझती हो कि तुम्हारा यह आत्महनन ईश्वर की निगाहों से छिपा हुआ है?'

उसने सिर हिलाकर कहा- 'ईश्वर? ईश्वर से कौन कहता है कि सदैव परियों के कुंज पर आंखें जमाये रखे? यदि हमारे काम उसे नहीं भाते तो वह यहां से चला क्यों नहीं जाता? लेकिन हमारे कर्म उसे बुरे लगते ही क्यों हैं? उसी ने हमारी सृष्टि की है, जैसा उसने बनाया है वैसे ही हम हैं। जैसी वृत्तियां उसने हमें दी हैं उसी के अनुसार हम आचरण करते हैं! फिर उसे हमसे रुष्ट होने का अथवा विस्मित होने का क्या अधिकार है? उसकी तरफ से लोग बहुत सी मनगढ़ंत बातें किया करते हैं और उसको ऐसे-ऐसे विचारों का श्रेय देते हैं जो उसके मन में कभी न थे। तुमको उसके मन की बातें जानने का दावा है। तुमको उसके चरित्र का यथार्थ ज्ञान है। तुम कौन हो कि उसके वकील बनकर मुझे ऐसी-ऐसी आशाएं दिलाते हो?'

पापनाशी ने मंगनी के बहुमूल्य वस्त्र उतारकर नीचे का मोटा कुर्ता दिखाते हुए कहा- 'मैं धर्माश्रम का योगी हूं। मेरा नाम पापनाशी है। मैं उसी पवित्र तपोभूमि से आ रहा हूं। ईश्वर की आज्ञा से मैं एकान्त सेवन करता हूं। मैंने संसार से और संसार के प्राणियों से मुंह मोड़ लिया था। इस पापमय

संसार में निर्लिप्त रहना ही मेरा उद्दिष्ट मार्ग है। लेकिन तेरी मूर्ति मेरी शान्ति कुटीर में आकर मेरे सम्मुख खड़ी हुई और मैंने देखा कि तू पाप और वासना में लिप्त है, मृत्यु तुझे अपना ग्रास बनाने को खड़ी है। मेरी दया जागृत हो गयी और तेरा उद्धार करने के लिए आ उपस्थित हुआ हूं। मैं तुझे पुकारकर कहता हूं- 'थायस, उठ, अब समय नहीं है।'

योगी के यह शब्द सुनकर थायस भय से थरथर कांपने लगी। उसका मुख श्रीहीन हो गया, वह केश छिटकाये, दोनों हाथ जोड़े रोती और विलाप करती हुई उसके पैरों पर गिर पड़ी और बोली- 'महात्मा जी, ईश्वर के लिए मुझ पर दया कीजिए। आप यहां क्यों आये हैं? आपकी क्या इच्छा है? मेरा सर्वनाश न कीजिए। मैं जानता हूं कि तपोभूमि के ऋषिगण हम जैसी स्त्रियों से घृणा करते हैं, जिनका जन्म ही दूसरों को प्रसन्न रखने के लिए होता है। मुझे भय हो रहा है कि आप मुझसे घृणा करते हैं और मेरा सर्वनाश करने पर उद्यत हैं। कृपया यहां से सिधारिए। मैं आपकी शक्ति और सिद्धि के सामने सिर झुकाती हूं। लेकिन आपका मुझ पर कोप करना उचित नहीं है, क्योंकि मैं अन्य मनुष्यों की भांति आप लोगों की भिक्षावृत्ति और संयम की निन्दा नहीं करती। आप भी मेरे भोग विलास को पाप न समझिए। मैं रूपवती हूं और अभिनय करने में चतुर हूं। मेरा काबू न अपनी दशा पर है, और न अपनी प्रकृति पर। मैं जिस काम के योग्य बनायी गयी हूं, वही करती हूं। मनुष्यों को मुग्ध करने ही के निमित्त मेरी सृष्टि हुई है। आप भी तो अभी कह रहे थे कि मैं तुम्हें प्यार करता हूं। अपनी सिद्धियों से मेरा अनुपकार न कीजिए। ऐसा मन्त्र न चलाइए कि मेरा सौन्दर्य नष्ट हो जाय या मैं पत्थर तथा नमक की मूर्ति बन जाऊं। मुझे भयभीत न कीजिए। मेरे तो पहले ही से प्राण सूखे हुए हैं। मुझे मौत का मुंह न दिखाइए, मुझे मौत से बहुत डर लगता है।'

पापनाशी ने उसे उठने का इशारा किया और बोला- 'बच्चा, डर मत। तेरे प्रति अपमान या घृणा का शब्द भी मेरे मुंह से न निकलेगा। मैं उस महान पुरुष की ओर से आया हूं, जो पापियों को गले लगाता था, वेश्याओं के घर भोजन करता था, हत्यारों से प्रेम करता था, पतितों को सान्त्वना देता था। मैं स्वयं पापमुक्त नहीं हूं कि दूसरों पर पत्थर फेंकूं। मैंने कितनी ही बार उस विभूति का दुरुपयोग किया है, जो ईश्वर ने मुझे प्रदान की है। क्रोध ने मुझे यहां आने पर उत्साहित नहीं किया। मैं दया के वशीभूत होकर आया हूं। मैं निष्कपट भाव से प्रेम के शब्दों में तुझे आश्वासन दे सकता हूं, क्योंकि मेरा पवित्र धर्मस्नेह ही मुझे यहां लाया है। मेरे हृदय में वात्सल्य की अग्नि प्रज्ज्वलित हो रही है और यदि तेरी आंखें जो विषय के स्थूल, अपवित्र दृश्यों के वशीभूत हो रही हैं, वस्तुओं को उनके आध्यात्मिक रूप में देखतीं तो तुझे विदित होता कि मैं उस जलती हुई झाड़ी का एक पल्लव हूं, जो ईश्वर ने अपने प्रेम का परिचय देने के लिए मूसा को पर्वत पर दिखाई थी- जो समस्त संसार में व्याप्त है, और जो वस्तुओं को भस्म कर देने के बदले, जिस वस्तु में प्रवेश करती है उसे सदा के लिए निर्मल और सुगन्धमय बना देती है।'

थायस ने आश्वस्त होकर कहा- 'महात्मा जी, अब मुझे आप पर विश्वास हो गया है। मुझे आपसे किसी अनिष्ट या अमंगल की आशंका नहीं है। मैंने धर्माश्रम के तपस्वियों की बहुत चर्चा

सुनी है। ऐण्तोनी और पॉल के विषय में बड़ी अद्भुत कथाएं सुनने में आयी हैं। आपके नाम से भी मैं अपरिचित नहीं हूं और मैंने लोगों को कहते सुना है कि यद्यपि आपकी उम्र अभी कम है, आप धर्मनिष्ठा में उन तपस्वियों से भी श्रेष्ठ हैं, जिन्होंने अपना समस्त जीवन ईश्वर आराधना में व्यतीत किया। यद्यपि मेरा अपसे परिचय न था, किन्तु आपको देखते ही मैं समझ गयी कि आप कोई साधारण पुरुष नहीं हैं। बताइये, आप मुझे वह वस्तु प्रदान कर सकते हैं जो सारे संसार के सिद्ध और साधु, ओझे और सयाने, कापालिक और वैतालिक नहीं कर सके? आपके पास मौत की दवा है? आप मुझे अमर जीवन दे सकते हैं? यही सांसारिक इच्छाओं का सप्तम स्वर्ग है।'

पापनाशी ने उत्तर दिया- 'कामिनी, अमर जीवन लाभ करना प्रत्येक प्राणी की इच्छा के अधीन है। विषय वासनाओं को त्याग दे, जो तेरी आत्मा का सर्वनाश कर रहे हैं। उस शरीर को पिशाचों के पंजे से छुड़ा ले, जिसे ईश्वर ने अपने मुंह के पानी से साना और अपने श्वास से जिलाया, अन्यथा प्रेत और पिशाच उसे बड़ी क्रुरता से जलायेंगे। नित्य के विलास से तेरे जीवन का स्रोत क्षीण हो गया है। आ, और एकान्त के पवित्र सागर में उसे फिर प्रवाहित कर दे। आ, और मरुभूमि में छिपे हुए सोतों का जल सेवन कर जिनका उफान स्वर्ग तक पहुंचता है। ओ चिन्ताओं में डूबी हुई आत्मा! आ, अपनी इच्छित वस्तु को प्राप्त कर! ओ आनन्द की भूखी स्त्री! आ, और सच्चे आनन्द का आस्वादन कर। दरिद्रता का, विराग का, त्याग कर, ईश्वर के चरणों में आत्मसमर्पण कर! आ, ओ स्त्री, जो आज प्रभु मसीह की द्रोहिणी है, लेकिन कल उसको प्रेयसी होगी। आ, उसका दर्शन कर, उसे देखते ही तू पुकार उठेगी- 'मुझे प्रेमधन मिल गया!'

थायस भविष्य चिन्तन में खोयी हुई थी। बोली- 'महात्मा, अगर मैं जीवन के सुखों को त्याग दूं और कठिन तपस्या करूं तो क्या यह सत्य है कि मैं फिर जन्म लूंगी और मेरे सौन्दर्य को आंच न आयेगी?'

पापनाशी ने कहा- 'थायस, मैं तेरे लिए अनन्तजीवन का सन्देश लाया हूं। विश्वास कर, मैं जो कुछ कहता हूं, सर्वथा सत्य है।'

थायस- 'मुझे उसकी सत्यता पर विश्वास क्योंकर आये?'

पापनाशी- 'दाऊद और अन्य नबी उसकी साक्षी देंगे, तुझे अलौकिक दृश्य दिखाई देंगे, वह इसका समर्थन करेंगे।'

थायस- 'योगी जी, आपकी बातों से मुझे बहुत संतोष हो रहा है, क्योंकि वास्तव में मुझे इस संसार में सुख नहीं मिला। मैं किसी रानी से कम नहीं हूं, किन्तु फिर भी मेरी दुराशाओं और चिन्ताओं का अन्त नहीं है। मैं जीने से उकता गयी हूं। अन्य स्त्रियां मुझ पर ईर्ष्या करती हैं, पर मैं कभी-कभी उस दु:ख की मारी, पोपली बुढ़िया पर ईर्ष्या करती हूं, जो शहर के फाटक की छांह में बैठी तलाशे बेचा करती है। कितनी ही बार मेरे मन में आया है कि गरीब ही सुखी, सज्जन और सच्चे होते हैं और दीन, हीन, निष्प्रभ रहने में चित्त को बड़ी शान्ति मिलती है। आपने मेरी

आत्मा में एक तूफान सा पैदा कर दिया है और जो नीचे दबी पड़ी थी उसे ऊपर कर दिया है। हां! मैं किसका विश्वास करुं? मेरे जीवन का क्या अन्त होगा- 'जीवन ही क्या है?'

वह यह बातें कर रही थी कि पापनाशी के मुख पर तेज छा गया, सारा मुखमंडल आदि ज्योति से चमक उठा, उसके मुंह से यह प्रतिभाशाली वाक्य निकले- 'कामिनी, सुन, मैंने जब इस घर में कदम रखा तो मैं अकेला न था। मेरे साथ कोई और भी था और वह अब भी मेरे बगल में खड़ा है। तू अभी उसे नहीं देख सकती, क्योंकि तेरी आंखों में इतनी शक्ति नहीं है। लेकिन शीघ्र ही स्वर्गीय प्रतिभा से तू उसे आलोकित देखेगी और तेरे मुंह से आप ही आप निकल पड़ेगा- 'यही मेरा आराध्य देव है। तूने अभी उसकी आलौकिक शक्ति देखी! अगर उसने मेरी आंखों के सामने अपने दयालु हाथ न फैला दिये होते तो अब तक मैं तेरे साथ पापाचरण कर चुका होता; क्योंकि स्वत: मैं अत्यन्त दुर्बल और पापी हूं। लेकिन उसने हम दोनों की रक्षा की। वह जितना ही शक्तिशाली है, उतना ही दयालु है और उसका नाम है मुक्तिदाता। दाऊद और अन्य नबियों ने उसके आने की खबर दी थी, चरवाहों और ज्योतिषियों ने हिंडोले में उसके सामने शीश झुकाया था। फारसियों ने उसे सलीब पर चढ़ाया, फिर वह उठकर स्वर्ग को चला गया। तुझे मृत्यु से इतना सशंक देखकर वह स्वयं तेरे घर आया है कि तुझे मृत्यु से बचा ले। प्रभु मसीह! क्या इस समय तुम यहां उपस्थित नहीं हो, उसी रूप में जो तुमने गैलिली के निवासियों को दिखाया था। कितना विचित्र समय था बैतुलहम के बालक तारागण को हाथ में लेकर खेलते थे जो उस समय धरती के निकट ही स्थित थे। प्रभु मसीह, क्या यह सत्य नहीं है कि तुम इस समय यहां उपस्थित हो और मैं तुम्हारी पवित्र देह को प्रत्यक्ष देख रहा हूं? क्या तेरी दयालु कोमल मुखारबिन्द यहां नहीं है? और क्या वह आंसू जो तेरे गालों पर बह रहे हैं, प्रत्यक्ष आंसू नहीं हैं? हां, ईश्वरीय न्याय का कर्त्ता उन मोतियों के लिए हाथ रोपे खड़ा है और उन्हीं मोतियों से थायस की आत्मा की मुक्ति होगी। प्रभु मसीह, क्या तू बोलने के लिए होंठ नहीं खोले हुए है? बोल, मैं सुन रहा हूं! और थायस, सुलक्षण थायस सुन, प्रभु मसीह तुझसे क्या कह रहे हैं- 'ऐ मेरी भटकी हुई मेषसुन्दरी, मैं बहुत दिनों से तेरी खोज में हूं। अन्त में मैं तुझे पा गया। अब फिर मेरे पास से न भागना। आ, मैं तेरा हाथ पकड़ लूं और अपने कन्धों पर बिठाकर स्वर्ग के बाड़े में ले चलूं। आ मेरी थायस, मेरी प्रियतमा, आ! और मेरे साथ रो।'

यह कहते-कहते पापनाशी भक्ति से विह्वल होकर जमीन पर घुटनों के बल बैठ गया। उसकी आंखों से आत्मोल्लास की ज्योति रेखाएं निकलने लगीं। और थायस को उसके चेहरे पर जीते-जागते मसीह का स्वरूप दिखाई दिया।

वह करुण क्रंदन करती हुई बोली- 'ओ मेरी बीती हुई बाल्यावस्था, ओ मेरे दयालु पिता अहमद! ओ सन्त थियोडोर, मैं क्यों न तेरी गोद में उसी समय मर गयी जब तू अरुणोदय के समय मुझे अपनी चादर में लपेटे लिये आता था और मेरे शरीर से वपतिस्मा के पवित्र जल की बूंदें टपक रही थीं।'

पापनाशी यह सुनकर चौंक पड़ा मानो कोई अलौकिक घटना हो गयी है और दोनों हाथ फैलाये हुए थायस की ओर यह कहते हुए बढ़ा- 'भगवान्, तेरी महिमा अपार है। क्या तू बपतिस्मा के जल से प्लावित हो चुकी है? हे परमपिता, भक्तवत्सल प्रभु, ओ बुद्धि के अगाध सागर! अब मुझे मालूम हुआ कि वह कौन सी शक्ति थी जो मुझे तेरे पास खींचकर लायी। अब मुझे ज्ञात हुआ कि वह कौन सा रहस्य था जिसने तुझे मेरी दृष्टि में इतना सुन्दर, इतना चित्ताकर्षक बना दिया था। अब मुझे मालूम हुआ कि मैं तेरे प्रेमपाश में क्यों इस भांति जकड़ गया था कि अपना शान्तिवास छोड़ने पर विवश हुआ। इसी बपतिस्मा जल की महिमा थी जिसने मुझे ईश्वर के द्वार को छुड़ाकर तुझे खोजने के लिए इस विषाक्त वायु से भरे हुए संसार में आने पर बाध्य किया, जहां मायामोह में फंसे हुए लोग अपना कलुषित जीवन व्यतीत करते हैं। उस पवित्र जल की एक बूंद केवल एक ही बूंद मेरे मुख पर छिड़क दी गयी है, जिसमें तूने स्नान किया था। आ, मेरी प्यारी बहिन आ और अपने भाई के गले लग जा जिसका हृदय तेरा अभिवादन करने के लिए तड़प रहा है।'

यह कहकर पापनाशी ने बारांगना के सुन्दर ललाट को अपने होंठों से स्पर्श किया।

इसके बाद वह चुप हो गया कि ईश्वर स्वयं मधुर, सांत्वनाप्रद शब्दों में थायस को अपनी दयालुता का विश्वास दिलाये। और 'परियों के रमणीक कुंज' में थायस की सिसकियों के सिवा, जो जलधारा की कलकल ध्वनि से मिल गयी थीं, और कुछ न सुनाई दिया।

वह इसी भांति देर तक रोती रही। अश्रुप्रवाह को रोकने का प्रयत्न उसने न किया। यहां तक कि उसके हब्शी गुलाम सुन्दर वस्त्र; फूलों के हार और भांति-भांति के इत्र लिये आ पहुंचे।

उसने मुस्कराने की चेष्टा करके कहा- 'अरे रोने का समय बिल्कुल नहीं रहा। आंसुओं से आंखें लाल हो जाती हैं, और उनमें चित्त को विकल करने वाला पुष्प विकास नहीं रहता, चेहरे का रंग फीका पड़ जाता है, वर्ण की कोमलता नष्ट हो जाती है। मुझे आज कई रसिक मित्रों के साथ भोजन करना है। मैं चाहती हूं कि मेरी मुखचन्द्र सोलहों कला से चमके, क्योंकि वहां कई ऐसी स्त्रियां आयेंगी जो मेरे मुख पर चिन्ता या ग्लानि के चिह्न को तुरन्त भांप जायेंगी और मन में प्रसन्न होंगी कि अब इनका सौन्दर्य थोड़े ही दिनों का और मेहमान है, नायिका अब प्रौढ़ हुआ चाहती है। ये गुलाम मेरा श्रृंगार करने आये हैं। पूज्य पिता आप कृपया दूसरे कमरे में जा बैठिए और इन दोनों को अपना काम करने दीजिए। यह अपने काम में बड़े प्रवीण और कुशल हैं। मैं उन्हें यथेष्ट पुरस्कार देती हूं। वह जो सोने की अंगूठियां पहने हैं और जिनके मोती केसे दांत चमक रहे हैं, उसे मैंने प्रधानमन्त्री की पत्नी से लिया है।'

पापनाशी की पहले तो यह इच्छा हुई कि थायस को इस भोज में सम्मिलित होने से यथाशक्ति रोके। पर पुन: विचार किया तो विदित हुआ कि यह उतावली का समय नहीं है। वर्षों का जमा हुआ मनोमालिन्य एक रगड़ से नहीं दूर हो सकता। रोग का मूलनाश शनै:शनै:, क्रमक्रम से ही होगा। इसलिए उसने धर्मोत्साह के बदले बुद्धिमत्ता से काम लेने का निश्चय किया और पूछा- 'वहां किन-किन मनुष्यों से भेंट होगी?'

उसने उत्तर दिया- 'पहले तो वयोवृद्ध कोटा से भेंट होगी जो यहां के जलसेना के सेनापति हैं। उन्हीं ने यह दावत दी है। निसियास और अन्य दार्शनिक भी आयेंगे जिन्हें किसी विषय की मीमांसा करने ही में सबसे अधिक आनन्द प्राप्त होता है। इनके अतिरिक्त कवि समाज भूषण कलिक्रान्त, और देवमन्दिर के अध्यक्ष भी आयेंगे। कई युवक होंगे जिनको घोड़े निकालने ही में परम आनन्द आता है और कई स्त्रियां मिलेंगी जिनके विषय में इसके सिवाय और कुछ नहीं कहा जा सकता कि वे युवतियां हैं।'

पापनाशी ने ऐसी उत्सुकता से जाने की सम्मति दी मानो उसे आकाशवाणी हुई है। बोला- 'तो अवश्य जाओ थायस, अवश्य जाओ। मैं तुम्हें सहर्ष आज्ञा देता हूं। लेकिन मैं तेरा साथ न छोडूंगा। मैं भी इस दावत में तुम्हारे साथ चलूंगा। इतना जानता हूं कि कहां बोलना और कहां चुप रहना चाहिए। मेरे साथ रहने से तुम्हें कोई असुविधा अथवा झेंप न होगी।'

दोनों गुलाम अभी उसको आभूषण पहना ही रहे थे कि थायस खिलखिलाकर हंस पड़ी और बोली- 'वह धर्माश्रम के एक तपस्वी को मेरे प्रेमियों में देखकर कहेंगे?'

अध्याय - 3

जब थायस ने पापनाशी के साथ भोजशाला में पदार्पण किया तो मेहमान लोग पहले ही से आ चुके थे। वह गद्देदार कुर्सियों पर तकिया लगाये, एक अर्धचन्द्राकार मेज के सामने बैठे हुए थे। मेज पर सोने-चांदी के बर्तन जगमगा रहे थे। मेज के बीच में एक चांदी का थाल था जिसके चारों पायों की जगह चार परियां बनी हुई थीं, जो कराबों में से एक प्रकार का सिरका उड़ेल-उड़ेलकर तली हुई मछलियों को उनमें तैरा रही थीं। थायस के अन्दर कदम रखते ही मेहमानों ने उच्च स्वर से उसकी अभ्यर्थना की।

एक ने कहा- सूक्ष्म कलाओं की देवी को नमस्कार!

दूसरा बोला- उस देवी को नमस्कार जो अपनी मुखाकृति से मन के समस्त भावों को प्रकट कर सकती है।

तीसरा बोला- देवता और मनुष्य की लाडली को सादर प्रणाम!

चौथे ने कहा- उसको नमस्कार जिसकी सभी आकांक्षा करते हैं!

पांचवां बोला- उसको नमस्कार जिसकी आंखों में विष है और उसका उतार भी।

छठा बोला- स्वर्ग के मोती को नमस्कार!

सातवां बोला- इस्कन्द्रिया के गुलाब को नमस्कार!

थायस मन में झुंझला रही थी कि अभिवादनों का यह प्रवाह कब शान्त होता है। जब लोग चुप हुए तो उसने गृहस्वामी कोटा से कहा- 'लूशियस, मैं आज तुम्हारे पास एक मरुस्थल निवासी तपस्वी लायी हूं, जो धर्माश्रम के अध्यक्ष हैं। इनका नाम पापनाशी है। यह एक सिद्ध पुरुष हैं, जिनके शब्द अग्नि की भांति उद्दीपक होते हैं।'

लूशियस ऑरेलियस कोटा ने, जो जलसेना का सेनापति था, खड़े होकर पापनाशी का सम्मान किया और बोला- 'ईसाई धर्म के अनुगामी संत पापनाशी का मैं हृदय से स्वागत करता हूं। मैं स्वयं उस मत का सम्मान करता हूं, जो अब साम्राज्यव्यापी हो गया है। श्रद्धेय महाराज कॉन्सटैनटाइन ने तुम्हारे सहधर्मियों को साम्राज्य के शुभेच्छकों की प्रथम श्रेणी में स्थान प्रदान किया है। लेटिन जाति की उदारता का कर्त्तव्य है कि वह तुम्हारे प्रभु मसीह को अपने देव मन्दिर में प्रतिष्ठित करे। हमारे पुरखों का कथन था कि प्रत्येक देवता में कुछ न कुछ अंश ईश्वर का अवश्य

होता है। लेकिन यह इन बातों का समय नहीं है। आओ, प्याले उठायें और जीवन का सुख भोगें। इसके सिवा और सब मिथ्या है।'

वयोवृद्ध कोटा बड़ी गम्भीरता से बोलते थे। उन्होंने आज एक नये प्रकार की नौका का नमूना सोचा था और अपने 'कार्थेज जाति का इतिहास' का छठवां भाग समाप्त किया था। उन्हें संतोष था कि आज का दिन सफल हुआ, इसलिए वह बहुत प्रसन्न थे।

एक क्षण के उपरान्त वह पापनाशी से फिर बोले- 'सन्त पापनाशी, यहां तुम्हें कई सज्जन बैठे दिखाई दे रहे हैं, जिनका सत्संग बड़े सौभाग्य से प्राप्त होता है- यह सरापीज मन्दिर के अध्यक्ष हरमोडोरस हैं; यह तीनों दर्शन के ज्ञाता निसियास, डोरियन और जेनी हैं; यह कवि कलिक्रान्त हैं, यह दोनों युवक चेरिया और अरिस्टो पुराने मित्रों के पुत्र हैं और उनके निकट दोनों रमणियां फिलिना और ड्रोसिया हैं, जिनकी रूपछवि पर हृदय मुग्ध हो जाता है।'

निसियास ने पापनाशी से आलिंगन किया और उसके कान में बोला- 'बन्धुवर, मैंने तुम्हें पहले ही सचेत कर दिया था कि वीनस (श्रृंगार की देवी-यूनान के लोग शुक्र को वीनस कहते थे) बड़ी बलवती है। यह उसी की शक्ति है जो तुम्हें इच्छा न रहने पर भी यहां खींच लायी है। सुनो, तुम वीनस के आगे सिर न झुकाओगे, उसे सब देवताओं की माता न स्वीकार करोगे, तो तुम्हारा पतन निश्चित है। तुम उसकी अवहेलना करके सुखी नहीं रह सकते। तुम्हें ज्ञात नहीं है कि गणितशास्त्र के उद्भट ज्ञाता मिलानथस का कथन था मैं वीनस की सहायता के बिना त्रिभुजों की व्याख्या भी नहीं कर सकता।'

डोरियन, जो कई पल तक इस नये आगन्तुक की ओर ध्यान से देखता रहा था, सहसा तालियां बजाकर बोला- 'यह वही हैं, मित्रो, यह वही महात्मा हैं। इनका चेहरा इनकी दाढ़ी, इनके वस्त्र वही हैं। इसमें लेशमात्र भी संदेह नहीं। मेरी इनसे नाट्यशाला में भेंट हुई थी जब हमारी थायस अभिनय कर रही थी। मैं शर्त बदकर कह सकता हूं कि इन्हें उस समय बड़ा क्रोध आ गया था, और उस आवेश में इनके मुंह में उद्दण्ड शब्दों का प्रवाह सा आ गया था। यह धर्मात्मा पुरुष हैं, पर हम सबों को आड़े हाथों लेंगे। इनकी वाणी में बड़ा तेज और विलक्षण प्रतिभा है। यदि मार्कस* ईसाईयों का प्लेटो** है तो पापनाशी निसन्देह डेमॉस्थिनीज*** है।'

किन्तु फिलिना और ड्रोसिया की टकटकी थायस पर लगी हुई थी, मानो वे उसका भक्षण कर लेंगी। उसने अपने केशों में बनशे के पीले-पीले फूलों का हार गूंथा था, जिसका प्रत्येक फूल उसकी आंखों की हल्की आभा की सूचना देता था। इस भांति के फूल तो उसकी कोमल चितवनों के सदृश थीं। इस रमणी की छवि में यही विशेषता थी। इसकी देह पर प्रत्येक वस्तु खिल उठती थी। सजीव हो जाती थी। उसके चांदी के तारों से सजी हुई पेशवाज के पांयचे फर्श पर लहराते थे। उसके हाथों में न कंगन थे, न गले में हार। इस आभूषणहीन छवि में ज्योत्सना की म्लान शोभा थी, एक मनोहर उदासी, जो कृत्रिम बनाव-संवार से अधिक चित्ताकर्षक होती है! उसके सौन्दर्य का मुख आधार उसकी दो खुली हुई नर्म, कोमल, गोरीगोरी बांहें थी। फिलिना और ड्रोसिया को

भी विवश होकर थायस के जूड़े और पेशवाज की प्रशंसा करनी पड़ी, यद्यपि उन्होंने थायस से इस विषय में कुछ नहीं कहा।

फिलिना ने थायस से कहा- 'तुम्हारी रूप शोभा कितनी अद्भुत है! जब तुम पहले-पहल इस्कन्द्रिया आयी थीं, उस समय भी तुम इससे अधिक सुन्दर न रही होगी। मेरी माता को तुम्हारी उस समय की सूरत याद है। यह कहती है कि उस समय समस्त नगर में तुम्हारे जोड़ की एक भी रमणी न थी। तुम्हारा सौन्दर्य अतुलनीय था।'

ड्रोसिया ने मुस्कराकर पूछा- 'तुम्हारे साथ यह कौन नया प्रेमी आया है? बड़ा विचित्र, भयंकर रूप है। अगर हाथियों के चरवाहे होते हैं, तो इस पुरुष की सूरत अवश्य उनसे मिलती होगी। सच बताना बहन, यह वनमानुस तुम्हें कहां मिल गया? क्या यह उन जन्तुओं में तो नहीं है जो रसातल में रहते हैं और वहां के धूमर प्रकाश से काले हो जाते हैं।'

लेकिन फिलिना ने ड्रोसिया के होंठों पर उंगली रख दी और बोली- 'चुप! प्रणय के रहस्य अभेद्य होते हैं और उनकी खोज करना वर्जित है। लेकिन मुझसे कोई पूछे तो मैं इस अद्भुत मनुष्य के होठों की अपेक्षा, एटना के जलते हुए, अग्निप्रसारक मुख से चुम्बित होना अधिक पसन्द करुंगी। लेकिन बहन, इस विषय में तुम्हारा कोई वश नहीं। तुम देवियों की भांति रूप गुणशील और कोमल हृदय हो, और देवियों ही की भांति तुम्हें छोटे-बड़े, भले-बुरे, सभी का मन रखना पड़ता है, सभी के आंसू पोंछने पड़ते हैं। हमारी तरह केवल सुन्दर सुकुमार ही की याचना स्वीकार करने से तुम्हारा यह लोक-सम्मान कैसे होगा?'

थायस ने कहा- 'तुम दोनों जरा मुंह संभाल कर बातें करो। यह सिद्ध और चमत्कारी पुरुष है। कानों में कहीं कई बातें ही नहीं, मनोगत विचारों को भी जान लेता है। कहीं उसे क्रोध आ गया तो सोते में हृदय को चीर निकालेगा और उसके स्थान पर एक स्पंज रख देगा, दूसरे दिन जब तुम पानी पियोगी तो दम घुटने से मर जाओगी।'

थायस ने देखा कि दोनों युवतियों के मुख वर्णहीन हो गये हैं जैसे उड़ा हुआ रंग। तब वह उन्हें इसी दशा में छोड़कर पापनाशी के समीप एक कुर्सी पर जा बैठी। सहसा कोटा की मृदु, पर गर्व से भरी हुई कण्ठध्वनि कनफुसकियों के ऊपर सुनाई दी-

'मित्रो, आप लोग अपने-अपने स्थानों पर बैठ जायें। ओ गुलामो! वह शराब लाओ जिसमें शहद मिली है।'

तब भरा हुआ प्याला हाथ में लेकर वह बोला- 'पहले देवतुल्य सम्राट और साम्राज्य के कर्णधार सम्राट कान्सटैनटाइन की शुभेच्छा का प्याला पियो। देश का स्थान सर्वोपरि है, देवताओं से भी उच्च, क्योंकि देवता भी इसी के उदर में अवतरित होते हैं।'

सब मेहमानों ने भरे हुए प्याले होंठों से लगाये; केवल पापनाशी ने न पिया, क्योंकि कान्सटैनटाइन ने ईसाई सम्प्रदाय पर अत्याचार किये थे, इसलिए भी कि ईसाई मत मत्युलोक में अपने स्वदेश का अस्तित्व नहीं मानता।

डोरियन ने प्याला खाली करके कहा- 'देश का इतना सम्मान क्यों? देश है क्या? एक बहती हुई नदी। किनारे बदलते रहते हैं और जल में नित नयी तरंगें उठती रहती हैं।

जल सेनानायक ने उत्तर दिया- 'डोरियन, मुझे मालूम है कि तुम नागरिक विषयों की परवाह नहीं करते और तुम्हारा विचार है कि ज्ञानियों को इन वस्तुओं से अलग-अलग रहना चाहिए। इसके प्रतिकूल मेरा विचार है कि एक सत्यवादी पुरुष के लिए सबसे महान इच्छा यही होनी चाहिए कि वह साम्राज्य में किसी पद पर अधिष्ठित हो। साम्राज्य एक महत्वशाली वस्तु है।'

देवालय के अध्यक्ष हरमोडोरस ने उत्तर दिया- 'डोरियन महाशय ने जिज्ञासा की है कि स्वदेश क्या है? मेरा उत्तर है कि देवताओं की बलिवेदी और पितरों के समाधिस्तूप ही स्वदेश के पर्याय हैं। नागरिकता समृतियों और आशाओं के समावेश से उत्पन्न होती है।'

युवक एरिस्टोबोलस ने बात काटते हुए कहा- 'भाई, ईश्वर जानता है, आज मैंने एक सुन्दर घोड़ा देखा। डेमोफून का था। उन्नत मस्तक है, छोटा मुंह और सुदृढ़ टांगें। ऐसा गर्दन उठाकर अलबेली चाल से चलता है जैसे मुगार।'

लेकिन चेरियास ने सिर हिलाकर शंका की- 'ऐसा अच्छा घोड़ा तो नहीं है। एरिस्टोबोलस, जैसा तुम बतलाते हो। उसके सुम पतले हैं और गामचियां बहुत छोटी हैं। चाल का सच्चा नहीं, जल्द ही सुम लेने लगेगा, लंगड़े हो जाने का भय है।'

यह दोनों यही विवाद कर रहे थे कि ड्रोसिया ने जोर से चीत्कार किया। उसकी आंखों में पानी भर आया, और वह जोर से खांसकर बोली- 'कुशल हुई नहीं तो यह मछली का कांटा निगल गयी थी। देखो सलाई के बराबर है और उससे भी कहीं तेज। वह तो कहो, मैंने जल्दी से उंगली डालकर निकाल दिया। देवताओं की मुझ पर दया है। वह मुझे अवश्य प्यार करते हैं।'

निसियास ने मुस्कराकर कहा- 'ड्रोसिया, तुमने क्या कहा कि देवगण तुम्हें प्यार करते हैं। तब तो वह मनुष्यों ही की भांति सुख-दुख का अनुभव कर सकते होंगे। यह निर्विवाद है कि प्रेम से पीड़ित मनुष्य को कष्टों का सामना अवश्य करना पड़ता है, और उसके वशीभूत हो जाना मानसिक दुर्बलता का चिह्न है। ड्रोसिया के प्रति देवगणों को जो प्रेम है, इससे उनकी दोषपूर्णता सिद्ध होती है।'

ड्रोसिया यह व्याख्या सुनकर बिगड़ गयी और बोली- 'निसियास, तुम्हारा तर्क सर्वथा अनर्गल और तत्त्वहीन है। लेकिन वह तो तुम्हारा स्वभाव ही है। तुम बात तो समझते नहीं, ईश्वर ने इतनी बुद्धि ही नहीं दी, और निरर्थक शब्दों में उत्तर देने की चेष्टा करते हो।'

निसियास मुस्कराया- 'हां, हां, ड्रोसिया, बातें किये जाओ चाहे वह गालियां ही क्यों न हों। जब-जब तुम्हारा मुंह खुलता है, हमारे नेत्र तृप्त हो जाते हैं। तुम्हारे दांतों की बत्तीसी कितनी सुन्दर है- जैसे मोतियों की माला!'

इतने में एक वृद्ध पुरुष, जिसकी सूरत से विचारशीलता झलकती थी और जो वेशवस्त्र से बहुत सुव्यवस्थित न जान पड़ता था, मस्तिष्क गर्व से उठाये मन्द गति से चलता हुआ कमरे में आया। कोटा ने अपने ही गद्दे पर उसे बैठने का संकेत किया और बोला- 'यूक्राइटीज, तुम खूब आये। तुम्हें यहां देखकर चित्त बहुत प्रसन्न हुआ। इस मास में तुमने दर्शन पर कोई नया ग्रन्थ लिखा? अगर मेरी गणना गलत नहीं है तो यह इस विषय का 92वां निबन्ध है, जो तुम्हारी लेखनी से निकला है। तुम्हारी नरकट की कलम में बड़ी प्रतिभा है। तुमने यूनान को भी मात कर दिया।'

यूक्राइटीज ने अपनी श्वेत दाढ़ी पर हाथ फेरकर कहा- 'बुलबुल का जन्म गाने के लिए हुआ है। मेरा जन्म देवताओं की स्तुति के लिए, मेरे जीवन का यही उद्देश्य है।'

डोरियन- 'हम यूक्राइटीज को बड़े आदर के साथ नमस्कार करते हैं, जो विरागवादियों में जब अकेले ही बच रहे हैं। हमारे बीच में वह किसी दिव्य पुरुष की प्रतिभा की भांति गम्भीर, प्रौढ़, श्वेत खड़े हैं। उनके लिए मेला भी निर्जन, शान्त स्थान है और उनके मुख से जो शब्द निकलते हैं वह किसी के कानों में नहीं पड़ते।'

यूक्राइटीज- 'डोरियन, यह तुम्हारा भ्रम है। सत्य विवेचन अभी संसार से लुप्त नहीं हुआ है। इस्कन्द्रिया, रोम, कुस्तुन्तुनिया आदि स्थानों में मेरे कितने ही अनुयायी हैं। गुलामों की एक बड़ी संख्या और कैसर के कई भतीजों ने अब यह अनुभव कर लिया है कि इन्द्रियों का क्योंकर दमन किया जा सकता है, स्वछन्द जीवन कैसे उपलब्ध हो सकता है? वह सांसारिक विषयों से निर्लिप्त रहते हैं, और असीम आनन्द उठाते हैं। उनमें से कई मनुष्यों ने अपने सत्कर्मों द्वारा एपिक्टीटस और मार्कस ऑरेलियस का पुनः संस्कार कर दिया है। लेकिन अगर यही सत्य हो कि संसार से सत्कर्म सदैव के लिए उठ गया, तो इस क्षति से मेरे आनन्द में क्या बाधा हो सकती है, क्योंकि मुझे इसकी परवाह नहीं है कि संसार में सत्कर्म है या उठ गया। डोरियन, अपने आनन्द को अपने अधीन न रखना मूर्खों और मन्दबुद्धि वालों का काम है। मुझे ऐसी किसी वस्तु की इच्छा नहीं है, जो विधाता की इच्छा के अनुकूल है। इस विधि से मैं अपने को उनसे अभिन्न बना लेता हूं और उनके निर्भरान्त सन्तोष में सहभागी हो जाता हूं। अगर सत्कर्मों का पतन हो रहा है तो हो, मैं प्रसन्न हूं, मुझे कोई आपत्ति नहीं। यह निरापत्ति मेरे चित्त आनन्द से भर देती है, क्योंकि यह मेरे तर्क या साहस की परमोज्ज्वल कीर्ति है। प्रत्येक विषय में मेरी बुद्धि देवबुद्धि का अनुसरण करती है, और नकल असल से कहीं मूल्यवान होती है। वह अविश्रान्त सच्चिन्ता और सदुपयोग का फल होती है।'

निसियास- 'आपका आशय समझ गया। आप अपने को ईश्वर इच्छा के अनुरूप बनाते हैं। लेकिन अगर उद्योग ही से सब कुछ हो सकता है, अगर लगन ही मनुष्य को ईश्वरतुल्य बना

सकती, और साधनों से ही आत्मा परमात्मा में विलीन होती है, तो उस मेंढ़क ने, जो अपने को फुलाकर बैल बना लेना चाहता था, निस्सन्देह वैराग्य का सर्वश्रेष्ठ सिद्धान्त चरितार्थ कर दिया।'

युक्राइटीज-'निसियास, तुम मसखरापन करते हो। इसके सिवा तुम्हें और कुछ नहीं आता। लेकिन जैसा तुम कहते हो वही सही। अगर वह बैल जिसको तुमने उल्लेख किया है वास्तव में एपिस* की भांति देवता है या उस पाताललोक के बैल के सदृश है जिसके मन्दिर** के अध्यक्ष को हम यहां बैठे हुए देख रहे हैं। और उस मेंढ़क ने सद्प्रेरणा से अपने को उस बैल के समतुल्य बना लिया, तो क्या वह बैल से अधिक श्रेष्ठ नहीं है? यह सम्भव है कि तुम उस नन्हें से पशु के साहस और पराक्रम की प्रशंसा न करो।'

चार सेवकों ने एक जंगली सुअर, जिसके अभी तक बाल भी अलग नहीं किये गये थे, लाकर मेज पर रखा। चार छोटे-छोटे सुअर जो मैदे के बने थे, मानो उसका दूध पीने के लिए उत्सुक हैं। इससे प्रकट होता था कि सुअर मादा है।

जेनाथेमीज ने पापनाशी की ओर देखकर कहा- 'मित्रो, हमारी सभा को आज एक नये मेहमान ने अपनी चरणों से पवित्र किया है। श्रद्धेय सन्त पापनाशी, जो मरुस्थल में एकान्त निवासी और तपस्या करते हैं, आज संयोग से हमारे मेहमान हो गये हैं।'

कोटा- 'मित्र जेनाथेमीज, इतना और बढ़ा दो कि उन्होंने बिना निमन्त्रित हुए यह कृपा की है, इसलिए उन्हीं को सम्मानपद की शोभा बढ़ानी चाहिए।

जेनाथेमीज- इसलिए मित्रवरों, हमारा कर्तव्य है कि उनके सम्मानार्थ वही बातें करें जो उनको रुचिकर हों। यह तो स्पष्ट है कि ऐसा त्यागी पुरुष मसालों की गन्ध को इतना रुचिकर नहीं समझता जितना पवित्र विचारों की सुगन्ध को। इसमें कोइे सन्देह नहीं है कि जितना आनन्द उन्हें ईसाई धर्मसिद्धान्तों के विवेचन से प्राप्त होगा, जिनके वह अनुयायी हैं, उतना और विषय से नहीं हो सकता। मैं स्वयं इस विवेचन का पक्षपाती हूं, क्योंकि इसमें कितने ही सुन्दर और विचित्र रूपकों का समावेश है, जो मुझे अत्यन्त प्रिय हैं। अगर शब्दों से आशय का अनुमान किया जा सकता है, तो ईसाई सिद्धान्तों में सत्य की मात्रा प्रचुर है और ईसाई धर्मग्रन्थ ईश्वर ज्ञान से परिपूर्ण है। लेकिन सन्त पापनाशी, मैं यहूदी धर्मग्रन्थों को इनके समान सम्मान के योग्य नहीं समझता। उनकी रचना ईश्वरीय ज्ञान द्वारा नहीं हुई है, वरन एक पिशाच द्वारा जो ईश्वर का महान शत्रु था। इसी पिशाच ने, जिसका नाम आइवे था उन ग्रन्थों को लिखवाया। वह उन दुष्टात्माओं में से था जो नरकलोक में बसते हैं और उन समस्त विडम्बनाओं के कारण हैं, जिनसे मनुष्य मात्र पीड़ित हैं। लेकिन आइवे अज्ञान, कुटिलता और क्रूरता में उन सबों से बढ़कर था। इसके विरुद्ध, सोने के परों का सा सर्प जो ज्ञानवृद्ध से लिपटा हुआ था, प्रेम और प्रकाश से बनाया था। इन दोनों शक्तियों में एक प्रकाश की थी और दूसरी अंधकार की थी- विरोध होना अनिवार्य था। यह घटना संसार की घटना सृष्टि के थोड़े ही दिनों पश्चात घटी। दोनों विरोधी शक्तियों से युद्ध छिड़ गया। ईश्वर अभी कठिन परिश्रम के बाद विश्राम न करने पाये थे; आदम और हौवा, आदि पुरुष, आदि स्त्री, अदन के बाग में नंगे

घूमते और आनन्द से जीवन व्यतीत कर रहे थे। इतने में दुर्भाग्य से आइवे को सूझी कि इन दोनों प्राणियों पर और उनकी आने वाली सन्तानों पर आधिपत्य जमाऊं। तुरन्त अपनी दुरिच्छा को पूरा करने का प्रयत्न वह करने लगा। वह न गणित में कुशल था, न संगीत में; न उस शास्त्र से परिचति था जो राज्य का संचालन करता है; न उस ललितकला से जो चित्त को मुग्ध करती है। उसने इन दोनों सरल बालकों की सी बुद्धि रखने वाले प्राणियों को भयंकर पिशाच लीलाओं से, शंकोत्पादक क्रोध से और मेघ गर्जनों से भयभीत कर दिया। आदम और हौवा अपने ऊपर उसकी छाया का अनुभव करके एक-दूसरे से चिमट गये और भय ने उनके प्रेम को और भी घनिष्ठ कर दिया। उस समय उस विराट संसार में कोई उनकी रक्षा करने वाला न था। जिधर आंख उठाते थे, उधर सन्नाटा दिखाई देता था। सर्प को उनकी यह निस्सहाय दशा देखकर दया आ गयी और उसने उनके अन्त:करण को बुद्धि के प्रकाश से आलोकित करने का निश्चय किया, जिसमें ज्ञान से सतर्क होकर वह मिथ्या, भय, और भयंकर प्रेत लीलाओं से चिन्तित न हों। किन्तु इस कार्य को सुचारु रूप से पूरा करने के लिए बड़ी सावधानी और बुद्धिमत्ता की आवश्यकता थी और पूर्व दम्पति की सरलहृदयता ने इसे और भी कठिन बना दिया। किन्तु दयालु सर्प से न रहा गया। उसने गुप्त रूप से इन प्राणियों के उद्धार करने का निश्चय किया। आइवे डींग तो यह मारता था कि वह अर्न्तयामी है लेकिन यथार्थ में वह बहुत सूक्ष्मदर्शी न था। सर्प ने इन प्राणियों के पास आकर पहले उन्हें अपने पैरों की सुन्दरता और खाल की चमक से मुग्ध कर दिया। देह से भिन्न-भिन्न आकार बनाकर उसने उनकी विचारशक्ति को जागृत कर दिया। यूनान के गणित आचार्यों ने उन आकारों के अद्भुत गुणों को स्वीकार किया है। आदम इन आकारों पर हौवा की अपेक्षा अधिक विचारता था, किन्तु जब सर्प ने उनसे ज्ञान तत्त्वों का विवेचन करना शुरू किया- उन रहस्यों का जो प्रत्यक्ष रूप से सिद्ध नहीं किये जा सकते- तो उसे ज्ञात हुआ कि आदम लाल मिट्टी से बनाये जाने के कारण इतना स्थूल बुद्धि था कि इन सूक्ष्म विवेचनों को ग्रहण नहीं कर सकता था, लेकिन हौवा अधिक चैतन्य होने के कारण इन विषयों को आसानी से समझ जाती थी। इसलिए सर्प से बहुधा अकेले ही इन विषयों का निरूपण किया करती थी, जिसमें पहले खुद दीक्षित होकर तब अपने पति को दीक्षित करे....'

डोरियन- 'महाशय जेनाथेमीज, क्षमा कीजिएगा, आपकी बात काटता हूं। आपका यह कथन सुनकर मुझे शंका होती है कि सर्प उतना बुद्धिमान और विचारशील न था जितना आपने उसे बताया है। यदि वह ज्ञानी होता तो क्या वह इस ज्ञान को हौवा के छोटे से मस्तिष्क में आरोपित करता जहां काफी स्थान न था? मेरा विचार है कि वह आइवे के समान ही मूर्ख और कुटिल था और हौवा को एकान्त में इसीलिए उपदेश देता था कि स्त्री को बहकाना बहुत कठिन न था। आदमी अधिक चतुर और अनुभवशील होने के कारण, उसकी बुरी नीयत को ताड़ लेता। यहां उसकी दाल न गलती इसलिए मैं सर्प की साधुता का कायल हूं, न कि उसकी बुद्धिमत्ता का।'

जेनाथेमीज- 'डोरियन, तुम्हारी शंका निर्मूल है। तुम्हें यह नहीं मालूम है कि जीवन के सर्वोच्च और गूढ़तम रहस्य बुद्धि और अनुमान द्वारा ग्रहण नहीं किये जा सकते, बल्कि अन्तर्ज्योति द्वारा किये जाते हैं। यही कारण है कि स्त्रियां जो पुरुषों की भांति सहनशील नहीं होती हैं पर जिनकी चेतनाशक्ति अधिक तीव्र होती है, ईश्वर विषयों को आसानी से समझ जाती है। स्त्रियों को सत्स्वप्न दिखाई देते हैं, पुरुषों को नहीं। स्त्री का पुत्र या पति दूर देश में किसी संकट में पड़ जाए तो स्त्री को तुरन्त उसकी शंका हो जाती है। देवताओं का वस्त्र स्त्रियों कासा होता है, क्या इसका कोई आशय नहीं है? इसलिए सर्प की यह दूरदर्शिता थी कि उसने ज्ञान का प्रकाश डालने के लिए मन्दबुद्धि आदम को नहीं; बल्कि चैतन्यशील हौवा को पसन्द किया, जो नक्षत्रों से उज्ज्वल और दूध से स्निग्ध थी। हौवा ने सर्प के उपदेश को सहर्ष सुना और ज्ञानवृक्ष के समीप जाने पर तैयार हो गयी, जिसकी शाखाएं स्वर्ग तक सिर उठाये हुए थीं और जो ईश्वरीय दया से इस भांति आच्छादित था, मानो ओस की बूंदों में नहाया हुआ हो। इस वृक्ष की पत्तियां समस्त संसार के प्राणियों की बोलियां बोलती थीं और उनके शब्दों के सम्मिश्रण से अत्यन्त मधुर संगीत की ध्वनि निकलती थी। जो प्राणी इसका फल खाता था, उसे खनिज पदार्थों का, पत्थरों का, वनस्पतियों का, प्राकृतिक और नैतिक नियमों का सम्पूर्ण ज्ञान प्राप्त हो जाता था। लेकिन इसके फल अग्नि के समान थे और संशयात्मा, भीरू प्राणी भयवश उसे अपने होंठों पर रखने का साहस न कर सकते थे। पर हौवा ने तो सर्प के उपदेशों को बड़े ध्यान से सुना था इसलिए उसने इन निर्मूल शंकाओं को तुच्छ समझा और उस फल को चखने पर उद्यत हो गयी, जिससे ईश्वर ज्ञान प्राप्त हो जाता था। लेकिन आदम के प्रेमसूत्र में बंधे होने के कारण उसे यह कब स्वीकार हो सकता था, उसने पति का हाथ पकड़ा और ज्ञानवृक्ष के पास आयी। तब उसने एक तपता हुआ फल उठाया, उसे थोड़ा सा काटकर खाया और शेष अपने चिरसंगी को दे दिया। मुसीबत यह हुई कि आइवे उसी समय बगीचे में टहल रहा था। ज्यों ही हौवा ने फल उठाया, वह अचानक उनके सिर पर आ पहुंचा और जब उसे ज्ञात हुआ कि इन प्राणियों को ज्ञानचक्षु खुल गये हैं, तो उसके क्रोध की ज्वाला दहक उठी। अपनी समगर सेना को बुलाकर उसने पृथ्वी के गर्भ में ऐसा भयंकर उत्पात मचाया कि यह दोनों शक्तिहीन प्राणी थर-थर कांपने लगे। फल आदम के हाथ से छूट पड़ा और हौवा ने अपने पति की गर्दन में हाथ डालकर कहा- 'मैं भी अज्ञानिनी बनी रहूंगी और अपने पति की विपत्ति में उसका साथ दूंगी।' विजयी आइवे आदम और हौवा और उनकी भविष्य सन्तानों को भय और कायरता की दशा में रखने लगा। वह बड़ा कलानिधि था। वह बड़े वृहदाकार आकाशवज्रों के बनाने में सिद्धहस्त था। उसके कलानैपुण्य ने सर्प के शास्त्र को परास्त कर दिया अतएव उसने प्राणियों को मूर्ख, अन्यायी, निर्दय बना दिया और संसार में कुकर्म का सिक्का चला दिया। तब से लाखों वर्ष व्यतीत हो जाने पर भी मनुष्य ने धर्मपथ नहीं पाया यूनान के कतिपय विद्वानों तथा महात्माओं ने अपने बुद्धिबल से उस मार्ग को खोज निकालने का प्रयत्न किया। पाइथागोरस, प्लेटो आदि तत्त्वज्ञानियों के हम सदैव ऋणी रहेंगे, लेकिन वह अपने प्रयत्न में सफलीभूत नहीं हुए, यहां तक कि थोड़े दिन हुए नासरा के ईशु ने उस पथ को मनुष्यमात्र के लिए खोज निकाला।'

डोरियन- 'अगर मैं आपका आश्रय ठीक समझ रहा हूं तो आपने यह कहा है कि जिस मार्ग को खोज निकालने में यूनान के तत्त्वज्ञानियों को सफलता नहीं हुई, उसे ईशु ने किन साधनों द्वारा पा लिया? किन साधनों के द्वारा वह मुक्तिज्ञान प्राप्त कर लिया जो प्लेटो आदि आत्मदर्शी महापुरुषों को न प्राप्त हो सका।'

जेनाथेमीज- 'महाशय डोरियन, क्या यह बार-बार बतलाना पड़ेगा कि बुद्धि और तर्क विद्या प्राप्ति के साधन हैं, किन्तु प्राविद्या आत्मोल्लास द्वारा ही प्राप्त हो सकती है। प्लेटो, पाइथागोरस, अरस्तू आदि महात्माओं में अपार बुद्धिशक्ति थी, पर वह ईश्वर की उस अनन्य भक्ति से वंचित थे। जिसमें ईशु सराबोर थे। उनमें वह तन्मयता न थी। जो प्रभु मसीह में थी।'

हरमोडोरस- 'जेनाथेमीज, तुम्हारा यह कथन सर्वथा सत्य है कि जैसे दूब ओस पीकर जीती और फैलती है, उसी प्रकार जीवात्मा का पोषण परम आनन्द द्वारा होता है। लेकिन हम इसके आगे भी जा सकते हैं और कह सकते हैं कि केवल बुद्धि ही में परम आनन्द भोगने की क्षमता है। मनुष्य में सर्वप्रधान बुद्धि ही है। पंचभूतों का बना हुआ शरीर तो जड़ है, जीवात्मा अधिक सूक्ष्म है, पर वह भी भौतिक है, केवल बुद्धि ही निर्विकार और अखण्ड है। जब वह भवनरूपी शरीर से प्रस्थान करके- जो अकस्मात निर्जन और शून्य हो गया हो- आत्मा के रमणीक उद्यान में विचरण करती हुई ईश्वर में समाविष्ट हो जाती है, तो वह पूर्व निश्चित मृत्यु या पुर्नजन्म के आनन्द उठाती है, क्योंकि जीवन और मृत्यु में कोई अन्तर नहीं। और उस अवस्था में उसे स्वर्गीय पावित्र्य में मग्न होकर परम आनन्द और संपूर्ण ज्ञान प्राप्त हो जाता है। वह उसमें ऐक्य प्रविष्ट हो जाती है जो सर्वव्यापी है। उसे परमपद या सिद्धि प्राप्त हो जाती है।'

निसियास-'बड़ी ही सुन्दर युक्ति है, लेकिन हरमोडोरस, सच्ची बात तो यह है कि मुझे 'अस्ति' और 'नास्ति' में कोई भिन्नता नहीं दीखती। शब्दों में इस भिन्नता को व्यक्त करने की सामर्थ्य नहीं है। 'अनन्त' और 'शून्य' की समानता किसी भयावह है। दोनों में से एक भी बुद्धिग्राह्य नहीं हैं, मस्तिष्क इन दोनों ही की कल्पना में असमर्थ है। मेरे विचार में तो जिस परमपद या मोक्ष की आपने चर्चा की है वह बहुत ही महंगी वस्तु है। उसका मूल्य हमारा समस्त जीवन, नहीं, हमारा अस्तित्व है। उसे प्राप्त करने के लिए हमें पहले अपने अस्तित्व को मिटा देना चाहिए। यह एक ऐसी विपत्ति है जिससे परमेश्वर भी मुक्त नहीं, क्योंकि दर्शनों के ज्ञाता और भक्त उसे सम्पूर्ण और सिद्ध प्रमाणित करने में एड़ी-चोटी का जोर लगा रहे हैं। सारांश यह है कि यदि हमें 'अस्ति' का कुछ बोध नहीं तो, 'नास्ति' से भी हम उतने ही अनभिज्ञ हैं। हम कुछ जानते ही नहीं।'

कोटा- 'मुझे भी दर्शन से प्रेम है और अवकाश के समय उसका अध्ययन किया करता हूं। लेकिन इसकी बातें मेरी समझ में नहीं आतीं। हां, सिसरो* के ग्रन्थों में अवश्य इसे खूब समझ लेता हूं। रासो, कहां मर गये, मधुमिश्रित वस्तु प्यालों में भरो।'

कलिक्रान्त- 'यह एक विचित्र बात है, लेकिन न जाने क्यों जब मैं क्षुधातुर होता हूं, तो मुझे उस नाटक रचने वाले कवियों की याद आती है जो बादशाहों की मेज पर भोजन किया करते थे और

मेरे मुंह में पानी भर आता है। लेकिन जब मैं वह सुधारस पान करके तृप्त हो जाता हूं, जिसकी महाशय कोटा के यहां कोई कमी नहीं मालूम होती, और जिसके पिलाने में वह इतने उदार हैं, तो मेरी कल्पना वीररस में मग्न हो जाती है, योद्धाओं के वीर चरित्र आंखों में फिरने लगते हैं, घोड़ों की टापों और तलवार की झनकारों की ध्वनि कान में आने लगती है। मुझे लज्जा और खेद है कि मेरा जन्म ऐसी अधोगति के समय हुआ। विवश होकर मैं भावना के ही द्वार उस रस का आनन्द उठाता हूं, स्वाधीनता देवी की आराधना करता हूं और वीरों के साथ स्वयं वीरगति प्राप्त कर लेता हूं।'

कोटा- 'रोम के प्रजा सत्तात्मक राज्य के समय मेरे पुरखों ने बरूट्स के साथ अपने प्राण स्वाधीनता देवी की भेंट किये थे। लेकिन यह अनुमान करने के लिए प्रमाणों की कमी नहीं है कि रोम निवासी जिसे स्वाधीनता कहते थे, वह केवल अपनी व्यवस्था आप करने का, अपने ऊपर आप शासन करने का अधिकार था। मैं स्वीकार करता हूं कि स्वाधीनता सर्वोत्तम वस्तु है, जिस पर किसी राष्ट्र को गौरव हो सकता है। लेकिन ज्यों-ज्यों मेरी आयु गुजरती जाती है और अनुभव बढ़ता जाता है, मुझे विश्वास होता है कि एक सशक्त और सुव्यवस्थित शासन ही प्रजा को यह गौरव प्रदान कर सकता है। गत चालीस वर्षों से मैं भिन्न-भिन्न उच्च पदों पर राज्य की सेवा कर रहा हूं और मेरे दीर्घ अनुभव ने सिद्ध कर दिया है कि जब शासक शक्ति निर्बल होती है, तो प्रजा को अन्यायों का शिकर होना पड़ता है। अतएव वह वाणी कुशल, जमीन और आसमान के कुलाबे मिलाने वाले व्याख्याता जो शासन को निर्बल और अपंग बनाने की चेष्टा करते हैं, अत्यन्त निन्दनीय कार्य करते हैं, सम्भवत: कभी-कभी प्रजा को घोर संकट में डाल देता है, लेकिन अगर वह प्रजामत के अनुसार शासन करता है, तो फिर उसके विष का मंत्र नहीं। वह ऐसा रोग है जिसकी औषधि नहीं, रोमराज्य के शस्त्रबल द्वारा संसार में शान्ति स्थापित होने के पहले, वही राष्ट्र सुखी और समृद्ध थे, जिनका अधिकार कुशल, विचारशील, स्वेच्छाचारी राजाओं के हाथ में था।'

हरमोडोरस- 'महाशय कोटा, मेरा तो विचार है कि सुव्यवस्थित शासन पद्धति केवल एक कल्पित वस्तु है और हम उसे प्राप्त करने में सफल नहीं हो सकते, क्योंकि यूनान के लोग भी, जो सभी विषयों में इतने निपुण और दक्ष थे, निर्दोष शासन प्रणाली का आविर्भाव न कर सके। अतएव इस विषय में हमें सफल होने की कोई आशा भी नहीं। हम अति दूर भविष्य में उसकी कल्पना नहीं कर सकते। निर्भरान्त लक्षणों से प्रकट हो रहा है कि संसार शीघ्र ही मूर्खता और बर्बरता के अन्धकार में मग्न हुआ चाहता है। कोटा, हमें अपने जीवन में इन्हीं आंखों से बड़ी-बड़ी भयंकर दुर्घटनाएं देखनी पड़ी हैं। विद्या, बुद्धि और सदाचरण से जितनी मानसिक सान्त्वनाएं उपलब्ध हो सकती हैं, उनमें अब जो शेष रह गया वह यही है कि अध:पतन का शोक दृश्य देखें।'

कोटा-'मित्रवर, यह सत्य है कि जनता की स्वार्थपरता और असभ्य म्लेच्छों की उद्दण्डता, नितान्त भयंकर सम्भावनाएं हैं, लेकिन यदि हमारे पास सुदृढ़ सेना, सुसंगठित नाविक शक्ति और प्रचुर धनबल हो तो....'

हरमोडोरस- 'वत्स, क्यों अपने को भ्रम में डालते हो? यह मरणासन्न साम्राज्य म्लेच्छों के पशुबल का सामना नहीं कर सकता। इनका पतन अब दूर नहीं है। आह! वह नगर जिन्हें यूनान की विलक्षण बुद्धि या रोमनवासियों के अनुपम धैर्य ने निर्मित किया था; शीघ्र ही मदोन्मत्त नरपशुओं के पैरों तले रौंदे जायेंगे, लुटेंगे और ढाहे जायेंगे। पृथ्वी पर न कला कौशल का चिह्न रह जायेगा, न दर्शन का, न विज्ञान का। देवताओं की मनोहर प्रतिमाएं देवालयों में तहस-नहस कर दी जायेंगी। मानव हृदय में भी उनकी स्मृति न रहेगी। बुद्धि पर अन्धकार छा जायेगा और यह भूमण्डल उसी अन्धकार में विलीन हो जायेगा। क्या हमें यह आशा हो सकती है कि म्लेच्छ जातियां संसार में सुबुद्धि और सुनीति का प्रसार करेंगी? क्या जर्मन जाति संगीत और विज्ञान की उपासना करेगी? क्या अरब के पशु अमर देवताओं का सम्मान करेंगे? कदापि नहीं। हम विनाश की ओर भयंकर गति से फिसलते चले जा रहे हैं। हमारा प्यारा मित्र जो किसी समय संसार का जीवनदाता था, जो भूमण्डल में प्रकाश फैलाता था, उसका समाधि स्तूप बन जायेगा। वह स्वयं अंधकार में लुप्त हो जायेगा। मृत्युदेव रासेपीज मानवभक्ति की अंतिम भेंट पायेगा और मैं अंतिम देवता का अन्तिम पुजारी सिद्ध हूंगा।'

इतने में एक विचित्र मूर्ति ने पर्दा उठाया और मेहमानों के सम्मुख एक कुबड़ा, नाटा मनुष्य उपस्थित हुआ जिसकी चांद पर एक बाल भी न था। वह एशिया निवासियों की भांति एक लाल चोंगा और असभ्य जातियों की भांति लाल पाजामा पहने हुए था जिस पर सुनहरे बूटे बने हुए थे। पापनाशी उसे देखते ही पहचान गया और ऐसा भयभीत हुआ मानो आकाश से वज्र गिर पड़ेगा। उसने तुरन्त सिर पर हाथ रख लिये और थरथर कांपने लगा यह प्राणी मार्कस एरियन था, जिसने ईसाई धर्म में नवीन विचार का प्रचार किया था। वह ईशु के अनादित्व पर विश्वास नहीं करता था। उसका कथन था कि जिसने जन्म लिया, वह कदापि अनादि नहीं हो सकता। पुराने विचार के ईसाई, जिनका मुखपात्र नीसा था, कहते हैं कि यद्यपि मसीह ने देह धारण की किन्तु वह अनन्तकाल से विद्यमान है। अतएव नीसा के भक्त एरियन को विधमीर कहते थे। और एरियन के अनुयायी नीसा को मूर्ख, मंदबुद्धि, पागल आदि उपाधियां देते थे। पापनाशी नीसा का भक्त था। उसकी दृष्टि में ऐसे विधमीर को देखना भी पाप था। इस सभा को वह पिशाचों की सभा समझता था। लेकिन इस पिशाच सभा से प्रकृतिवादियों के उपवाद और विज्ञानियों का दुष्कल्पनाओं से भी वह इतना सशंक और चंचल न हुआ था। लेकिन इस विधमीर की उपस्थिति मात्र ने उसके प्राण हर लिये। वह भागने वाला ही था कि सहसा उसकी निगाह थायस पर जा पड़ी और उसकी हिम्मत बंध गयी। उसने उसके लम्बे, लहराते हुए, लंहगे का किनारा पकड़ लिया और मन में प्रभू मसीह की वन्दना करने लगा।

उपस्थित जनों ने उस प्रतिभाशली विद्वान पुरुष का बड़े सम्मान से स्वागत किया, जिसे लोग ईसाई धर्म का प्लेटो कहते थे। हरमोडोरस सबसे पहले बोला-

'परम आदरणीय मार्कस, हम आपको इस सभा में पदार्पण करने के लिए हृदय से धन्यवाद देते हैं। आपका शुभागमन बड़े ही शुभ अवसर पर हुआ है। हमें ईसाई धर्म का उससे अधिक ज्ञान नहीं है, जितना प्रकट रूप से पाठशालाओं के पाठ्यक्रम में रखा हुआ है। आप ज्ञानी पुरुष हैं, आपकी विचार शैली साधारण जनता की विचार शैली से अवश्य भिन्न होगी। हम आपके मुख से उस धर्म के रहस्यों की मीमांसा सुनने के लिए उत्सुक हैं जिनके आप अनुयायी हैं। आप जानते हैं कि हमारे मित्र जेनाथेमीज को नित्य रूपकों और दृष्टान्तों की धुन सवार रहती है, और उन्होंने अभी पापनाशी महोदय से यहूदी ग्रन्थों के विषय में कुछ जिज्ञासा की थी। लेकिन उक्त महोदय ने कोई उत्तर नहीं दिया और हमें इसका कोई आश्चर्य न होना चाहिए क्योंकि उन्होंने मौन व्रत धारण किया है। लेकिन आपने ईसाई धर्मसभाओं में व्याख्यान दिये हैं। बादशाह कांन्सटैनटाइन की सभा को भी आपने अपनी अमृतवाणी से कृतार्थ किया है। आप चाहें तो ईसाई धर्म का तात्त्विक विवेचन और उन गुप्त आशयों का स्पष्टीकरण करके, जो ईसाई दन्तकथाओं में निहित हैं, हमें सन्तुष्ट कर सकते हैं। क्या ईसाइयों का मुख सिद्धान्त तौहीन (अद्वैतवाद) नहीं है, जिस पर मेरा विश्वास होगा?'

मार्कस- 'हां, सुविज्ञ मित्रों, मैं अद्वैतवादी हूं! मैं उस ईश्वर को मानता हूं, जो न जन्म लेता है, न मरता है, जो अनन्त है, अनादि है, सृष्टि का कर्ता है।'

निसियास- 'महाशय मार्कस, आप एक ईश्वर को मानते हैं, यह सुनकर हर्ष हुआ। उसी ने सृष्टि की रचना की, यह विकट समस्या है। यह उसके जीवन में बड़ा क्रान्तिकारी समय होगा। सृष्टि रचना के पहले भी वह अनन्तकाल से विद्यमान था। बहुत सोच-विचार के बाद उसने सृष्टि को रचने का निश्चय किया। अवश्य ही उस समय उसकी अवस्था अत्यन्त शोचनीय रही होगी। अगर सृष्टि की उत्पत्ति करता है, तो उसकी अखण्डता, सम्पूर्णता में बाधा पड़ती है। अकर्मण्य बना बैठा रहता है तो उसे अपने अस्तित्व ही पर भ्रम होने लगता है, किसी को उसकी खबर ही नहीं होती, कोई उसकी चर्चा ही नहीं करता। आप कहते हैं, उसने अन्त में संसार की रचना को ही आवश्यक समझा। मैं आपकी बात मान लेता हूं, यद्यपि एक सर्वशक्तिमान ईश्वर के लिए इतना कीर्ति लोलुप होना शोभा नहीं देता। लेकिन यह तो बताइए उसने क्योंकर सृष्टि की रचना की।'

मार्कस-'जो लोग ईसाई न होने पर भी, हरमोडोरस और जेनाथेमीज की भांति ज्ञान के सिद्धान्तों से परिचित हैं, वह जानते हैं कि ईश्वर ने अकेले, बिना सहायता के सृष्टि नहीं की। उसने एक पुत्र को जन्म दिया और उसी के हाथों सृष्टि का बीजारोपण हुआ।'

हरमोडोरस- 'मार्कस, यह सर्वथा सत्य है। यह पुत्र भिन्न-भिन्न नामों से प्रसिद्ध है, जैसे हेरमीज, अपोलो और ईशु।'

मार्कस- 'यह मेरे लिए कलंक की बात होगी अगर मैं क्राइस्ट, ईशु और उद्धारक के सिवाय और किसी नाम से याद करूं। वही ईश्वर का सच्चा बेटा है। लेकिन वह अनादि नहीं है, क्योंकि उसने जन्म धारण किया। यह तर्क करना कि जन्म से पूर्व भी उसका अस्तित्व था, मिथ्यावादी नीसाई गधों का काम है।

यह कथन सुनकर पापनाशी अन्तर्वेदना से विकल हो उठा। उसके माथे पर पसीने की बूंदें आ गयीं। उसने सलीब का आकार बनाकर अपने चित्त को शान्त किया, किन्तु मुख से एक शब्द भी न निकाला।

मार्कस ने कहा- 'यह निर्विवाद सिद्ध है कि बुद्धिहीन नीसाइयों ने सर्वशक्तिमान ईश्वर को अपने करावलम्ब का इच्छुक बनाकर ईसाई धर्म को कलंकित और अपमानित किया है। वह एक है, अखंड है। पुत्र के सहयोग का आश्रित बन जाने से उसके यह गुण कहां रह जाते हैं? निसियास, ईसाइयों के सच्चे ईश्वर का परिहास न करो। वह सागर के सप्तदलों के सदृश केवल अपने विकास की मनोहरता प्रदर्शित करता है, कुदाल नहीं चलाता, सूत नहीं कातता। सृष्टि रचना का श्रम उसने नहीं उठाया। यह उसके पुत्र ईशु का कृत्य था। उसी ने इस विस्तृत भूमण्डल को उत्पन्न किया और तब अपने श्रमफल का पुन:संस्कार करने के निमित्त फिर संसार में अवतरित हुआ, क्योंकि सृष्टि निर्दोष नहीं थी, पुण्य के साथ पाप भी मिला हुआ था, धर्म के साथ अधर्म भी, भलाई के साथ बुराई भी।'

निसियास- 'भलाई और बुराई में क्या अन्तर है?'

एक क्षण के लिए सभी विचार में मग्न हो गये। सहसा हरमोडोरस ने मेज पर अपना एक हाथ फैलाकर एक गधे का चित्र दिखाया जिस पर दो टोकरे लदे हुए थे। एक में श्वेत जैतून के फूल थे; दूसरे में श्याम जैतून के।

उन टोकरों की ओर संकेत करके उसने कहा- 'देखो, रंगों की विभिन्नता आंखों को कितनी प्रिय लगती है। हमें यही पसन्द है कि एक श्वेत हो, दूसरा श्याम। दोनों एक ही रंग के होते तो उनका मेल इतना सुन्दर न मालूम होता। लेकिन यदि इन फूलों में विचार और ज्ञान होता तो श्वेत पुष्प कहते- जैतून के लिए श्वेत होना ही सर्वोत्तम है। इसी तरह काले फूल सफेद फूलों से घृणा करते। हम उनके गुण-अवगुण की परख निरपेक्ष भाव से कर सकते हैं, क्योंकि हम उनसे उतने ही ऊंचे हैं जिसने देवतागण हमसे। मनुष्य के लिए, जो वस्तुओं का एक ही भाग देख सकता है, बुराई बुराई है। ईश्वर की आंखों में, जो सर्वज्ञ है; बुराई भलाई है। निस्सन्देह ही कुरूपता कुरूप होती है, सुन्दर नहीं होती, किन्तु यदि सभी वस्तुएं सुन्दर हो जाएं तो सुन्दरता का लोप हो जायेगा। इसलिए परमावश्यक है कि बुराई का नाश न हो; नहीं तो संसार रहने के योग्य न रह जायेगा।'

यूक्राइटीज- 'इस विषय पर धार्मिक भाव से विचार करना चाहिए। बुराई बुराई है लेकिन संसार के लिए नहीं, क्योंकि इसका माधुर्य अनश्वर और स्थायी है, बल्कि उस प्राणी के लिए जो करता है और बिना किये रह नहीं सकता।'

कोटा-'जूपिटर साक्षी है, यह बड़ी सुन्दर युक्ति है!'

यूक्राइटीज-'एक मर्मज्ञ कवि ने कहा है कि संसार एक रंगभूमि है। इसके निर्माता ईश्वर ने हममें से प्रत्येक के लिए कोई न कोई अभिनय भाग दे रखा है। यदि उसकी इच्छा है कि तुम

भिक्षुक, राजा या अपंग हो तो व्यर्थ रो-रोकर दिन मत काटो, वरन तुम्हें जो काम सौंपा गया है, उसे यथासाध्य उत्तम रीति से पूरा करो।'

निसियास- 'तब कोई झंझट ही नहीं रहा। लंगड़े को चाहिए कि लंगड़ाये, पागल को चाहिए कि खूब द्वन्द्ध मचाये; जितना उत्पात कर सके, करे। कुलटा को चाहिए जितने घर घालते बने घाले; जितने घाटों का पानी पी सके, पिये; जितने हृदयों का सर्वनाश कर सके, करे। देशद्रोही को चाहिए कि देश में आग लगा दे, अपने भाइयों का गला कटवा दे, झूठे को झूठ का ओढ़ना बिछौना बनवाना चाहिए, हत्यारे को चाहिए कि रक्त की नदी बहा दे, और अभिनय समाप्त हो जाने पर सभी खिलाड़ी, राजा हो या रंग, न्यायी हो या अन्यायी, खूनी जालिम, सती, कामनियां; कुलकलंकिनी स्त्रियां, सज्जन, दुर्जन, चोर, साहू सबके-सब उन कवि महोदय के प्रशंसा पात्र बन जायें, सभी समान रूप से सराहे जायें। क्या कहना!'

यूक्राइटीज-'निसियास, तुमने मेरे विचार को बिल्कुल विकृत कर दिया, एक तरुण युवती सुन्दरी को भयंकर पिशाचिनी बना दिया। यदि तुम देवताओं की प्रकृति, न्याय और सर्वव्यापी नियमों से इतने अपरिचित हो तो तुम्हारी दशा पर जितना खेद किया जाय, उतना कम है।'

जेनाथेमीज-'मित्रो, मेरा तो भलाई और बुराई, सुकर्म और कुकर्म दोनों ही का सत्ता पर अटल विश्वास है। लेकिन मुझे यह विश्वास है कि मनुष्य का एक भी ऐसा काम नहीं है-चाहे वह जूदा का प्रकट व्यवहार ही क्यों न हो- जिसमें मुक्ति का साधन बीज रूप में प्रस्तुत न हो। अधर्म मानव जाति के उद्धार का कारण हो सकता है, और इस हेतु से, वह धर्म का एक अंश है और धर्म के फल का भागी है। ईसाई धर्मग्रन्थों में इस विषय की बड़ी सुन्दर व्याख्या की गयी है। ईशु के एक शिष्य ही ने उनका शान्ति चुम्बन करके उन्हें पकड़ा दिया। किन्तु ईशु के पकड़े जाने का फल क्या हुआ? वह सलीब पर खींचे गये और प्राणिमात्र के उद्धर की व्यावस्था निश्चित कर दी, अपने रक्त से मनुष्य मात्र के पापों का प्रायश्चित कर दिया। अतएव मेरी निगाह में वह तिरस्कार और घृणा सर्वथा अन्यायपूर्ण और निन्दनीय है जो सेन्ट पॉल के शिष्य के प्रति लोग प्रकट करते हैं। वह यह भूल जाते हैं कि स्वयं मसीह ने इस चुम्बन के विषय में भविष्यवाणी की थी जो उन्हीं के सिद्धान्तों के अनुसार मानवजाति के उद्धार के लिए आवश्यक था और यदि जूदा तीस मुद्राएं न लिया होता तो ईश्वरीय व्यवस्था में बाधा पड़ती, पूर्व निश्चित घटनाओं की श्रृंखला टूट जाती; दैवी विधानों में व्यतिक्रम उपस्थित हो जाता और संसार में अविद्या, अज्ञान और अधर्म की तूती बोलने लगती।'*

मार्कस- 'परमात्मा को विदित था कि जूदा, बिना किसी के दबाव के कपट कर जायेगा, अतएवं उसने जूदा के पाप को मुक्ति के विशाल भवन का एक मुख्य स्तम्भ बना लिया।'

जेनाथेमीज- 'मार्कस महोदय, मैंने अभी जो कथन किया है, वह इस भाव से किया है मानो मसीह के सलीब पर चढ़ने से मानव जाति का उद्धर पूर्ण हो गया। इसका कारण है कि मैं ईसाइयों ही के ग्रन्थों और सिद्धान्तों से उन लोगों को भ्रांति सिद्ध करना चाहता था, जो जूदा को धिक्कारने

से बाज नहीं आते! लेकिन वास्तव में ईसा मेरी निगाह में तीन मुक्तिदाताओं में से केवल एक था। मुक्ति के रहस्य के विषय में यदि आप लोग जानने के लिए उत्सुक हो तो मैं बताऊं कि संसार में उस समस्या की पूर्ति क्यों कर हुई?'

उपस्थित जनों ने चारों ओर से 'हां, हां' की। इतने में बारह युवती बालिकाएं, अनार, अंगूर, सेब आदि से भरे हुए टोकरे सिर पर रखे हुए, एक अंतर्हित वीणा के तालों पर पैर रखती हुई, मन्दगति से सभा में आयी और टोकरों को मेज पर रखकर उलटे पांव लौट गयीं। वीणा बन्द हो गयी और जेनाथेमीज ने यह कथा कहनी शुरू की- 'जब ईश्वर की विचारशक्ति ने जिसका नाम योनिया है, संसार की रचना समाप्त कर ली तो उसने उसका शासनाधिकार स्वर्गदूतों को दे दिया। लेकिन इन शासकों में यह विवेक न था जो स्वामियों में होना चाहिए। जब उन्होंने मनुष्यों की रूपवती कन्याएं देखीं तो कामातुर हो गये, संध्या समय कुएं पर अचानक आकर उन्हें घेर लिया, और अपनी कामवासना पूरी की। इस संयोग से एक अप्रद जाति उत्पन्न हुई जिसने संसार में अन्याय और क्रूरता से हाहाकार मचा दिया, पृथ्वी निरपराधियों के रक्त से तर हो गयी, बेगुनाहों की लाशों से सड़कें पट गयीं और अपनी सृष्टि की यह दुर्दशा देखकर योनियां उत्यन्त शोकातुर हुईं।

'उसने वैराग्य से भरे हुए नेत्रों से संसार पर दृष्टिपात किया और लम्बी सांस लेकर कहा- यह सब मेरी करनी है, मेरे पुत्र विपत्ति सागर में डूबे हुए हैं और मेरे ही अविचार से उन्हें मेरे पापों का फल भोगना पड़ रहा है और मैं इसका प्रायश्चित करुंगी। स्वयं ईश्वर, जो मेरे ही द्वारा विचार करता है, उनमें आदिम सत्यानिष्ठा का संचार नहीं कर सकता। जो कुछ हो गया, हो गया, यह सृष्टि अनन्तकाल तक दूषित रहेगी। लेकिन कम से कम मैं अपने बालकों को इस दशा में न छोड़ूंगी। उनकी रक्षा करना मेरा कर्त्तव्य है। यदि मैं उन्हें अपने समान सुखी नहीं बना सकती तो अपने को उनके समान दु:खी तो बना सकती हूं। मैंने ही देहधारी बनाया है, जिससे उनका अपकार होता है; अतएव मैं स्वयं उन्हीं कीसी देह धारण करुंगी और उन्हीं के साथ जाकर रहूंगी।'

'यह निश्चय करके योनिया आकाश से उतरी और यूनान की एक स्त्री के गर्भ में प्रविष्ट हुई। जन्म के समय वह नन्हीं सी दुर्बल प्राणहीन शिशु थी। उसका नाम हेलेन रखा गया। उसकी बाल्यावस्था बड़ी तकलीफ से कटी, लेकिन युवती होकर वह अतीव सुन्दरी रमणी हुई, जिसकी रूपशोभा अनुपम थी। यही उसकी इच्छा थी, क्योंकि वह चाहती थी कि उसका नश्वर शरीर घोरतम लिप्साओं की परीक्षाग्नि में जले। कामलोलुप और उद्दण्ड मनुष्यों से अपहरित होकर उसने समस्त संसार के व्यभिचार, बलात्कार और दुष्टता के दण्ड स्वरूप, सभी प्रकार की अमानुषीय यातनाएं सही; और अपने सौन्दर्य द्वारा राष्ट्रों का संहारा कर दिया, जिसमें ईश्वर भूमण्डल के कुकर्मों को क्षमा कर दे। और वह ईश्वरीय विचारशक्ति, वह योनिया, कभी इतनी स्वर्गीय शोभा को प्राप्त न हुई थी, अब वह नारी रूप धारण करके योद्धाओं और ग्वालों को यथावसर अपनी शय्या पर स्थान देती थी। कविजनों ने उससे दैवी महत्व का अनुभव करके ही उसके चरित्र का

इतना शान्त, इतना सुन्दर, इतना घातक चित्रण किया है और इन शब्दों में उसका सम्बोधन किया है- तेरी आत्मा निश्चल सागर की भांति शान्त है!

'इस प्रकार पश्चाताप और दया ने योनिया से नीच से नीच कर्म कराये और दारुण दु:ख झेलवाया। अन्त में उसकी मृत्यु हो गयी और उसकी जन्मभूमि में अभी तक उसकी कब्र मौजूद है। उसका मरना आवश्यक था, जिसमें वह भोगविलास के पश्चात मृत्यु की पीड़ा का अनुभव करे और लगाये हुए वृक्ष के कड़ुए फल चखे। लेकिन हेलेन के शरीर को त्याग करने के बाद उसने फिर स्त्री का जन्म लिया और फिर नाना प्रकार के अपमान और कलंक सहे। इसी भांति जन्म-जन्मान्तरों से वह पृथ्वी का पाप भार अपने ऊपर लेती चली आती है। और उसका यह अनन्त आत्मसमर्पण निष्फल न होगा! हमारे प्रेमसूत्र में बंधी हुई वह हमारी दशा पर रोती है, हमारे कष्टों से पीड़ित होती है, और अन्त में अपना और अपने साथ हमारा उद्धार करेगी और हमें अपने उज्ज्वल, उदार, दयामय हृदय से लगाये हुए स्वर्ग के शान्तिभवन में पहुंचा देगी।'

हरमोडोरस- 'यह कथा मुझे मालूम थी। मैंने कहीं पढ़ा या सुना है कि अपने एक जन्म में यह सीमन जादूगर के साथ रही। मैंने विचार किया था कि ईश्वर ने उसे यह दण्ड दिया होगा।'

जेनाथेमीज-'यह सत्य है हरमोडोरस, कि जो लोग इन रहस्यों का मंथन नहीं करते, उनको भ्रम होता है कि योनिया ने स्वेच्छा से यह यंत्रणा नहीं झेली, वरन अपने कर्मों का दण्ड भोगा। परन्तु यथार्थ में ऐसा नहीं है।'

कलिक्रान्त- 'महाराज जेनाथेमीज, कोई बतला सकता है कि वह बार-बार जन्म लेने वाली हेलेन इस समय किस देश में, किस वेश में, किस नाम से रहती है?'

जेनाथेमीज- 'इस भेद को खोलने के लिए असाधारण बुद्धि चाहिए और नाराज न होना कलिक्रान्त, कवियों के हिस्से में बुद्धि नहीं आती। उन्हें बुद्धि लेकर करना ही क्या है? वह तो रूप के संसार में रहते हैं और बालकों की भांति शब्दों और खिलौनों से अपना मनोरंजन करते हैं।'

कलिक्रान्त- 'जेनाथेमीज, जरा जबान संभालकर बातें करो। जानते हो देवगण कवियों से कितना प्रेम करते हैं? उनके भक्तों की निन्दा करोगे तो वह रुष्ट होकर तुम्हारी दुर्गति कर डालेंगे। अमर देवताओं ने स्वयं आदिम नीति पदों ही में घोषित की और उनकी आकाशवाणियां पदों ही में अवतरित होती हैं। भजन उनके कानों को कितने प्रिय हैं। कौन नहीं जानता कि कविजन ही आत्मज्ञानी होते हैं, उनसे कोई बात छिपी नहीं रहती? कौन नवी, कौन पैगम्बर, कौन अवतार था जो कवि न रहा हो? मैं स्वयं कवि हूं और कविदेव अपोलो का भक्त हूं। इसलिए मैं योनिया के वर्तमान रूप का रहस्य बतला सकता हूं। हेलेन हमारे समीप ही बैठी हुई है। हम सब उसे देख रहे हैं। तुम लोग उसी रमणी को देख रहे हो जो अपनी कुर्सी पर तकिया लगाये बैठी हुई है- आंखों में आंसू की बूंदें मोतियों की तरह झलक रही हैं और अधरों पर अतृप्त प्रेम की इच्छा ज्योत्सना की भांति छाई हुई है। यह वही स्त्री है। वही अनुपम सौन्दर्य वाली योनिया, वही विशाल रूप धारिणी हेलेन, इस जन्म में मनमोहिनी थायस है!'

फिलिना- 'कैसी बातें करते हो कलिक्रान्त? थायस ट्रोजन की लड़ाई में? क्यों थायस, तुमने एशिलीज आजक्स, पेरिस आदि शूरवीरों को देखा था? उस समय के घोड़े बड़े होते थे?'

एरिस्टाबोलस- 'घोड़ों की बातचीत कौन करता है? मुझसे करो। मैं इस विद्या का अद्वितीय ज्ञाता हूं।'

चेरियास ने कहा- 'मैं बहुत पी गया।' और वह मेज के नीचे गिर पड़ा।

कलिक्रान्त ने प्याला भरकर कहा- 'जो पीकर गिर पड़े उन पर देवताओं का कोप हो?'

वृद्ध कोटा निद्रा में मग्न थे।

डोरियन थोड़ी देर से बहुत व्यग्र हो रहे थे। आंखें चढ़ गयी थीं और नथुने फूल गये थे। वह लड़खड़ाते हुए थायस की कुर्सी के पास आकर बोले-

'थायस, मैं तुमसे प्रेम करता हूं, यद्यपि प्रेमासक्त होना बड़ी निन्दा की बात है।'

थायस- 'तुमने पहले क्यों मुझ पर प्रेम नहीं किया?'

डोरियन- 'तब तो पिया ही न था।'

थायस- 'मैंने तो अब तक नहीं पिया, फिर तुमसे प्रेम कैसे करुं?'

डोरियन उसके पास से ड्रोसिया के पास पहुंचा, जिसने उसे इशारे से अपने पास बुलाया था। उसके पास जाते ही उसके स्थान पर जेनाथेमीज आ पहुंचा और थायस के कपोलों पर अपना प्रेम अंकित कर दिया। थायस ने क्रुद्ध होकर कहा- 'मैं तुम्हें इससे अधिक धर्मात्मा समझती थी!'

जेनाथेमीज- 'लेकिन तुम्हें यह भय नहीं है कि स्त्री के आलिंगन से तुम्हारी आत्मा अपवित्र हो जायेगी।'

जेनाथेमीज- 'देह के भ्रष्ट होने से आत्मा भ्रष्ट नहीं होती। आत्मा को पृथक रखकर विषयभोग का सुख उठाया जा सकता है।'

थायस- 'तो आप यहां से खिसक जाइए। मैं चाहती हूं कि जो मुझे प्यार करे वह तन-मन से प्यार करे। फिलॉसफर सभी बुड्ढे बकरे होते हैं।' एक-एक करके सभी दीपक बुझ गये। उषा की पीली किरणें जो परदों की दरारों से भीतर आ रही थीं, मेहमानों की चढ़ाई हुई आंखों और सौंलाए हुए चेहरों पर पड़ रही थीं। एरिस्टोबोलस चेरियास की बगल में पड़ा खर्राटे ले रहा था। जेनाथेमीज महोदय, जो धर्म और अधर्म की सत्ता के कायल थे, फिलिना को हृदय से लगाये पड़े हुए थे। संसार से विरक्त डोरियन महाशय ड्रोसिया के आवरणहीन वक्ष पर शराब की बूंदें टपकाते थे जो गोरी छाती पर लालों की भांति नाच रही थी और वह विरागी पुरुष उन बूंदों को अपने होंठ से पकड़ने की चेष्टा कर रहा था। ड्रोसिया खिलखिला रही थी और बूंदें गुदगुदे वक्ष पर, आया की भांति डोरियन के होंठों के सामने से भागती थीं।

सहसा यूक्राइटीज उठा और निसियास के कन्धे पर हाथ रखकर उसे दूसरे कमरे के दूसरे सिरे पर ले गया।

उसने मुस्कराते हुए कहा- 'मित्र, इस समय किस विचार में हो, अगर तुममें अब भी विचार करने की सामर्थ्य है।'

निसियास ने कहा- 'मैं सोच रहा हूं कि स्त्रियों का प्रेम अडॉनिस* की वाटिका के समान है।'

'उससे तुम्हारा क्या आशय है?'

निसियास- 'क्यों, तुम्हें मालूम नहीं कि स्त्रियां अपने आंगन में वीनस के प्रेमी के स्मृति स्वरूप, मिट्टी के गमलों में छोटे-छोटे पौधे लगाती हैं? यह पौधे कुछ दिन हरे रहते हैं, फिर मुरझा जाते हैं।'

'इसका क्या मतलब है निसियास? यही कि मुरझाने वाली नश्वर वस्तुओं पर प्रेम करना मूर्खता है।'

निसियास के गम्भीर स्वर में उत्तर दिया- 'मित्र यदि सौंदर्य केवल छाया मात्र है, तो वासना भी दामिनी की दमक से स्थिर नहीं। इसलिए सौन्दर्य की इच्छा करना पागलपन नहीं तो क्या है? यह बुद्धिसंगत नहीं है। जो स्वयं स्थायी नहीं है, उसका भी उसी के साथ अन्त हो जाना अस्थिर है। दामिनी खिसकती हुई छांह को निगल जाय, यही अच्छा है।'

यूक्राइटीज ने ठण्डी सांस खींचकर कहा- 'निसियास, तुम मुझे उस बालक के समान जान पड़ते हो जो घुटनों के बल चल रहा हो। मेरी बात मानो-स्वाधीन हो जाओ। स्वाधीन होकर तुम मनुष्य बन जाते हो।'

'यह क्योंकर हो सकता है यूक्राइटीज, कि शरीर के रहते हुए मनुष्य मुक्त हो जाये?'

'प्रिय पुत्र, तुम्हें यह शीघ्र ही ज्ञात हो जायेगा। एक क्षण में तुम कहोगे यूक्राइटीज मुक्त हो गया।'

वृद्ध पुरुष एक संगमरमर के स्तम्भ से पीठ लगाये यह बातें कर रहा था और सूर्योदय की प्रथम ज्योति रेखाएं उसके मुख को आलोकित कर रही थीं। हरमोडोरस और मार्कस भी उसके समीप आकर निसियास की बगल में खड़े थे और चारों प्राणी, मदिरा सेवियों के हंसी-ठट्ठे की परवाह न करके ज्ञानचर्चा में मग्न हो रहे थे। यूक्राइटीज का कथन इतना विचारपूर्ण और मधुर था कि मार्कस ने कहा- 'तुम सच्चे परमात्मा को जानने के योग्य हो।'

यूक्राइटीज ने कहा- 'सच्चा परमात्मा सच्चे मनुष्य के हृदय में रहता है।'

तब वह लोग मृत्यु की चर्चा करने लगे।

यूक्राइटीज ने कहा- 'मैं चाहता हूं कि जब वह आये तो मुझे अपने दोषों को सुधारने और कर्त्तव्यों का पालन करने में लगा हुआ देखे। उसके सम्मुख मैं अपने निर्मल हाथों को आकाश की ओर उठाऊंगा और देवताओं से कहूंगा- पूज्य देवों, मैंने तुम्हारी प्रतिमाओं का लेशमात्र भी अपमान

नहीं किया जो तुमने मेरी आत्मा के मन्दिर में प्रतिष्ठित कर दी हैं। मैंने वहीं अपने विचारों को, पुष्पमालाओं को, दीपकों को, सुगंध को तुम्हारी भेंट किया है। मैंने तुम्हारे ही उपदेशों के अनुसार जीवन व्यतीत किया है, और अब जीवन से उकता गया हूं।'

यह कहर उसने अपने हाथों को ऊपर की तरफ उठाया और एक पल विचार में मग्न रहा। तब वह आनन्द से उल्लसित होकर बोला-'यूक्राइटीज, अपने को जीवन से पृथक कर ले, उस पके फल की भांति जो वृक्ष से अलग होकर जमीन पर गिर पड़ता है, उस वृक्ष को धन्यवाद दे जिसने तुझे पैदा किया और उस भूमि को धन्यवाद दे जिसने तेरा पालन किया !'

यह कहने के साथ ही उसने अपने वस्त्रों के नीचे से नंगी कटार निकाली और अपनी छाती में चुभा ली।

जो लोग उसके सम्मुख खड़े थे, तुरन्त उसका हाथ पकड़ने दौड़े, लेकिन फौलादी नोक पहले ही हृदय के पार हो चुकी थी। यूक्राइटीज निवार्णपद पराप्त कर चुका था ! हरमोडोरस और निसियास ने रक्त में सनी हुई देह को एक पलंग पर लिटा दिया। स्त्रियां चीखने लगीं, नींद से चौंके हुए मेहमान गुर्राने लगे ! वयोवृद्ध कोटा; जो पुराने सिपाहियों की भांति कुकुर नींद सोता था, जाग पड़ा, शव के समीप आया, घाव को देखा और बोला-'मेरे वैद्य को बुलाओ।'

निसियास ने निराशा से सिर हिलाकर कहा-'यूक्राइटीज का प्राणान्त हो गया। और लोगों को जीवन से जितना प्रेम होता है, उतना ही प्रेम इन्हें मृत्यु से था। हम सबों की भांति इन्होंने भी अपनी परम इच्छा के आगे सिर झुका दिया, और अब वह देवताओं के तुल्य हैं जिन्हें कोई इच्छा नहीं होती।'

कोटा ने सिर पीट लिया और बोला-'मरने की इतनी जल्दी! अभी तो वह बहुत दिनों तक साम्राज्य की सेवा कर सकते थे। कैसी विडम्बना है!'

पापनाशी और थायस पास-पास स्तम्भित और अवाक्य बैठे रहे। उनके अन्त:करण घृणा, भय और आशा से आच्छादित हो रहे थे।

सहसा पापनाशी ने थायस का हाथ पकड़ लिया और शराबियों को फांदते हुए, जो विषयभोगियों के पास ही पड़े हुए थे, और उस मदिरा और रक्त को पैरों से कुचलते हुए जो फर्श पर बहा हुआ था, वह उसे 'परियों के कुंज' की ओर ले चला।

अध्याय - 4

नगर में सूर्य का प्रकाश फैल चुका था। गलियां अभी खाली पड़ी हुई थीं। गली के दोनों तरफ सिकन्दर की कब्र तक भवनों के ऊंचे-ऊंचे सतून दिखाई देते थे। गली के संगीन फर्श पर जहां-तहां टूटे हुए हार और बुझी मशालों के टुकड़े पड़े हुए थे। समुद्र की तरफ से हवा के ताजे झोंके आ रहे थे। पापनाशी ने घृणा से अपने भड़कीले वस्त्र उतार फेंके और उसके टुकड़े-टुकड़े करके पैरों तले कुचल दिया।

तब उसने थायस से कहा-'प्यारी थायस, तूने इन कुमानुषों की बातें सुनीं? ऐसे कौन से दुर्वचन और अपशब्द हैं, जो उनके मुंह से न निकले हों, जैसे मोरी से मैला पानी निकलता है। इन लोगों ने जगत के कर्त्ता परमेश्वर को नरक की सीढ़ियों पर घसीटा, धर्म और अधर्म की सत्ता पर शंका की, प्रभु मसीह का अपमान किया, और जूदा का यश गया। और वह अन्धकार का गीदड़ वह दुर्गन्धमय राक्षस, जो इन सभी दुरात्माओं का गुरुघंटाल था, वह पापी मार्कस एरियन खुदी हुई कब्र की भांति मुंह खोल रहा था। प्रिय, तूने इन विष्ठामय गोबरैलों को अपनी ओर रेंगकर आते और अपने को उनके गन्दे स्पर्श से अपवित्र करते देखा है। तूने औरों को पशुओं की भांति अपने गुलामों के पैरों के पास सोते देखा है। तूने उन्हें पशुओं की भांति उसी फर्श पर संभोग करते देखा है जिस पर वह मदिरा से उन्मत्त होकर कै कर चुके थे! तूने एक मन्दबुद्धि, सठियाये हुए बुड्ढे को अपना रक्त बहाते देखा है, जो उस शराब से भी गन्दा था जो इन भ्रष्टाचारियों ने बहाई थी। ईश्वर को धन्य है! तूने कुवासनाओं का दृश्य देखा और तुझे विदित हो गया कि यह कितनी घृणोत्पादक वस्तु है? थायस, थायस, इन कुमागीर दार्शनिकों की भ्रष्टाताओं को याद कर और तब सोच कि तू भी उन्हीं के साथ अपने को भ्रष्ट करेगी? उन दोनों कुलटाओं के कटाक्षों को, हावभाव को, घृणित संकेतों को याद कर, वह कितनी निर्लज्जता से हंसती थीं, कितनी बेहयाई से लोगों को अपने पास बुलाती थीं और तब निर्णय कर कि तू भी उन्हीं के सदृश अपने जीवन का सर्वनाश करती रहेगी? ये दार्शनिक पुरुष थे जो अपने को सभ्य कहते हैं, जो अपने विचारों पर गर्व करते हैं, पर इन वेश्याओं पर ऐसे गिरे पड़ते थे जैसे कुत्ते हिड्डयों पर गिरें!'

थायस ने रात को जो कुछ देखा और सुना था उससे उसका हृदय ग्लानित और लज्जित हो रहा था। ऐसे दृश्य देखने का उसे यह पहला ही अवसर न था, पर आज कासा असर उसके मन पर कभी न हुआ था। पापनाशी की सतुत्तेजनाओं ने उसके सद्भाव को जगा दिया था। कैसे हृदयशून्य

लोग हैं, जो स्त्री को अपनी वासनाओं का खिलौना मात्र समझते हैं! कैसी स्त्रियां हैं, जो अपने देहसमर्पण का मूल्य एक प्याले शराब से अधिक नहीं समझतीं। मैं यह सब जानते और देखते हुए भी इसी अन्धकार में पड़ी हुई हूं। मेरे जीवन को धिक्कार है।

उसने पापनाशी को जवाब दिया-'प्रिय पिता, मुझमें अब जरा भी दम नहीं है। मैं ऐसी अशक्त हो रही हूं मानो दम निकल रहा है। कहां विश्राम मिलेगा, कहां एक घड़ी शान्ति से लेटूं? मेरा चेहरा जल रहा है, आंखों से आंच सी निकल रही है, सिर में चक्कर आ रहा है, और मेरे हाथ इतने थक गये हैं कि यदि आनन्द और शान्ति मेरे हाथों की पहुंच में भी आ जाय तो मुझमें उसके लेने की शक्ति न होगी।'

पापनाशी ने उस स्नेहमय करुणा से देखकर कहा-'प्रिय भगिनी! धैर्य और साहस ही से तेरा उद्धार होगा। तेरी सुख-शान्ति का उज्ज्वल और निर्मल प्रकाश इस भांति निकल रहा है जैसे सागर और वन से भाप निकलती है।'

यह बातें करते हुए दोनों घर के समीप आ पहुंचे। सरो और सनोवर के वृक्ष जो 'परियों के कुंज' को घेरे हुए थे, दीवार के ऊपर सिर उठाये प्रभात समीर से कांप रहे थे। उनके सामने एक मैदान था। इस समय सन्नाटा छाया हुआ था। मैदान के चारों तरफ योद्धाओं की मूर्तियां बनी हुई थीं और चारों सिरों पर अर्धचन्द्राकार संगमरमर की चौकियां बनी हुई थीं, जो दैत्यों की मूर्तियों पर स्थित थीं। थायस एक चौकी पर गिर पड़ी। एक क्षण विश्राम लेने के बाद उसने सचिन्त नेत्रों से पापनाशी की ओर देखा पूछा- 'अब मैं कहां जाऊ?'

पापनाशी ने उत्तर दिया- 'तुझे उसके साथ जाना चाहिए जो तेरी खोज में कितनी ही मंजिलें मारकर आया है। वह तुझे इस भ्रष्ट जीवन से पृथक कर देगा जैसे अंगूर बटोरने वाला माली उन गुच्छों को तोड़ लेता है, जो पेड़ में लगे-लगे सड़ जाते हैं और उन्हें कोल्हू में ले जाकर सुगंधपूर्ण शराब के रूप में परिणत कर देता है। सुन, इस्कन्द्रिया से केवल बारह घण्टे की राह पर, समुद्रतट के समीप वैरागियों का एक आश्रम है जिसके नियम इतने सुन्दर, बुद्धिमत्ता से इतने परिपूर्ण हैं कि उनको पद्य का रूप देकर सितार और तम्बूरे पर गाना चाहिए। यह कहना लेशमात्र भी अत्युक्ति नहीं है कि जो स्त्रियां यहां पर रहकर उन नियमों का पालन करती हैं उनके पैर धरती पर रहते हैं और सिर आकाश पर। वह धन से घृणा करती हैं जिसमें प्रभु मसीह उन पर प्रेम करें; लज्जाशील रहती हैं कि वह उन पर कृपा दृष्टिपात करें, सती रहती हैं कि वह उन्हें प्रेयसी बनायें। प्रभु मसीह माली का वेश धारण करके, नंगे पांव, अपने विशाल बाहु को फैलाये, नित्य दर्शन देते हैं। उसी तरह उन्होंने माता मरियम को कब्र के द्वार पर दर्शन दिये थे। मैं आज तुझे उस आश्रम में ले जाऊंगा, और थोड़े ही दिन पीछे, तुझे इन पवित्र देवियों के सहवास में उनकी अमृतवाणी सुनने का आनन्द प्राप्त होगा। वह बहनों की भांति तेरा स्वागत करने को उत्सुक हैं। आश्रम के द्वार पर उसकी अध्यक्षिणी माता अलबीना तेरा मुख चूमेंगी और तुझसे सप्रेम स्वर से कहेंगी, बेटी, आ तुझे गोद में ले लूं, मैं तेरे लिए बहुत विकल थी।'

थायस चकित होकर बोली- 'अरे अलबीना! कैसर की बेटी, सम्राट केरस की भतीजी! वह भोगविलास छोड़कर आश्रम में तप कर रही है?'

पापनाशी ने कहा- 'हां, हां, वही! अलबीना, जो महल में पैदा हुई और सुनहरे वस्त्र धारण करती रही, जो संसार के सबसे बड़े नरेश की पुत्री है, उसे मसीह की दासी का उच्चपद प्राप्त हुआ है। वह अब झोपड़े में रहती है, मोटे वस्त्र पहनती है और कई दिन तक उपवास करती है। वह अब तेरी माता होगी, और तुझे अपनी गोद में आश्रय देगी।'

थायस चौकी पर से उठ बैठी और बोली- 'मुझे इसी क्षण अलबीना के आश्रम में ले चलो।'

पापनाशी ने अपनी सफलता पर मुग्ध होकर कहा- 'तुझे वहां अवश्य ले चलूंगा और वहां तुझे एक कुटी में रख दूंगा, जहां तू अपने पापों का रो-रोकर प्रायश्चित करेगी, क्योंकि जब तक तेरे पाप आंसुओं से धुल न जायें, तू अलबीना की अन्य पुत्रियों से मिल-जुल नहीं सकती और न मिलना उचित ही है। मैं द्वार पर ताला डाल दूंगा, और तू वहां आंसुओं से आद्र होकर प्रभु मसीह की प्रतीक्षा करेगी, यहां तक कि वह तेरे पापों को क्षमा करने के लिए स्वयं आयेंगे और द्वार पर ताला खोलेंगे। और थायस, इसमें अणुमात्र भी संदेह न कर कि वह आयेंगे। आह! जब वह अपनी कोमल, प्रकाशमय उंगलियां तेरी आंखों पर रखकर तेरे आंसू पोंछेगे, उस समय तेरी आत्मा आनन्द से कैसी पुलकित होगी! उनके स्पर्शमात्र से तुझे ऐसा अनुभव होगा कि कोई प्रेम के हिंडोले में झुला रहा है।'

थायस ने फिर कहा- 'प्रिय पिता, मुझे अलबीना के घर ले चलो।'

पापनाशी का हृदय आनन्द से उत्फुल्ल हो गया। उसने चारों तरफ गर्व से देखा मानो कोई कंगाल कुबेर का खजाना पा गया हो। निस्संक होकर सृष्टि की अनुपम सुषमा का उसने आस्वादन किया। उसकी आंखें ईश्वर के दिये हुए प्रकाश को प्रसन्न होकर पी रही थीं। उसके गालों पर हवा के झोंके न जाने किधर से आकर लगते थे। सहसा मैदान के एक कोने पर थायस के मकान का छोटा सा द्वार देखकर और यह याद करके कि जिन पत्तियों की शोभा का वह आनन्द उठा रहा था वह थायस के बाग के पेड़ों की हैं। उसे उन सब अपावन वस्तुओं की याद आ गयी जो वहां की वायु को, जो आज इतनी निर्मल और पवित्र थी, दूषित कर रही थी, और उसकी आत्मा को इतनी वेदना हुई कि उसकी आंखों में आंसू बहने लगे।

उसने कहा-'थायस, हमें यहां से बिना पीछे मुड़कर देखे हुए भागना चाहिए। लेकिन हमें अपने पीछे तेरे संस्कार के साधनों, साक्षियों और सहयोगियों को भी न छोड़ना चाहिए। वह भारी पर्दे, वह सुन्दर पलंग, वह कालीनें, वह मनोहर चित्र और मूर्तियां, वह धूप आदि जलाने के स्वर्णकुण्ड, यह सब चिल्ला-चिल्लाकर तेरे पापाचरण की घोषणा करेंगे। क्या तेरी इच्छा है कि ये घृणित सामग्रियां, जिनमें प्रेतों का निवास है, जिनमें पापात्माएं क्रीड़ा करती हैं, मरुभूमि में भी तेरा पीछा करें, यही संस्कार वहां तेरी भी आत्मा को चंचल करते रहें? यह निरी कल्पना नहीं है कि मेजें प्राणाघातक होती हैं, कुर्सियां और गद्दे प्रेतों के यन्त्र बनकर बोलते हैं, चलते-फिरते हैं, हवा में उड़ते हैं, गाते

हैं। उन समग्र वस्तुओं को, जो तेरी विलास लोलुपता के साथी हैं; मिटा दे, सर्वनाश कर दे। थायस, एक क्षण भी विलम्ब न कर अभी सारा नगर सो रहा है, कोई हलचल न मचेगी, अपने गुलामों को हुक्म दे कि वह स्थान के मध्य में एक चिता बनाये, जिस पर हम तेरे भवन की सारी सम्पदा की आहुति कर दें। उसी अग्निराशि में तेरे कुसंस्कार जलकर भस्मीभूत हो जायें!'

थायस ने सहमत होकर कहा- 'पूज्य पिता, आपकी जैसी इच्छा हो, वह कीजिये। मैं भी जानती हूं कि बहुधा प्रेतगण निर्जीव वस्तुओं में रहते हैं। रात सजावट की कोई-कोई वस्तु बातें करने लगती हैं, किन्तु शब्दों में नहीं या तो थोड़ी-थोड़ी देर में खटखट की आवाज से या प्रकाश की रेखाएं प्रस्फुटित करके। और एक विचित्र बात सुनिए। पूज्य पिता, आपने परियों के कुंज के द्वार पर, दाहिनी ओर एक नग्न स्त्री की मूर्ति को ध्यान से देखा है? एक दिन मैंने आंखों से देखा कि उस मूर्ति ने जीवित प्राणी के समान अपना सिर फेर लिया और फिर एक पल में अपनी पूर्व दशा में आ गयी, मैं भयभीत हो गयी। जब मैंने निसियास से यह अद्भुत लीला बयान की तो वह मेरी हंसी उड़ाने लगा। लेकिन उस मूर्ति में कोई जादू अवश्य है; क्योंकि उसने एक विदेशी मनुष्य को, जिस पर मेरे सौन्दर्य का जादू कुछ असर न कर सका था, अत्यन्त प्रबल इच्छाओं से परिपूरित कर दिया। इसमें कोई सन्देह नहीं है कि घर की सभी वस्तुओं में प्रेतों का बसेरा है और मेरे लिए यहां रहना जान जोखिम था, क्योंकि कई आदमी एक पीतल की मूर्ति से आलिंगन करते हुए प्राण खो बैठे हैं। तो भी उन वस्तुओं को नष्ट करना जो अद्वितीय कला से पुण्य प्रदर्शित कर रही हैं और मेरी कालीनों और पर्दों को जलाना घोर अन्याय होगा। यह अद्भुत वस्तुएं सदैव के लिए संसार से लुप्त हो जाएंगी। उसमें से कई इतने सुन्दर रंगों से सुशोभित हैं कि उनकी शोभा अवर्णनीय है, और लोगों ने उन्हें मुझे उपहार देने के लिए अतुल धन व्यय किया था। मेरे पास अमूल्य प्याले, मूर्तियां और चित्र हैं। मेरे विचार में उनको जलाना भी अनुचित होगा। लेकिन मैं इस विषय में कोई आग्रह नहीं करती। पूज्य पिता, आपकी जैसी इच्छा हो कीजिए।'

यह कहकर वह पापनाशी के पीछे-पीछे अपने गृहद्वार पर पहुंची जिस पर अगणित मनुष्यों के हाथों से हारों और पुष्पमालाओं की भेंट पा चुकी थी, और जब द्वार खुला तो उसने द्वारपाल से कहा कि घर के समस्त सेवकों को बुलाओ। पहले चार भारतवासी आये जो रसोई का काम करते थे। वह सब सांवले रंग के और काने थे। थायस को एक ही जाति के चार गुलाम, और चारों काने, बड़ी मुश्किल से मिले, पर यह उसकी एक दिल्लगी थी और जब तक चारों मिल न गये थे, उसे चैन न आता था। जब वह मेज पर भोज्यपदार्थ चुनते थे तो मेहमानों को उन्हें देखकर बड़ा कुतूहल होता था। थायस प्रत्येक का वृत्तान्त उसके मुख से कहलाकर मेहमानों का मनोरंजन करती थी। इस चारों के उनके सहायक आये। तब बारी-बारी से साईस, शिकारी, पालकी उठाने वाले, हरकारे जिनकी मासपेशियां अत्यन्त सुदृढ़ थीं, दो कुशल माली, छः भयंकर रूप के हब्शी और तीन यूनानी गुलाम, जिनमें एक वैयाकरण था, दूसरा कवि और तीसरा गायक सब आकर एक लम्बी कतार में खड़े हो गये। उनके पीछे हब्शिनें आयीं जिनकी बड़ी-बड़ी गोल आंखों में शंका, उत्सुकता

और उद्विग्नता झलक रही थी, और जिनके मुख कानों तक फटे हुए थे। सबके पीछे छः तरुणी रूपवती दासियां, अपनी नकाबों को संभालती और धीरे-धीरे बेड़ियों से जकड़े हुए पांव उठाती आकर उदासीन भाव से खड़ी हुईं।

जब सबके-सब जमा हो गये तो थायस ने पापनाशी की ओर उंगली उठाकर कहा- 'देखो, तुम्हें यह महात्मा जो आज्ञा दें उसका पालन करो। यह ईश्वर के भक्त हैं। जो इनकी अवज्ञा करेगा वह खड़े-खड़े मर जायेगा।'

उसने सुना था और इस पर विश्वास करती थी कि धर्माश्रम के संत जिस अभागे पुरुष पर कोप करके छड़ी से मारते थे, उसे निगलने के लिए पृथ्वी अपना मुंह खोल देती थी।

पापनाशी ने यूनानी दासों और दासियों को सामने से हटा दिया। वह अपने ऊपर उनका साया भी न पड़ने देना चाहता था और शेष सेवकों से कहा- 'यहां बहुत सी लकड़ी जमा करो, उसमें आग लगा दो और जब अग्नि की ज्वाला उठने लगे तो इस घर के सब साज-सामान मिट्टी के बर्तन से लेकर सोने के थालों तक, टाट के टुकड़े से लेकर, बहुमूल्य कालीनों तक, सभी मूर्तियां, चित्र, गमले, गड्डमड्ड करके इसी चिता में डाल दो, कोई चीज बाकी न बचे।'

यह विचित्र आज्ञा सुनकर सबके-सब विस्मित हो गये, और अपनी स्वामिनी की ओर कातर नेत्रों से ताकते हुए मूर्तिवत खड़े रह गये। वह अभी इसी अकर्मण्य दशा में अवाक और निश्चल खड़े थे, और एक-दूसरे को कुहनियां गड़ाते थे, मानो वह इस हुक्म को दिल्लगी समझ रहे हैं कि पापनाशी ने रौद्ररूप धारण करके कहा- 'क्यों बिलम्ब हो रहा है?'

इसी समय थायस नंगे पैर, छिटके हुए केश कन्धों पर लहराती घर में से निकली। वह भद्दे मोटे वस्त्र धारण किये हुए थी, जो उसके देहस्पर्श मात्र से स्वर्गीय, कामोत्तेजक सुगन्धि से परिपूरित जान पड़ते थे। उसके पीछे एक माली एक छोटी सी हाथीदांत की मूर्ति छाती से लगाये लिये आता था।

पापनाशी के पास आकर थायस ने मूर्ति उसे दिखाई और कहा- 'पूज्य पिता, क्या इसे भी आग में डाल दूं? प्राचीन समय की अद्भुत कारीगरी का नमूना है और इसका मूल्य शतगुण स्वर्ण से कम नहीं। इस क्षति की पूर्ति किसी भांति न हो सकेगी, क्योंकि संसार में एक भी ऐसा निपुण मूर्तिकार नहीं है जो इतनी सुन्दर एरास (प्रेम के देवता) की मूर्ति बना सके। पिता, यह भी स्मरण रखिए कि यह प्रेम का देवता है; इसके साथ निर्दयता करना उचित नहीं। पिता, मैं आपको विश्वास दिलाती हूं कि प्रेम का अधर्म से कोई सम्बन्ध नहीं, और अगर मैं विषयभोग में लिप्त हुई तो प्रेम की प्रेरणा से नहीं, बल्कि उसकी अवहेलना करके, उसकी इच्छा के विरुद्ध व्यवहार करके। मुझे उन बातों के लिए कभी पश्चात्ताप न होगा जो मैंने उसके आदेश का उल्लंघन करके की हैं। उसकी कदापि यह इच्छा नहीं है कि स्त्रियां उन पुरुषों का स्वागत करें जो उसके नाम पर नहीं आते। इस कारण इस देवता की प्रतिष्ठा करनी चाहिए। देखिए पिताजी, यह छोटा सा एरास कितना मनोहर है। एक दिन निसियास ने, जो उन दिनों मुझ पर प्रेम करता था इसे मेरे पास लाकर कहा- आज

तो यह देवता यहीं रहेगा और तुम्हें मेरी याद दिलायेगा। पर इस नटखट बालक ने मुझे निसियास की याद तो कभी नहीं दिलाई; हां, एक युवक की याद नित्य दिलाता रहा जो एन्टिओक में रहता था और जिसके साथ मैंने जीवन का वास्तविक आनन्द उठाया। फिर वैसा पुरुष नहीं मिला यद्यपि मैं सदैव उसकी खोज में तत्पर रही। अब इस अग्नि को शान्त होने दीजिए, पिताजी! अतुल धन इसकी भेंट हो चुका। इस बालमूर्ति को आश्रय दीजिए और इसे स्वरक्षित किसी धर्मशाला में स्थान दिला दीजिए। इसे देखकर लोगों के चित्त ईश्वर की ओर प्रवृत्त होंगे, क्योंकि प्रेम स्वभावत: मन में उत्कृष्ट और पवित्र विचारों को जागृत करता है।'

थायस मन में सोच रही थी कि उसकी वकालत का अवश्य असर होगा और कम से कम यह मूर्ति तो बच जायेगी। लेकिन पापनाशी बाज की भांति झपटा, माली के हाथ से मूर्ति छीन ली, तुरन्त उसे चिता में डाल दिया और निर्दय स्वर में बोला-'जब यह निसियास की चीज है और उसने इसे स्पर्श किया है तो मुझसे इसकी सिफारिश करना व्यर्थ है। उस पापी का स्पर्शमात्र समस्त विकारों से परिपूरित कर देने के लिए काफी है।'

तब उसने चमकते हुए वस्त्र, भांति-भांति के आभूषण, सोने की पादुकाएं, रत्नजणित कंघियां, बहुमूल्य आईने, भांति-भांति के गाने-बजाने की वस्तुएं सरोद, सितार, वीणा, नाना प्रकार के फानूस, अंकवारों में उठा-उठाकर झोंकना शुरू किया। इस प्रकार कितना धन नष्ट हुआ, इसका अनुमान करना कठिन है। इधर तो ज्वाला उठ रही थी, चिनगारियां उड़ रही थीं, चटाकपटाक की निरन्तर ध्वनि सुनाई देती थी, उधर हब्शी गुलाम इस विनाशक दृश्य से उन्मत्त होकर तालियां बजा-बजाकर और भीषण नाद से चिल्ला-चिल्लाकर नाच रहे थे। विचित्र दृश्य था, धर्मोत्साह का कितना भयंकर रूप!

इन गुलामों में से कई ईसाई थे। उन्होंने शीघ्र ही इस प्रकार का आशय समझ लिया और घर में ईंधन और आग लाने गये। औरों ने भी उनका अनुकरण किया, क्योंकि यह सब दरिद्र थे और धन से घृणा करते थे और धन से बदला लेने की उनमें स्वाभाविक प्रवृत्ति थी-जो धन हमारे काम नहीं आता, उसे नष्ट ही क्यों न कर डालें! जो वस्त्र हमें पहनने को नहीं मिल सकते, उन्हें जला ही क्यों न डालें! उन्हें इस प्रवृत्ति की शांत करने का यह अच्छा अवसर मिला। जिन वस्तुओं ने हमें इतने दिनों तक जलाया है, उन्हें आज जला देंगे। चिता तैयार हो रही थी और घर की वस्तुएं बाहर लाई जा रही थीं कि पापनाशी ने थायस से कहा-पहले मेरे मन में यह विचार हुआ कि इस्कन्द्रिया के किसी चर्च के कोषाध्यक्ष को लाऊं (यदि अभी कोई ऐसा स्थान है जिसे चर्च कहा जा सके, और जिसे एरियन के भ्रष्टाचरण से भ्रष्ट न कर दिया।) और उसे तेरी सम्पूर्ण सम्पत्ति दे दूं कि वह उन्हें अनाथ, विधवाओं और बालकों को प्रदान कर दे और इस भांति पापोपार्जित धन का पुनीत उपयोग हो जाये। लेकिन एक क्षण में यह विचार जाता रहा; क्योंकि ईश्वर ने इसकी प्रेरणा न की थी। मैं समझ गया कि ईश्वर को कभी मंजूर न होगा कि तेरे पाप की कमाई ईशु के प्रिय भक्तों को दी जाये। इससे उनकी आत्मा को घोर दु:ख होगा। जो स्वयं दरिद्र रहना चाहते हैं, स्वयं कष्ट भोगना

चाहते हैं, इसलिए कि इससे उनकी आत्मा शुद्ध होगी, उन्हें यह कलुषित धन देकर उनकी आत्मशुद्धि के प्रयत्न को विफल करना उनके साथ बड़ा अन्याय होगा। इसलिए मैं निश्चय कर चुका हूं कि तेरा सर्वस्व अग्नि का भोजन बन जाये, एक धागा भी बाकी न रहे! ईश्वर को कोटि धन्यवाद देता हूं कि तेरी नाकबें और चोलियां और कुर्तियां जिन्होंने समुद्र की लहरों से भी अगण्य चुम्बनों का आस्वादन किया है, आज ज्वाला के मुख और जिह्वा का अनुभव करेंगी। गुलामो, दौड़ो और लकड़ी लाओ, और आग लाओ, तेल के कुप्पे लाकर लुका दो, अगर और कपूर और लोहबान छिड़क दो जिसमें ज्वाला और भी प्रचण्ड हो जाये! और थायस, तू घर में जा, अपने घृणित वस्त्रों को उतार दे, आभूषणों को पैरों तले कुचल दे, और अपने सबसे दीन गुलाम से प्रार्थना कर कि वह तुझे अपना मोटा कुरता दे दे; यद्यपि तू इस दान को पाने योग्य नहीं है, जिसे पहनकर वह तेरे फर्श पर झाड़ लगाता है।

थायस ने कहा- 'मैंने इस आज्ञा को शिरोधार्य किया।'

जब तक चारों भारतीय काने बैठकर आग झोंक रहे थे, हब्शी गुलामों ने चिता में बड़े-बड़े हाथीदांत, आबनूस और सागौन के सन्दूक डाल दिये जो धमाके से टूट गये और उनमें से बहुमूल्य रत्नजणित आभूषण निकल पड़े। अलाव में से धुएं के काले-काले बादल उठ रहे थे। तब अग्नि जो अभी तक सुलग रही थी, इतना भीषण शब्द करके धंधक उठी, मानो कोई भयंकर वनपशु गरज उठा, और ज्वालाजिह्वा जो सूर्य के प्रकाश में बहुत धुंधली दिखाई देती थी, किसी राक्षस की भांति अपने शिकार को निगलने लगी। ज्वाला ने उत्तेजित होकर गुलामों को भी उत्तेजित किया। वे दौड़-दौड़कर भीतर से चीजें बाहर लाने लगे। कोई मोटी-मोटी कालीनें घसीटे चला आता था, कोई वस्त्र के गट्ठर लिये दौड़ा आता था। जिन नकाबों पर सुनहरा काम किया हुआ था, जिन परदों पर सुन्दर बेलबूटे बने हुए थे, सभी आग में झोंक दिये गये। अग्नि मुंह पर नकाब नहीं डालना चाहती और न उसे पर्दों से प्रेम है। वह भीषण और नग्न रहना चाहती है। तब लकड़ी के सामानों की बारी आयी। भारी मेज, कुर्सियां, मोटे-मोटे गद्दे, सोने की परियों से सुशोभित पलंग गुलामों से उठते ही न थे। तीन बलिष्ठ हब्शी परियों की मूर्तियां छाती से लगाये हुए लाये। इन मूर्तियों में एक इतनी सुन्दर थी कि लोग उससे स्त्री का सा प्रेम करते थे। ऐसा जान पड़ता था कि तीन जंगली बन्दर तीन स्त्रियों को उठाये भागे जाते हैं! और जब यह तीनों सुन्दर नग्न मूर्तियां, इन दैत्यों के हाथ से छूटकर गिरीं और टुकड़े-टुकड़े हो गयीं, तो गहरी शोकध्वनि कानों में आयी।

यह शोर सुनकर पड़ोसी एक-एक करके जागने लगे और आंखें मल-मलकर खिड़कियों से देखने लगे कि यह धुआं कहां से आ रहा है। तब उसकी अर्धनग्न दशा में बाहर निकल पड़े और अलाव के चारों ओर जमा हो गये।

यह माजरा क्या है? यही प्रश्न एक दूसरे से करता था।

इन लोगों में वह व्यापारी थे जिनसे थायस इत्र, तेल, कपड़े आदि लिया करती थी, और वह सचिन्त भाव से मुंह लटकाये ताक रहे थे। उनकी समझ में कुछ न आता था कि यह क्या हो रहा

है। कई विषयभोगी पुरुष जो रात भर के विलास के बाद सिर पर हार लपेटे, कुर्ते पहने गुलामों के पीछे जाते हुए उधर से निकले तो यह दृश्य देखकर ठिठक गये और जोर-जोर से तालियां बजाकर चिल्लाने लगे। धीरे-धीरे कुतूहलवश और लोग आ गये और बड़ी भीड़ जमा हो गयी। तब लोगों को ज्ञात हुआ कि थायस धर्माश्रम के तपस्वी पापनाशी के आदेश से अपनी समस्त सम्पत्ति जलाकर किसी आश्रम में प्रविष्ट होने आ रही है।

दुकानदानों ने विचार किया- थायस यह नगर छोड़कर चली जा रही है। अब हम किसके हाथ अपनी चीजें बेचेंगे? कौन हमें मुंह मांगे दाम देगा। यह बड़ा घोर अनर्थ है। थायस पागल हो गयी है क्या? इस योगी ने अवश्य उस पर कोई मन्त्र डाल दिया है, नहीं तो इतना सुख-विलास छोड़कर तपस्विनी बन जाना सहज नहीं है। उसके बिना हमारा निर्वाह क्योंकर होगा! वह हमारा सर्वनाश किये डालती है। योगी को क्यों ऐसा करने दिया जाये? आखिर कानून किसलिए है? क्या इस्कन्द्रिया में कोई नगर का शासक नहीं? थायस को हमारे बाल-बच्चों की जरा भी चिन्ता नहीं है, उसे शहर में रहने के लिए मजबूर करना चाहिए। धनी लोग इसी भांति नगर छोड़कर चले जायेंगे तो हम रह चुके। हम राज्यकर कहां से देंगे?

युवकगण को दूसरे प्रकार की चिन्ता थी-अगर थायस इस भांति निर्दयता से नगर से जायेगी तो नाट्यशालाओं को जीवित कौन रखेगा? शीघ्र ही उनमें सन्नाटा छा जायेगा, हमारे मनोरंजन की मुख्य सामग्री गायब हो जायेगी, हमारा जीवन शुष्क और नीरस हो जायेगा। वह रंगभूमि का दीपक, आनन्द, सम्मान, प्रतिभा और प्राण थी। जिन्होंने उसके प्रेम का आनन्द नहीं उठाया था, वह उसके दर्शन मात्र ही से कृतार्थ हो जाते थे। अन्य स्त्रियों से प्रेम करते हुए भी वह हमारे नेत्रों के सामने उपस्थित रहती थी। हम विलासियों की तो जीवनधारा थी। केवल यह विचार कि वह इस नगर में उपस्थित है, हमारी वासनाओं को उद्दीप्त किया करता था। जैसे जल की देवी वृष्टि करती है, अग्नि की देवी जलाती है, उसी भांति यह आनन्द की देवी हृदय में आनन्द का संचार करती थी।

समस्त नगर में हलचल मची हुई थी। कोई पापनाशी को गालियां देता था, कोई ईसाई धर्म को और कोई स्वयं प्रभु मसीह को सलवातें सुनाता था। और थायस के त्याग की भी बड़ी तीव्र आलोचना हो रही थी। ऐसा कोई समाज न था जहां कुहराम न मचा हो।

'यों मुंह छिपाकर जाना लज्जास्पद है!'

'यह कोई भलमनसाहत नहीं है!'

'अजी, यह तो हमारे पेट की रोटियां छीने लेती है!'

'वह आने वाली सन्तान को अरसिक बनाये देती है। अब उन्हें रसिकता का उपदेश कौन देगा?'

'अजी, उसने तो अभी हमारे हारों के दाम भी नहीं दिये।'

'मेरे भी पचास जोड़ों के दाम आते हैं।'

'सभी का कुछ न कुछ उस पर आता है।'

'जब वह चली जायेगी तो नायिकाओं का पार्ट कौन खेलेगा?'

'इस क्षति की पूर्ति नहीं हो सकती।'

'उसका स्थान सदैव रिक्त रहेगा।'

'उसके द्वार बन्द हो जायेंगे तो जीवन का आनन्द ही जाता रहेगा।'

'वह इस्कन्द्रिया के गगन का सूर्य थी।'

इतनी देर में नगर भर के भिक्षुक, अपंग, लूले, लंगड़े, कोढ़ी, अन्धे सब उस स्थान पर जमा हो गये और जली हुई वस्तुओं को टटोलते हुए बोले-अब हमारा पालन कौन करेगा? उसकी मेज का जूठन खाकर दो सौ अभागों के पेट भर जाते थे? उसके प्रेमीगण चलते समय हमें मुट्ठियां भर रुपये पैसे दान कर देते थे।

चोर-चकारों की भी बन आयी। वह भी आकर इस भीड़ में मिल गये और शोर मचा-मचाकर अपने पास के आदमियों को केलने लगे कि दंगा हो जाये और उस गोलमाल में हम भी किसी वस्तु पर हाथ साफ करें। यद्यपि बहुत कुछ जल चुका था, फिर भी इतना शेष था कि नगर के सारे चोर-चंडाल अमीर हो जाते!

इस हलचल में केवल एक वृद्ध मनुष्य स्थिरचित्त दिखाई देता था। वह थायस के हाथों दूर देशों से बहुमूल्य वस्तु ला-लाकर बेचता था और थायस पर उसके बहुत रुपये आते थे। वह सबकी बातें सुनता था, देखता था कि लोग क्या करते हैं। रह-रहकर दाढ़ी पर हाथ फेरता था और मन में कुछ सोच रहा था। एकाएक उसने एक युवक को सुन्दर वस्त्र पहने पास खड़े देखा। उसने युवक से पूछा-'तुम थायस के प्रेमियों में नहीं हो!'

युवक-'हां, हूं तो बहुत दिनों से।'

वृद्ध- 'तो जाकर उसे रोकते क्यों नहीं?'

युवक- 'और क्या तुम समझते हो कि उसे जाने दूंगा? मन में यही निश्चय करके आया हूं। शेखी तो नहीं मारता लेकिन इतना तो मुझे विश्वास है कि मैं उसके सामने जाकर खड़ा हो जाऊंगा तो वह इस बंदरमुंहे पादरी की अपेक्षा मेरी बातों पर अधिक ध्यान देगी।'

वृद्ध- 'तो जल्दी जाओ। ऐसा न हो कि तुम्हारे पहुंचते-पहुंचते वह सवार हो जाये।'

युवक- 'इस भीड़ को हटाओ।'

वृद्ध व्यापारी ने 'हटो, जगह दो' का गुल मचाना शुरू किया और युवक घूसों और ठोकरों से आदमियों को हटाता, वृद्धों को गिराता, बालकों को कुचलता, अन्दर पहुंच गया और थायस का हाथ पकड़कर धीरे से बोला-'प्रिय, मेरी ओर देखो। इतनी निष्ठुरता! याद करो, तुमने मुझसे कैसी-

कैसी बातें की थीं, क्या-क्या वादे किये थे, क्या अपने वादों को भूल जाओगी ? क्या प्रेम का बन्धन इतना ढीला हो सकता है ?'

थायस अभी कुछ जवाब न दे पायी थी कि पापनाशी पलटकर उसके और थायस के बीच में खड़ा हो गया और डांटकर बोला- 'दूर हट, पापी कहीं का! खबरदार जो उसकी देह को स्पर्श किया। वह अब ईश्वर की है, मनुष्य उसे नहीं छू सकता।'

युवक ने कड़ककर कहा- 'हट यहां से, वनमानुष! क्या तेरे कारण अपनी प्रियतमा से न बोलूं? हट जाओ, नहीं तो यह दाढ़ी पकड़कर तुम्हारी गन्दी लाश को आग के पास खींच ले जाऊंगा और कबाब की तरह भून डालूंगा। इस भ्रम में मत रह कि तू मेरे प्राणाधार को यों चुपके से उठा ले जायेगा। उसके पहले मैं तुझे संसार से उठा दूंगा!'

यह कहकर उसने थायस के कन्धे पर हाथ रखा। लेकिन पापनाशी ने इतनी जोर से धक्का दिया कि वह कई कदम पीछे लड़खड़ाता हुआ चला गया और बिखरी हुई राख के समीप चारों खाने चित्त गिर पड़ा।

लेकिन वृद्ध सौदागर शान्त न बैठा। वह प्रत्येक मनुष्य के पास जा-जाकर गुलामों के कान खींचता, और स्वामियों के हाथों को चूमता और सभी को पापनाशी के विरुद्ध उत्तेजित कर रहा था कि थोड़ी देर में उसने एक छोटा-सा जत्था बना लिया जो इस बात पर कटिबद्ध था कि पापनाशी को कदापि अपने कार्य में सफल न होने देगा। मजाल है कि यह पादरी हमारे नगर की शोभा को भगा ले जाये! गर्दन तोड़ देंगे। पूछो, धर्माश्रम में ऐसी रमणियों की क्या जरूरत? क्या संसार में विपत्ति की मारी बुढ़ियों की कमी है? क्या उनके आंसुओं से इन पादरियों को सन्तोष नहीं होता कि युवतियों को भी रोने के लिए मजबूर किया जाये!

युवक का नाम सिरोन था। वह धक्का खाकर गिरा, किन्तु तुरन्त गर्द झाड़कर उठ खड़ा हुआ। उसका मुंह राख से काला हो गया था, बाल झुलस गये थे, क्रोध और धुएं से दम घुट रहा था। वह देवताओं को गालियां देता हुआ उपद्रवियों को भड़काने लगा। पीछे भिखारियों का दल उत्पात मचाने पर उद्यत था। एक क्षण में पापनाशी तने हुए घूंसों, उठी हुई लाठियों और अपमानसूचक अपशब्दों के बीच में घिर गया।

एक ने कहा- 'मारकर कौवों को खिला दो!'

'नहीं जला दो, जिंदा आग में डाल दो, जलाकर भस्म कर दो!'

लेकिन पापनाशी जरा भी भयभीत न हुआ। उसने थायस को पकड़कर खींच लिया और मेघ की भांति गरजकर बोला- 'ईश्वरद्रोहियों, इस कपोत को ईश्वरीय बीज के चंगुल से छुड़ाने की चेष्टा मत करो, तुम आज जिस आग में जल रहे हो, उसमें जलने के लिए उसे विवश मत करो बल्कि उसकी रीस करो और उसी की भांति अपने खोटे को भी खरा कंचन बना दो। उसका अनुकरण करो, उसके दिखाये हुए मार्ग पर अग्रसर हो, और उस ममता को त्याग दो जो तुम्हें

बांधे हुए है और जिसे तुम समझते हो कि हमारी है। विलंब न करो, हिसादा का दिन निकट है और ईश्वर की ओर से वज्राघात होने वाला ही है। अपने पापों पर पछताओ, उनका प्रायश्चित करो, तौबा करो, रोओ और ईश्वर से क्षमाप्रार्थना करो। थायस के पदचिह्नों पर चलो। अपनी कुवासनाओं से घृणा करो जो उससे किसी भांति कम नहीं हैं। तुममें से कौन इस योग्य है, चाहे वह धनी हो या कंगाल, दास हो या स्वामी, सिपाही हो या व्यापारी, जो ईश्वर के सम्मुख खड़ा होकर दावे के साथ कह सके कि मैं किसी वेश्या से अच्छा हूं? तुम सबके-सब सजीव दुर्गन्ध के सिवा और कुछ नहीं हो और यह ईश्वर की महान दया है कि वह तुम्हें एक क्षण में कीचड़ की मोरियां नहीं बना डालता।'

जब तक वह बोलता रहा, उसकी आंखों से ज्वाला सी निकल रही थी। ऐसा जान पड़ता था कि उसके मुख से आग के अंगारे बरस रहे हैं। जो लोग वहां खड़े थे, इच्छा न रहने पर भी मन्त्र मुग्ध से खड़े उसकी बातें सुन रहे थे।

किन्तु वह वृद्ध व्यापारी ऊधम मचाने में अत्यन्त प्रवीण था। वह अब भी शांत न हुआ। उसने जमीन से पत्थर के टुकड़े और घोंघे चुन लिये और अपने कुर्ते के दामन में छिपा लिये, किन्तु स्वयं उन्हें फेंकने का साहस न करके उसने वह सब चीजें भिक्षुकों के हाथों में दे दीं। फिर क्या था? पत्थरों की वर्षा होने लगी और एक घोंघा पापनाशी के चेहरे पर ऐसा आकर बैठा कि घाव हो गया। रक्त की धारा पापनाशी के चेहरे पर बह-बहकर त्यागिनी थायस के सिर पर टपकने लगी, मानो उसे रक्त के बपतिस्मा से पुनः संस्कृत किया जा रहा था। थायस को योगी ने इतनी जोर से भींच लिया था कि उसका दम घुट रहा था और योगी के खुरखुरे वस्त्र से उसका कोमल शरीर छिला जाता था। इस असमंजस में पड़े हुए, घृणा और क्रोध से उसका मुख लाल हो रहा था।

इतने में एक मनुष्य भड़कीले वस्त्र पहने, जंगली फूलों की एक माला सिर पर लपेटे भीड़ को हटाता हुआ आया और चिल्लाकर बोला- 'ठहरो, ठहरो, यह उत्पात क्यों मचा रहे हो? यह योगी मेरा भाई है।'

यह निसियास था, जो वृद्ध यूक्रसइटीज को कब्र में सुलाकर इस मैदान में होता हुआ घर लौटा जा रहा था। देखा तो अलाव जल रहा है, उसमें भांति-भांति की बहुमूल्य वस्तुएं पड़ी सुलग रही हैं, थायस एक मोटी चादर ओढ़े खड़ी है और पापनाशी पर चारों ओर से पत्थरों की बौछार हो रही है। वह यह दृश्य देखकर विस्मित तो नहीं हुआ, वह आवेशों से वशीभूत न होता था। हां, ठिठक गया और पापनाशी को इस आक्रमण से बचाने की चेष्टा करने लगा।

उसने फिर कहा- 'मैं मना कर रहा हूं, ठहरो, पत्थर न फेंको। यह योगी मेरा प्रिय सहपाठी है। मेरे प्रिय मित्र पापनाशी पर अत्याचार मत करो।'

किन्तु उसकी ललकार का कुछ असर न हुआ। जो पुरुष नैयायिकों के साथ बैठा हुआ बाल की खाल निकालने ही में कुशल हो, उसमें वह नेतृत्वशक्ति कहां जिसके सामने जनता के सिर झुक

जाते हैं। पत्थरों और घोंघों की दूसरी बौछार पड़ी, किन्तु पापनाशी थायस को अपनी देह से रक्षित किये हुए पत्थरों की चोटें खाता था और ईश्वर को धन्यवाद देता था जिसकी दयादृष्टि उनके घावों पर मरहम रखती हुई जान पड़ती थी। निसियास ने जब देखा कि यहां मेरी कोई नहीं सुनता और मन में यह समझकर कि मैं अपने मित्र की रक्षा न तो बल से कर सकता हूं न वाक्चातुरी से, उसने सब कुछ ईश्वर पर छोड़ दिया। (यद्यपि ईश्वर पर उसे अणुमात्र भी विश्वास न था।) सहसा उसे एक उपाय सूझा। इन प्राणियों को वह इतना नीच समझता था कि उसे अपने उपाय की सफलता पर जरा भी सन्देह न रहा। उसने तुरन्त अपनी थैली निकाल ली, जिसमें रुपये और अशर्फियां भरी हुई थीं। वह बड़ा उदार, विलासप्रेमी पुरुष था, और उन मनुष्यों के समीप जाकर जो पत्थर फेंक रहे थे, उनके कानों के पास मुद्राओं को उसने खनखनाया। पहले तो वे उससे इतने झल्लाये हुए थे, लेकिन शीघ्र ही सोने की झंकार ने उन्हें लुब्ध कर दिया, उनके हाथ नीचे को लटक गये। निसियास ने जब देखा कि उपद्रवकारी उसकी ओर आकर्षित हो गए तो उसने कुछ रुपये और मोहरें उनकी ओर फेंक दीं। उनमें से जो ज्यादा लोभी प्रकृति के थे, वह झुक-झुककर उन्हें चुनने लगे। निसियास अपनी सफलता पर प्रसन्न होकर मुट्ठियां भर-भर रुपये आदि इधर-उधर फेंकने लगा। पक्की जमीन पर अशर्फियों के खनकने की आवाज सुनकर पापनाशी के शत्रुओं का दल भूमि पर सिजदे करने लगा। भिक्षु गुलाम छोटे-मोटे दुकानदार, सबके-सब रुपये लूटने के लिए आपस में धींगामुश्ती करने लगे और सिरोन तथा अन्य भद्र समाज के प्राणी देर से यह तमाशा देखते थे और हंसते-हंसते लोट जाते थे। स्वयं सिरोन का क्रोध शान्त हो गया। उसके मित्रों ने लूटने वाले प्रतिद्वन्द्वियों को भड़काना शुरू किया मानो पशुओं को लड़ा रहे हों। कोई कहता था, अब की यह बाजी मारेगा, इस पर शर्त बदता हूं, कोई किसी दूसरे योद्धा का पक्ष लेता था, और दोनों प्रतिपक्षियों में सैकड़ों की हारजीत हो जाती थी। एक बिना टांगों वाले पंगुल ने जब एक मोहर पायी तो उसके साहस पर तालियां बजने लगीं। यहां तक कि सबने उस पर फूल बरसाये। रुपये लुटाने का तमाशा देखते-देखते यह युवक वृन्द इतने खुश हुए कि स्वयं लुटाने लगे और एक क्षण में समस्त मैदान में सिवाय पीठों के उठने और गिरने के और कुछ दिखाई ही न देता था, मानो समुद्र की तरंगें चांदी-सोने के सिक्कों के तूफान से आन्दोलित हो रही हों। पापनाशी को किसी की सुध ही न रही।

तब निसियास उसके पास लपककर गया, उसने अपने लबादे में छिपा लिया और थायस को उसके साथ एक पास की गली में खींच ले गया जहां विद्रोहियों से उनका गला छूटा। कुछ देर तक तो वह चुपचाप दौड़े, लेकिन जब उन्हें मालूम हो गया कि हम काफी दूर निकल आये और इधर कोई हमारा पीछा करने न आयेगा तो उन्होंने दौड़ना छोड़ दिया। निसियास ने परिहासपूर्ण स्वर में कहा-'लीला समाप्त हो गयी। अभिनय का अंत हो गया। थायस अब नहीं रुक सकती। वह अपने उद्धारकर्ता के साथ अवश्य जायेगी, चाहे वह उसे जहां ले जाये।'

थायस ने उत्तर दिया- 'हां, निसियास, तुम्हारा कथन सर्वथा निमूर्ल नहीं है। मैं तुम जैसे मनुष्यों के साथ रहते-रहते तंग आ गयी हूं, जो सुगन्ध से बसे, विलास में डूबे हुए, सहृदय आत्मसेवी प्राणी हैं। जो कुछ मैंने अनुभव किया है, उससे मुझे इतनी घृणा हो गई है कि अब मैं अज्ञात आनन्द की खोज में जा रही हूं। मैंने उस सुख को देखा है जो वास्तव में सुख नहीं था, और मुझे एक गुरु मिला है जो बतलाता है कि दु:ख और शोक ही में सच्चा आनन्द है। मेरा उस पर विश्वास है क्योंकि उसे सत्य का ज्ञान है।'

निसियास ने मुस्कराते हुए कहा-'और प्रिय, मुझे तो सम्पूर्ण सत्यों का ज्ञान प्राप्त है। वह केवल एक ही सत्य का ज्ञाता है, मैं सभी सत्यों का ज्ञाता हूं। इस दृष्टि से तो मेरा पद उसके पद से कहीं ऊंचा है, लेकिन सच पूछो तो इससे न कुछ गौरव प्राप्त होता है, न कुछ आनन्द।'

तब यह देखकर कि पापनाशी मेरी ओर तापमय नेत्रों से ताक रहा है, उसने सम्बोधित करके कहा-'प्रिय मित्र पापनाशी, यह मत सोचो कि मैं तुम्हें निरा बुद्धू, पाखण्डी या अन्धविश्वासी समझता हूं। यदि मैं अपने जीवन की तुम्हारे जीवन से तुलना करूं, तो मैं स्वयं निश्चय न कर सकूंगा कि कौन श्रेष्ठ है। मैं अभी यहां से जाकर स्नान करुंगा, दासों ने पानी तैयार कर रखा होगा, तब उत्तम वस्त्र पहनकर एक तीतर के डैनों का नाश्ता करुंगा, और आनन्द से पलंग पर लेटकर कोई कहानी पढूंगा या किसी दार्शनिक के विचारों का आस्वादन करुंगा। यद्यपि ऐसी कहानियां बहुत पढ़ चुका हूं और दार्शनिकों के विचारों में भी कोई मौलिकता या नवीनता नहीं रही। तुम अपनी कुटी में लौटकर जाओगे और वहां किसी सिधाये हुए ऊंट की भांति झुककर कुछ जुगालीसी करोगे, कदाचित कोई एक हजार बार के चबाये हुए शब्दाडम्बर को फिर से चबाओगे, और सन्ध्या समय बिना बघारी हुई भाजी खाकर जमीन पर लेटे रहोगे। किन्तु बन्धुवर, यद्यपि हमारे और तुम्हारे मार्ग पृथक है, यद्यपि हमारे और तुम्हारे कार्यक्रम में बड़ा अन्तर दिखाई पड़ता है, लेकिन वास्तव में हम दोनों एक ही मनोभाव के अधीर कार्य कर रहे हैं- वही जो समस्त मानव कृत्यों का एकमात्र कारण है। हम सभी सुख के इच्छुक हैं, सभी एक ही लक्ष्य पर पहुंचना चाहते हैं। सभी का अभीष्ट एक ही है- आनन्द, अप्राप्त आनन्द, असम्भव आनन्द। यही मेरी मूर्खता होगी अगर मैं कहूं कि तुम गलती पर हो यद्यपि मेरा विचार है कि मैं सत्य पर हूं।

'और प्रिय थायस, तुमसे भी मैं यही कहूंगा कि जाओ और अपनी जिन्दगी के मजे उठाओ, और यदि यह बात असम्भव न हो, तो त्याग और तपस्या में उससे अधिक आनन्दलाभ करो जितना तुमने भोग और विलास में किया है। सभी बातों का विचार करके मैं कह सकता हूं कि तुम्हारे ऊपर लोगों को हसद होता था क्योंकि यदि पापनाशी ने और मैंने अपने समस्त जीवन में एक ही एक प्रकार के आनन्दों का आस्वादन किया है, जो विरले ही किसी मनुष्य को प्राप्त हो सकते हैं। मेरी हार्दिक अभिलाषा है कि एक घण्टे के लिए मैं बन्धु पापनाशी की तरह सन्त हो जाता। लेकिन यह सम्भव नहीं। इसलिए तुमको भी विदा करता हूं, जाओ जहां प्रकृति की गुप्त शक्तियां और तुम्हारा भाग्य तुम्हें ले जाये! जाओ जहां तुम्हारी इच्छा हो, निसियास की शुभेच्छाएं तुम्हारे साथ

रहेंगी। मैं जानता हूं कि इस समय अनर्गल बातें कर रहा हूं, इस अवसर पर शुभकामनाओं और निर्मूल पछतावे के सिवाय, मैं उस सुखमय भ्रांति का क्या मूल्य दे सकता हूं जो तुम्हारे प्रेम के दिनों में मुझ पर छायी रहती थीं और जिसकी स्मृति छाया की भांति मेरे मन में रह गयी है? जाओ मेरी देवी, जाओ, तुम परोपकार की मूर्ति हो जिसे अपने अस्तित्व का ज्ञान नहीं, तुम लीलामयी सुषमा हो। नमस्कार है उस सर्वश्रेष्ठ, सर्वोत्कृष्ट मायामूर्ति को जो प्रकृति ने किसी अज्ञात कारण से इस असार, मायावी संसार को प्रदान की है।'

पापनाशी के हृदय पर इस कथन का एक-एक शब्द वज्र के समान पड़ रहा था। अन्त में वह इन अपशब्दों से प्रतिध्वनित हुआ- हां! दुर्जन, दुष्ट, पापी! मैं तुझसे घृणा करता हूं और तुझे तुच्छ समझता हूं! दूर हो यहां से, नरक के दूत, उन दुर्बल, दु:खी म्लेच्छों से भी हजार गुना निकृष्ट, जो अभी मुझे पत्थरों और दुर्वचनों का निशाना बना रहे थे! वह अज्ञानी थे, मूर्ख थे; उन्हें कुछ ज्ञान न था कि हम क्या कर रहे हैं और सम्भव है कि कभी उन पर ईश्वर की दयादृष्टि फिरे और मेरी प्रार्थनाओं के अनुसार उनके अन्त:करण शुद्ध हो जायें लेकिन निसियास, अस्पृश्य पतित निसियास, तेरे लिए कोई आशा नहीं है, तू घातक विष है। तेरे मुख से नैराश्य और नाश के शब्द ही निकलते हैं। तेरे एक हास्य से उससे कहीं अधिक नास्तिकता प्रवाहित होती है जितनी शैतान के मुख से सौ वर्षों में भी न निकलती होगी।

निसियास ने उसकी ओर विनोदपूर्ण नेत्रों से देखकर कहा-'बन्धुवर, प्रणाम! मेरी यही इच्छा है कि अन्त तक तुम विश्वास, घृणा और प्रेम के पथ पर आतुर रहो। इसी भांति तुम नित्य अपने शत्रुओं को कोसते और अपने अनुयायियों से प्रेम करते रहो। थायस, चिरंजीवी रहो। तुम मुझे भूल जाओगी, किन्तु मैं तुम्हें न भूलूंगा। तुम यावज्जीवन मेरे हृदय में मूर्तिमान रहोगी।'

उनसे विदा होकर निसियास इस्कन्द्रिया की कब्रिस्तान के निकट पेचदार गलियों में विचारपूर्ण गति से चला। इस मार्ग में अधिकतर कुम्हार रहते थे, जो मुर्दों के साथ दफन करने के लिए खिलौने, बर्तन आदि बनाते थे। उनकी दुकानें मिट्टी की सुन्दर रंगों से चमकती हुई देवियों, स्त्रियों, उड़ने वाले दूतों और ऐसी ही अन्य वस्तुओं की मूर्तियों से भरी हुई थीं। उसे विचार हुआ, कदाचित इन मूर्तियों में कुछ ऐसी भी हों जो महानिद्रा में मेरा साथ दें और उसे ऐसा प्रतीत हुआ मानो एक छोटी प्रेम की मूर्ति मेरा उपहास कर रही है। मृत्यु की कल्पना ही से उसे दु:ख हुआ। इस विवाद को दूर करने के लिए उसने मन में तर्क किया-इसमें तो कोई सन्देह ही नहीं कि काल या समय कोई चीज नहीं। वह हमारी बुद्धि की भ्रांतिमात्र है, धोखा है। तो जब इसकी सत्ता ही नहीं तो वह मेरी मृत्यु को कैसे ला सकता है। क्या इसका यह आशय है कि अनन्तकाल तक मैं जीवित रहूंगा? क्या मैं भी देवताओं की भांति अमर हूं? नहीं, कदापि नहीं। लेकिन इससे यह अवश्य सिद्ध होता है कि वह इस समय है, सदैव से है, और सदैव रहेगा। यद्यपि मैं अभी इसका अनुभव नहीं कर रहा हूं, पर यह मुझमें विद्यमान है और मुझे उससे शंका न करनी चाहिए, क्योंकि उस

वस्तु के आने से डरना, जो पहले ही आ चुकी है हिमाकत है। यह किसी पुस्तक के अन्तिम पृष्ठ के समान उपस्थित है, जिसे मैंने पढ़ा है, पर अभी समाप्त नहीं कर चुका हूं।

उसका शेष रास्ता इस वाद में कट गया, लेकिन इससे उसके चित्त को शान्ति न मिली, और जब वह घर पहुंचा तो उसका मन विवादपूर्ण विचारों से भरा हुआ था। उसकी दोनों युवती दासियां प्रसन्न, हंस-हंसकर टेनिस खेल रही थीं। उनकी हास्यध्वनि ने अन्त में उसके दिल का बोझ हल्का किया।

पापनाशी और थायस भी शहर से निकलकर समुद्र के किनारे-किनारे चले। रास्ते में पापनाशी बोला- 'थायस, इस विस्तृत सागर का जल भी तेरी कालिमाओं को नहीं धो सकता।' यह कहते-कहते उसे अनायास क्रोध आ गया। थायस को धिक्कारने लगा-' तू कुतियों और शूकरियों से भी भ्रष्ट है, क्योंकि तूने उस देह को जो ईश्वर ने तुझे इस हेतु दिया था कि तू उसकी मूर्ति स्थापित करे, विधर्मियों और म्लेच्छों द्वारा दलित कराया है और तेरा दुराचरण इतना अधिक है कि तू बिना अन्तःकरण में अपने प्रति घृणा का भाव उत्पन्न किये न ईश्वर की प्रार्थना कर सकती है न वन्दना।'

धूप के मारे जमीन से आंच निकल रही थी और थायस आपने नये गुरु के पीछे सिर झुकाये पथरीली सड़कों पर चली जा रही थी। थकान के मारे उसके घुटनों में पीड़ा होने लगी और कंठ सूख गया। लेकिन पापनाशी के मन में दयाभाव का जागना तो दूर रहा, (जो दुरात्माओं को भी नर्म कर देता है) वह उलटे उस प्राणी के प्रायश्चित पर प्रसन्न हो रहा था जिस के पापों का वारापार न था। वह धर्मोत्साह से इतना उत्तेजित हो रहा था कि उसे देह को लोहे के सांगों से छेदने में भी उसे संकोच न होता जिसका सौन्दर्य उसकी कलुषता का मानो उज्ज्वल प्रमाण था। ज्यों-ज्यों वह विचार में मग्न होता था, उसका प्रकोप और भी प्रचण्ड होता जाता था। जब उसे याद आता था कि निसियास उसके साथ सहयोग कर चुका है तो उसका रक्त खौलने लगता था और ऐसा जान पड़ता था कि उसकी छाती फट जायेगी। अपशब्द उसके होंठों पर आ-आकर रुक जाते थे और वह केवल दांत पीस-पीसकर रह जाता था। सहसा वह उछलकर, विकराल रूप धारण किये हुए उसके सम्मुख खड़ा हो गया और उसके मुंह पर थूक दिया। उसकी तीव्र दृष्टि थायस के हृदय में चुभी जाती थी!

थायस ने शान्तिपूर्वक अपना मुंह पोंछ लिया और पापनाशी के पीछे चलती रही। पापनाशी उसकी ओर ऐसी कठोर दृष्टि से ताकता था मानो वह सन्देह नरक है। उसे यह चिन्ता हो रही थी कि मैं इससे प्रभु मसीह का बदला क्योंकर लूं, क्योंकि थायस ने मसीह को अपने कुकृत्यों से इतना उत्पीड़ित किया था कि उन्हें स्वयं उसे दण्ड देने का कष्ट न उठाना पड़े। अकस्मात् उसे रुधिर की एक बूंद दिखाई दी जो थायस के पैरों से बहकर मार्ग पर गिरी थी। उसे देखते ही पापनाशी का हृदय दया से प्लावित हो गया, उसकी कठोर आकृति शान्त हो गयी। उसके हृदय में एक ऐसा भाव प्रविष्ट हुआ जिससे वह अभी अनभिज्ञ था। वह रोने लगा, सिसकियों का तार बंध

गया, तब वह दौड़कर उसके सामने माथा ठोंककर बैठ गया और उसके चरणों पर गिरकर कहने लगा- 'बहन, मेरी माता, मेरी देवी' और उसके रक्त प्लावित चरणों को चूमने लगा।

तब उसने शुद्ध हृदय से यह प्रार्थना की- ऐ स्वर्ग के दूतो! इस रक्त की बूंद को सावधानी से उठाओ और इसे परम पिता के सिंहासन के सम्मुख ले जाओ। ईश्वर की इस पवित्र भूमि पर, जहां यह रक्त बहा है, एक अलौकिक पुष्पवृक्ष उत्पन्न हो। उसमें स्वर्गीय सुगन्ध युक्त फूल खिलें और जिन प्राणियों की दृष्टि उस पर पड़े और जिनकी नाक में उसकी सुगन्ध पहुंचे, उनके हृदय शुद्ध और उनके विचार पवित्र हो जायें। थायस परमपूज्य थायस! तुझे धन्य है; आज तूने वह पद प्राप्त कर लिया जिसके लिए बड़े-बड़े सिद्ध योगी भी लालायित रहते हैं।

जिस समय वह यह प्रार्थना और शुभाकांक्षा करने में मग्न था। लड़का गधे पर सवार जाता हुआ मिला। पापनाशी ने उसे उतरने की आज्ञा दी; थायस को गधे पर बिठा दिया और तब उसकी बागडोर पकड़कर ले चला। सूर्यास्त के समय वे एक नहर पर पहुंचे जिस पर सघन वृक्षों का साया था। पापनाशी ने गधे को एक छुहारे के वृक्ष से बांध दिया और काई से ढंकी हुई चट्टान पर बैठकर उसने एक रोटी निकाली और उसे नमक और तेल के साथ दोनों ने खाया, चिल्लू से ताजा पानी पिया और ईश्वरीय विषय पर सम्भाषण करने लगे।

थायस बोली- 'पूज्य पिता, मैंने आज तक कभी ऐसा निर्मल जल नहीं पिया, और न ऐसी प्राणप्रद स्वच्छ वायु में सांस लिया। मुझे ऐसा अनुभव हो रहा है कि इस समीकरण में ईश्वर की ज्योति प्रवाहित हो रही है।'

पापनाशी बोला-'प्रिय बहन, देखो संध्या हो रही है। निशा की सूचना देने वाली श्यामला पहाड़ियों पर छाई हुई है। लेकिन शीघ्र ही मुझे ईश्वरीय ज्योति, ईश्वरीय उषा के सुनहरे प्रकाश में चमकती हुई दिखाई देगी, शीघ्र ही तुझे अनन्त प्रभाव के गुलाब पुष्पों की मनोहर लालिमा आलोकित होती हुई दृष्टिगोचर होगी।

दोनों रात भर चलते रहे। अर्धचन्द्र की ज्योति लहरों के उज्ज्वल मुकुट पर जगमगा रही थी; नौकाओं के सफेद पाल उस शान्तिमय ज्योत्सना में ऐसे जान पड़ते थे मानो पुनीत आत्माएं स्वर्ग को प्रयाण कर रही हैं। दोनों प्राणी स्तुति और भजन गाते हुए चले जाते थे। थायस के कण्ठ का माधुर्य, पापनाशी की पंचम ध्वनि के साथ मिश्रित होकर ऐसा जान पड़ता कि सुन्दर वस्त्र पर टाट का बखिया कर दिया गया है! जब दिनकर ने अपना प्रकाश फैलाया, तो उनके सामने लाइबिया की मरुभूमि एक विस्तृत सिंह चर्म की भांति फैली हुई दिखाई दी। मरुभूमि के उस सिरे पर कई छुहारे के वृक्षों के मध्य में कई सफेद झोपड़ियां प्रभात के मन्द प्रकाश में झलक रही थीं।

थायस ने पूछा- 'पूज्य पिता, क्या वह ईश्वरीय ज्योति का मन्दिर है?'

'हां प्रिय बहन, मेरी प्रिय पुत्री, वही मुक्तिगृह है, जहां मैं तुझे अपने ही हाथों से बन्द करुंगा।'

एक क्षण में उन्हें कई स्त्रियां झोपड़ियों के आसपास कुछ काम करती हुई दिखाई दीं, मानो मधुमक्खियां अपने छत्तों के पास भिनभिना रही हों। कई स्त्रियां रोटियां पकाती थीं, कई शाकभाजी बना रही थीं, बहुत सी स्त्रियां ऊन कात रही थीं और आकाश की ज्योति उन पर इस भांति पड़ रही थी मानो परम पिता की मधुर मुस्कान है, और कितनी ही तपस्विनियां झाऊ के वृक्षों के नीचे बैठी ईश्वर वन्दना कर रही थीं, उनके गोरे-गोरे हाथ दोनों किनारे लटके हुए थे क्योंकि ईश्वर के प्रेम से परिपूर्ण हो जाने के कारण वह हाथों से कोई काम न करती थीं; केवल ध्यान, आराधना और स्वर्गीय आनन्द में निमग्न रहती थीं। इसलिए उन्हें 'माता मरियम की पुत्रियां' कहते थे, और वह उज्ज्वल वस्त्र ही धारण करती थीं। जो स्त्रियां हाथों से काम धन्धा करती थीं, वह 'माथी की पुत्रियां' कहलाती थीं और नीचे वस्त्र पहनती थीं। सभी स्त्रियां कनटोप लगाती थीं, केवल युवतियां बालों के दोचार गुच्छे माथे पर निकाले रहती थीं-सम्भवत: वह आप ही आप बाहर निकल आते थे, क्योंकि बालों को संवारना या दिखाना नियमों के विरुद्ध था। एक बहुत लम्बी, गोरी, वृद्ध महिला, एक कुटी से निकलकर दूसरी कुटी में जाती थी। उसके हाथ में लकड़ी की एक जरीब थी। पापनाशी बड़े अदब के साथ उसके समीप गया, उसकी नकाब के किनारों का चुम्बन किया और बोला-'पूज्या अलबीना, परम पिता तेरी आत्मा को शान्ति दें ! मैं उस छत्ते के लिए जिसकी तू रानी है, एक मक्खी लाया हूं जो पुष्पहीन मैदानों में इधर-उधर भटकती फिरती थी। मैंने इसे अपनी हथेली में उठा लिया और अपने श्वासोच्छ्वास से पुनजीर्वित किया। मैं इसे तेरी शरण में लाया हूं।'

यह कहकर उसने थायस की ओर इशारा किया। थायस तुरन्त कैसर की पुत्री के सम्मुख घुटनों के बल बैठ गयी।

अलबीना ने थायस पर एक मर्मभेदी दृष्टि डाली, उसे उठने को कहा, उसके मस्तक का चुम्बन किया और तब योगी से बोली- 'हम इसे 'माता मरियम की पुत्रियों' के साथ रखेंगे।'

पापनाशी ने तब थायस के मुक्तिगृह में आने का पूरा वृत्तान्त कह सुनाया। ईश्वर ने कैसे उसे प्रेरणा की, कैसे वह इस्कन्द्रिया पहुंचा और किन-किन उपायों से उसके मन में उसने प्रभु मसीह का अनुराग उत्पन्न किया। इसके बाद उसने प्रस्ताव किया कि थायस को किसी कुटी में बन्द कर दिया जाय जिससे वह एकान्त में अपने पूर्वजीवन पर विचार करे, आत्मशुद्धि के मार्ग का अवलम्बन करे।

मठ की अध्यक्षिणी इस प्रस्ताव से सहमत हो गयी। वह थायस को एक कुटी में ले गयी जिसे कुमारी लीटा ने अपने चरणों से पवित्र किया था और जो उसी समय से खाली पड़ी हुई थी। इस तंग कोठरी में केवल एक चारपाई, एक मेज और एक घड़ा था, और जब थायस ने उसके अन्दर कदम रखा, तो चौखट को पार करते ही उसे कथनीय आनन्द का अनुभव हुआ।

पापनाशी ने कहा- 'मैं स्वयं द्वार को बन्द करके उस पर एक मुहर लगा देना चाहता हूं, जिसे प्रभु मसीह स्वयं आकर अपने हाथों से तोड़ेंगे।'

वह उसी क्षण पास की जलधारा के किनारे गया, उसमें से मुट्ठी भर मिट्टी ली, उसमें अपने मुंह का थूक मिलाया और उसे द्वार के दरवाजों पर मढ़ दिया। तब खिड़की के पास आकर जहां थायस शान्तचित्त और प्रसन्नमुख बैठी हुई थी उसने भूमि पर सिर झुकाकर तीन बार ईश्वर की वन्दना की।

'ओ हो! उस स्त्री के चरण कितने सुन्दर हैं जो सन्मार्ग पर चलती है! हां, उसके चरण कितने सुन्दर, कितने कोमल और कितने गौरवशील हैं, उसका मुख कितना कान्तिमय!'

यह कहकर वह उठा, कनटोप अपनी आंखों पर खींच लिया और मन्दगति से अपने आश्रम की ओर चला।

अलबीना ने अपनी एक कुमारी को बुलाकर कहा-'प्रिय पुत्री, तुम थायस के पास आवश्यक वस्तु पहुंचा दो, रोटियां, पानी और एक तीन छिद्रों वाली बांसुरी।

अध्याय - 5

पापनाशी ने एक नौका पर बैठकर, जो सिरापियन के धर्माश्रम के लिए खाद्य पदार्थ लिये जा रही थी, अपनी यात्रा समाप्त की और निज स्थान को लौट आया। जब वह किश्ती पर से उतरा तो उसके शिष्य उसका स्वागत करने के लिए नदी तट पर आ पहुंचे और खुशियां मनाने लगे। किसी ने आकाश की ओर हाथ उठाये, किसी ने धरती पर सिर झुकाकर गुरु के चरणों को स्पर्श किया। उन्हें पहले ही से अपनी गुरु के कृतकार्य होने का आत्मज्ञान हो गया था। योगियों को किसी गुप्त और अज्ञात रीति से अपने धर्म की विजय और गौरव के समाचार मिल जाते थे, और इतनी जल्द कि लोगों को आश्चर्य होता था। यह समाचार भी समस्त धर्माश्रमों में, जो उस प्रान्त में स्थित थे, आंधी के वेग के साथ फैल गया।

जब पापनाशी बलुवे मार्ग पर चला तो उसके शिष्य उसके पीछे-पीछे ईश्वर कीर्तन करते हुए चले। लेवियन उस संस्था का सबसे वृद्ध सदस्य था। वह धर्मोन्त होकर उच्च स्वर से यह स्वरचित गीत गाने लगा-

आज का शुभ दिन है,
कि हमारे पूज्य पिता ने फिर हमें गोद में लिया।
वह धर्म का सेहरा सिर बांधे हुए आये हैं,
जिसने हमारा गौरव बढ़ा दिया है।
क्योंकि पिता का धर्म ही,
सन्तान का यथार्थ धन है।
हमारे पिता की सुकीर्ति की ज्योति से,
हमारी कुटियों में प्रकाश फैल गया है।
हमारे पिता पापनाशी,
प्रभु मसीह के लिए नयी एक दुल्हन लाये हैं।
अपने अलौकिक तेज और सिद्धि से,
उन्होंने एक काली भेड़ को।
जो अंधेरी घाटियों से मारी-मारी फिरती थी,
उजली भेड़ बना दिया है।
इस भांति ईसाई धर्म की ध्वजा फहराते हुए,

वह फिर हमारे ऊपर हाथ रखने के लिए लौट आये हैं।
उन मधुमक्खियों की भांति,
जो अपने छत्तों से उड़ जाती है।
और फिर जंगलों से फूलों की,
मधुसुधा लिये हुए लौटती हैं।
न्युबिया के मेष की भांति,
जो अपने ही ऊन का बोझ नहीं उठा सकता।
हम आज के दिन आनन्दोत्सव मनायें,
अपने भोजन में तेल को चुपड़कर।।

जब वह लोग पापनाशी की कुटी के द्वार पर आये तो सबके-सब घुटने टेककर बैठ गये और बोले- 'पूज्य पिता! हमें आशीर्वाद दीजिए और हमें अपनी रोटियों को चुपड़ने के लिए थोड़ा-सा तेल प्रदान कीजिए कि हम आपके कुशलपूर्वक लौट आने पर आनन्द मनायें।'

मूर्ख पॉल अकेला चुपचाप खड़ा रहा। उसने न घाट ही पर आनन्द प्रकट किया था, और न इस समय जमीन पर गिरा। वह पापनाशी को पहचानता ही न था और सबसे पूछता था, 'यह कौन आदमी है?' लेकिन कोई उसकी ओर ध्यान नहीं देता था, क्योंकि सभी जानते थे कि यद्यपि यह सिद्धि प्राप्त है, पर है ज्ञानशून्य।

पापनाशी जब अपनी कुटी में सावधान होकर बैठा तो विचार करने लगा- अन्त में मैं अपने आनन्द और शान्ति के उद्दिष्ट स्थान पर पहुंच गया। मैं अपने सन्तोष से सुरक्षित गढ़ में प्रविष्ट हो गया, लेकिन यह क्या बात है कि यह तिनकों का झोपड़ा जो मुझे इतना प्रिय है, मुझे मित्रभाव से नहीं देखता और दीवारें मुझसे हर्षित होकर नहीं कहतीं- 'तेरा आना मुबारक हो!' मेरी अनुपस्थिति में यहां किसी प्रकार का अन्तर होता हुआ नहीं दीख पड़ता। झोपड़ा ज्यों का त्यों है, यही पुरानी मेज और मेरी पुरानी खाट है। वह मसालों से भरा सिर है, जिसने कितनी ही बार मेरे मन में पवित्र विचारों की प्रेरणा की है। वह पुस्तक रखी हुई है जिसके द्वारा मैंने सैकड़ों बार ईश्वर का स्वरूप देखा है। तिस पर भी यह सभी चीजें न जाने क्यों मुझे अपरिचित सी जान पड़ती हैं, इनका वह स्वरूप नहीं रहा। ऐसा प्रतीत होता है कि उनकी स्वाभाविकता शोभा का अपहरण हो गया है, मानो मुझ पर उनका स्नेह ही नहीं रहा। और मैं पहली ही बार उन्हें देख रहा हूं। जब मैं इस मेज और इस पलंग पर, जो मैंने किसी समय अपने हाथों से बनाये थे, इन मसालों से सुखाई खोपड़ी पर, इस भोजपत्र के पुलिन्दों पर जिन पर ईश्वर के पवित्र वाक्य अंकित हैं, निगाह डालता हूं तो मुझे ऐसा ज्ञात होता है कि यह सब किसी मृत प्राणी की वस्तुएं हैं। इनसे इतना घनिष्ठ सम्बन्ध होने पर भी, इनसे रात-दिन का संग रहने पर भी मैं अब इन्हें पहचान नहीं सकता। आह! यह सब चीजें ज्यों की त्यों हैं इनमें जरा भी परिवर्तन नहीं हुआ। अतएव मुझमें ही परिवर्तन हो गया है, मैं जो पहले था वह अब नहीं रहा। मैं कोई और ही प्राणी हूं। मैं ही मृत आत्मा हूं! हे भगवान!

यह क्या रहस्य है? मुझमें से कौन सी वस्तु लुप्त हो गयी है, मुझमें अब क्या शेष रह गया है? मैं कौन हूं?

और सबसे बड़ी आशंका की बात यह थी कि मन को बारबार इस शंका की निर्मूलता का विश्वास दिलाने पर भी उसे ऐसा भाषित होता था कि उसकी कुटी बहुत तंग हो गयी यद्यपि धार्मिक भाव से उसे इस स्थान को अनंत समझना चाहिए था, क्योंकि अनन्त का भाग भी अनन्त ही होता है, क्योंकि यहीं बैठकर वह ईश्वर की अनन्तता में विलीन हो जाता था।

उसने इस शंका के दमनार्थ धरती पर सिर रखकर ईश्वर की परार्थना की और इससे उसका चित्त शान्त हुआ। उसे प्रार्थना करते हुए एक घण्टा भी न हुआ होगा कि थायस की छाया उसकी आंखों के सामने से निकल गयी। उसने ईश्वर को धन्यवाद देकर कहा- प्रभू मसीह, तेरी ही कृपा से मुझे उसके दर्शन हुए। यह तेरी असीम दया और अनुग्रह है, इसे मैं स्वीकार करता हूं। तू उस प्राणी को मेरे सम्मुख भेजकर, जिसे मैंने तेरी भेंट किया है, मुझे सन्तुष्ट, प्रसन्न और आश्वस्त करना चाहता है। तू उसे मेरी आंखों के सामने प्रस्तुत करता है, क्योंकि अब उसकी मुस्कान नि:शास्त्र, उसका सौन्दर्य निष्कलंक और उसके हाव-भाव उद्देश्यहीन हो गये हैं। मेरे दयालु पतितपावन प्रभु, तू मुझे प्रसन्न करने के निमित्त उसे मेरे सम्मुख उसी शुद्ध और परिमार्जित स्वरूप में लाता है जो मैंने तेरी इच्छाओं के अनुकूल उसे दिया है, जैसे एक मित्र प्रसन्न होकर दूसरे मित्र को उसके दिये हुए उपहार की याद दिलाता है। इस कारण मैं इस स्त्री को देखकर आनन्दित होता हूं, क्योंकि तू ही इसका प्रेक्षक है। तू इस बात को नहीं भूलता कि मैंने उसे तेरे चरणों पर समर्पित किया है। उससे तुझे आनन्द प्राप्त होता है, इसलिए उसे अपनी सेवा में रख और अपने सिवाय किसी अन्य प्राणी को उसके सौन्दर्य से मुग्ध न होने दे।

उसे रात भर नींद नहीं आयी और थायस को उसने उससे भी स्पष्ट रूप में देखा जैसे परियों के कुंज में देखा था। उसने इन शब्दों में अपनी आत्मस्तुति की- मैंने जो कुछ किया है, ईश्वर ही के निमित्त किया है।

लेकिन इस आश्वासन और प्रार्थना पर भी उसका हृदय विकल था। उसने आह भरकर कहा- 'मेरी आत्मा, तू क्यों इतनी शोकासक्त है, और क्यों मुझे यह यातना दे रही है?'

अब भी उसके चित्त की उद्विग्नता शान्त न हुई। तीन दिन तक वह ऐसे महान शोक और दु:ख की अवस्था में पड़ा रहा जो एकान्तवासी योगियों की दुस्सह परीक्षाओं का पूर्वलक्षण है। थायस की सूरत आठों पहर उसकी आंखों के आगे फिरा करती। वह इसे अपनी आंखों के सामने से हटाना भी न चाहता था, क्योंकि अब तक वह समझता था कि यह मेरे ऊपर ईश्वर की विशेष कृपा है और वास्तव में यह एक योगिनी की मूर्ति है। लेकिन एक दिन प्रभात की सुषुप्तावस्था में उसने थायस को स्वप्न में देखा। उसके केशों पर पुष्पों का मुकुट विराज रहा था और उसका माधुर्य ही भयावह ज्ञात होता था कि वह भयभीत होकर चीख उठा और जागा तो ठण्डे पसीने से तर था, मानो बर्फ के कुंड में से निकला हो। उसकी आंखें भय की निद्रा से भारी हो रही थीं कि उसे अपने

मुख पर गर्म-गर्म सांसों के चलने का अनुभव हुआ। एक छोटा सा गीदड़ उसकी चारपाई की पट्टी पर दोनों अगले पैर रखे हांफ-हांफकर अपनी दुर्गन्ध युक्त सांसें उसके मुख पर छोड़ रहा था, और उसे दांत निकाल-निकालकर दिखा रहा था।

पापनाशी को अत्यन्त विस्मय हुआ। उसे ऐसा जान पड़ा, मेरे पैरों के नीचे की जमीन धंस गयी। और वास्तव में वह पतित हो गया था। कुछ देर तक तो उसमें विचार करने की शक्ति ही न रही और जब वह फिर सचेत भी हुआ तो ध्यान और विचार से उसकी अशान्ति और भी बढ़ गई।

उसने सोचा- इन दो बातों में से एक बात है या तो वह स्वप्न की भांति ईश्वर का प्रेरित किया हुआ था और शुभ स्वप्न था, और यह मेरी स्वाभाविक दुर्बुद्धि है जिसने उसे यह भयंकर रूप दे दिया है, जैसे गन्दे प्याले में अंगूर का रस खट्टा हो जाता है, मैंने अपने अज्ञानवश ईश्वरीय आदेश को ईश्वरीय तिरस्कार का रूप दे दिया और इस गीदड़ रूपी शैतान ने मेरी शंकान्वित दशा से लाभ उठाया, अथवा इस स्वप्न का प्रेरक ईश्वर नहीं, पिशाच था। ऐसी दशा में यह शंका होती है कि पहले के स्वप्नों को देवकृत समझने में मेरी भ्रांति थी। सारांश यह कि इस समय मुझमें वह धर्माधर्म का ज्ञान नहीं रहा जो तपस्वी के लिए परमावश्यक है और जिसके बिना उसके पग-पग पर ठोकर खाने की आशंका रहती है कि ईश्वर मेरे साथ नहीं रहा-जिसके कुफल मैं भोग रहा हूं, यद्यपि उसके कारण नहीं निश्चित कर सकता।

इस भांति तर्क करके उसने बड़ी ग्लानि के साथ जिज्ञासा की-दयालु पिता! तू अपने भक्त से क्या प्रायश्चित कराना चाहता है, यदि उसकी भावनाएं ही उसकी आंखों पर पर्दा डाल दें, दुर्भावनाएं ही उसे व्यथित करने लगें? मैं क्यों ऐसे लक्षणों का स्पष्टीकरण नहीं कर देता जिसके द्वारा मुझे मालूम हो जाया करे कि तेरी इच्छा क्या है, और क्यों तेरे प्रतिपक्षी की?

किन्तु ईश्वर ने, जिसकी माया अभेद्य है, अपने इस भक्त की इच्छा पूरी न की और उसे आत्म ज्ञान न प्रदान किया तो उसने शंका और भ्रांति वशीभूत होकर निश्चय किया अब मैं थायस की ओर मन को जाने ही न दूंगा। लेकिन उसका यह प्रयत्न निष्फल हुआ। उससे दूर रहकर भी थायस नित्य उसके साथ रहती थी। जब वह कुछ पढ़ता था, ईश्वर का ध्यान करता था तो वह सामने बैठी उसकी ओर ताकती रहती, वह जिधर निगाह डालता, उसे उसी की मूर्ति दिखाई देती, यहां तक कि उपासना के समय भी वह उससे जुदा न होती। ज्यों ही वह पापनाशी के कल्पना क्षेत्र में पदार्पण करती, वह योगी के कानों में कुछ धीमी आवाज सुनाई देती, जैसी स्त्रियों के चलने के समय उनके वस्त्रों से निकलती है, और इन छायाओं में यथार्थ से भी अधिक स्थिरता होती थी। स्मृतिचित्र अस्थिर, आङ्गिक और अस्पष्ट होता है। इसके प्रतिकूल एकान्त में जो छाया उपस्थित होती है, वह स्थिर और सुदीर्घ होती है। इसके प्रतिकूल एकान्त में जो छाया उपस्थित होती है, वह स्थिर और सुदीर्घ होती है। वह नाना प्रकार के रूप बदलकर उसके सामने आती-कभी मलिन बदन केशों में अपनी अन्तिम पुष्पमाला गूंथे, वही सुनहरे काम के वस्त्र धारण किये जो उसने इस्कन्द्रिया में कोटा के प्रीतिभोज के अवसर पर पहने थे, कभी महीन वस्त्र पहने परियों के कुंज

में बैठी हुई, कभी मोटा कुर्ता पहने, विरक्त और आध्यात्मिक आनन्द से विकसित, कभी शोक में डूबी आंखें मृत्यु की भयंकर आशंकाओं से डबडबाई हुई, अपना आवरणहीन हृदयस्थल खोले, जिस पर आहत हृदय से रक्तधारा प्रवाहित होकर जम गयी थी। इन छायामूर्तियों में उसे जिस बात का सबसे अधिक खेद और विस्मय होता था वह यह थी कि वह पुष्पमालाएं, वह सुन्दर वस्त्र, वह महीन चादरें, वह जरी के काम की कुर्तियां जो उसने जला डाली थीं, फिर जैसे लौट आयीं। उसे अब यह विदित होता था कि इन वस्तुओं में भी कोई अविनाशी आत्मा है और उसने अन्तर्वेदना से विकल होकर कहा-

'कैसी विपत्ति है कि थायस के असंख्य पापों की आत्माएं यों मुझ पर आक्रमण कर रही हैं।'

जब उसने पीछे की ओर देखा तो उसे ज्ञात हुआ कि थायस खड़ी है, और इससे उसकी अशान्ति और भी बढ़ गई। असह्य आत्मवेदना होने लगी लेकिन चूंकि इन सब शंकाओं और दुष्कल्पनाओं में भी उसकी छाया और मन दोनों ही पवित्र थे, इसलिए उसे ईश्वर पर विश्वास था। अतएव वह इन करुण शब्दों में अनुनय-विनय करता था- भगवान्, तेरी मुझ पर यह अकृपा क्यों? यदि मैं उनकी खोज में विधर्मियों के बीच गया, तो तेरे लिए, अपने लिए नहीं। क्या यह अन्याय नहीं है कि मुझे उन कर्मों का दण्ड दिया जाये जो मैंने तेरा माहात्म्य बढ़ाने के निमित्त किये हैं? प्यारे मसीह, आप इस घोर अन्याय से मेरी रक्षा कीजिए। मेरे त्राता, मुझे बचाइए। देह मुझ पर जो विजय प्राप्त न कर सकी, वह विजयकीर्ति उसकी छाया को न प्रदान कीजिए। मैं जानता हूं कि मैं इस समय महासंकटों में पड़ा हुआ हूं। मेरा जीवन इतना शंकामय कभी न था। मैं जानता हूं और अनुभव करता हूं कि स्वप्न में प्रत्यक्ष से अधिक शक्ति है और यह कोई आश्चर्य की बात नहीं, क्योंकि स्वप्न में स्वयं आत्मिक वस्तु होने के कारण भौतिक वस्तु होने के कारण भौतिक वस्तुओं से उच्चतर है। स्वप्न वास्तव में वस्तुओं की आत्मा है। प्लेटो यद्यपि मूर्तिवादी था, तथापि उसने विचारों के अस्तित्व को स्वीकार किया है। भगवान नरपिशाचों के उस भोज में जहां तू मेरे साथ था, मैंने मनुष्यों को-वह पापमलिन अवश्य थे, किन्तु कोई उन्हें विचार और बुद्धि से रहित नहीं कह सकता- इस बात पर सहमत होते सुना कि योगियों को एकान्त, ध्यान और परम आनन्द की अवस्था में प्रत्यक्ष वस्तुएं दिखाई देती हैं। परम पिता, आपने पवित्र ग्रन्थ स्वयं कितनी ही बार स्वप्न के गुणों को और छायामूर्तियों की शक्तियों को, चाहे वह तेरी ओर से हों या तेरे शत्रु की ओर से, स्पष्ट और कई स्थानों पर स्वीकार किया है। फिर यदि मैं भ्रांति में जा पड़ा तो मुझे क्यों इतना कष्ट दिया जा रहा है?

पहले पापनाशी ईश्वर से तर्क न करता था। वह निरापद भाव से उसके आदेशों का पालन करता था। पर अब उसमें एक नये भाव का विकास हुआ- उसने ईश्वर से प्रश्न और शंकाएं करनी शुरू कीं, किन्तु ईश्वर ने उसे वह प्रकाश न दिखाया जिसका वह इच्छुक था। उसकी रातें एक दीर्घ स्वप्न होती थीं, और उसके दिन भी इस विषय में रातों ही के सदृश होते थे। एक रात वह जागा तो उसके मुख से ऐसी पश्चात्तापपूर्ण आहें निकल रही थीं, जैसी चांदनी रात में पापाहत

मनुष्यों की कब्रों से निकला करती हैं। थायस आ पहुंची थी, और उसके जख्मी पैरों से खून बह रहा था। किन्तु पापनाशी रोने लगा कि वह धीरे से उसकी चारपाई पर आकर लेट गयी। अब कोई सन्देह न रहा, सारी शंकाएं निवृत्त हो गयीं। थायस की छाया वासनायुक्त थी।

उसके मन में घृणा की एक लहर उठी। वह अपनी अपवित्र शैया से झपटकर नीचे कूद पड़ा और अपना मुंह दोनों हाथों से छिपा लिया कि सूर्य का प्रकाश न पड़ने पाये। दिन की घड़ियां गुजरती जाती थीं, किन्तु उसकी लज्जा और ग्लानि शान्त न होती थी। कुटी में पूरी शान्ति थी। आज बहुत दिनों के पश्चात प्रथम बार थायस को एकान्त मिला। आखिर में छाया ने भी उसका साथ छोड़ दिया, और अब उसकी विलीनता भी भयंकर प्रतीत होती थी। इस स्वप्न को विस्मृत करने के लिए, इस विचार से उसके मन को हटाने के लिए अब कोई अवलम्ब, कोई साधन, कोई सहारा नहीं था। उसने अपने को धिक्कारा-मैंने क्यों उसे भगा न दिया ? मैंने अपने को उसके घृणित आलिंगन और तापमय करों से क्यों न छुड़ा लिया ?

अब वह उस भ्रष्ट चारपाई के समीप ईश्वर का नाम लेने का भी साहस न कर सकता था, और उसे यह भय होता था कि कुटी के अपवित्र हो जाने के कारण पिशाचगण स्वेच्छानुसार अन्दर प्रविष्ट हो जायेंगे, उनके रोकने का मेरे पास अब कौन सा मन्त्र रहा ? और उसका भय निर्मूल न था। वह सातों गीदड़ जो कभी उसकी चौखट के भीतर न आ सके थे, अब कतार बांधकर आये और भीतर आकर उसके पलंग के नीचे छिप गये। संध्या प्रार्थना के समय एक और आठवां गीदड़ भी आया, जिसकी दुर्गन्ध असह्य थी। दूसरे दिन नवां गीदड़ भी उनमें आ मिला और उनकी संख्या बढ़ते-बढ़ते तीस से साठ और साठ से अस्सी तक पहुंच गयी। जैसे-जैसे उनकी संख्या बढ़ती थी, उनका आकार छोटा होता जाता था, यहां तक कि वह चूहों के बराबर हो गये और सारी कुटी में फैल गये-पलंग, मेज, तिपाई, फर्श एक भी उनसे खाली न बचा। उनमें से एक मेज पर कूद गया और उसके तकिये पर चारों पैर रखकर पापनाशी के मुख की ओर जलती हुई आंखों से देखने लगा। नित्य नये-नये गीदड़ आने लगे।

अपने स्वप्न के भीषण पाप का प्रायश्चित करने और भ्रष्ट विचारों से बचने के लिए पापनाशी ने निश्चय किया कि अपनी कुटी से निकल जाऊं तो अब पाप का बसेरा बन गयी है और मरुभूमि में दूर जाकर कठिन से कठिन तपस्याएं करूं, ऐसी-ऐसी सिद्धियों में रत हो जाऊं जो किसी ने सुनी भी न हों, परोपकार और उद्धार के पथ पर और भी उत्साह से चलूं। लेकिन इस निश्चय को कार्यरूप में लाने से पहले वह सन्त पालम के पास उससे परामर्श करने गया।

उसने पालम को अपने बगीचे में पौधों को सींचते हुए पाया। संध्या हो गयी थी। नील नदी की नीली धारा ऊंचे पर्वतों के दामन में बह रही थी। वह सात्विक हृदय वृद्ध साधु धीरे-धीरे चल रहा था कि कहीं वह कबूतर चौंककर उड़ न जाये जो उसके कन्धे पर आ बैठा था।

पापनाशी को देखकर उसने कहा-'भाई पापनाशी को नमस्कार करता हूं। देखो, परम पिता कितना दयालु है; वह मेरे पास अपने रचे हुए पशुओं को भेजता है कि मैं उनके साथ उनका

कीर्तिगान करुं और हवा में उड़ने वाले पक्षियों को देखकर उनकी अनन्तलीला का आनन्द उठाऊं। इस कबूतर को देखो, उसकी गर्दन के बदलते हुए रंगों को देखो, क्या वह ईश्वर की सुन्दर रचना नहीं है? लेकिन तुम तो मेरे पास किसी धार्मिक विषय पर बातें करने आये हो न? यह लो, मैं अपना डोल रखे देता हूं और तुम्हारी बातें सुनने को तैयार हूं।'

पापनाशी ने वृद्ध साधु से अपनी इस्कन्द्रिया की यात्रा, थायस के उद्धार, वहां से लौटने-दिनों की दूषित कल्पनाओं और रातों के दु:स्वप्नों-का सारा वृत्तान्त कह सुनाया। उस रात के पाप स्वप्न और गीदड़ों के झुंड की बात भी न छिपाई और तब उससे पूछा- 'पूज्य पिता, क्या ऐसी-ऐसी असाधारण योगिक्रियाएं करनी चाहिए कि प्रेतराज भी चकित हो जायें?'

पालम सन्त ने उत्तर दिया- 'भाई पापनाशी, मैं क्षुद्र पापी पुरुष हूं और अपना सारा जीवन बगीचे में हिरनों, कबूतरों और खरहों के साथ व्यतीत करने के कारण, मुझे मनुष्यों का बहुत कम ज्ञान है। लेकिन मुझे ऐसा प्रतीत होता है कि तुम्हारी दुश्चिन्ताओं का कारण कुछ और ही है। तुम इतने दिनों तक व्यावहारिक संसार में रहने के बाद यकायक निर्जन शांति में आ गये हों। ऐसे आकस्मिक परिवर्तनों से आत्मा का स्वास्थ्य बिगड़ जाये तो आश्चर्य की बात नहीं। बन्धुवर, तुम्हारी दशा उस प्राणी कीसी है जो एक ही क्षण में अत्यधिक ताप से शीत में आ पहुंचे। उसे तुरन्त खांसी और ज्वर घेर लेते हैं। बन्धु, तुम्हारे लिए मेरी यह सलाह है कि किसी निर्जन मरुस्थल में जाने के बदले, मनबहलाव के ऐसे काम करो जो तपस्वियों और साधुओं के सर्वथा योग्य हैं। तुम्हारी जगह मैं होता तो समीपवर्ती धर्माश्रमों की सैर करता। इनमें से कई देखने के योग्य हैं, लोग उनकी बड़ी प्रशंसा करते हैं। सिरैपियन के ऋषिगृह में एक हजार चार सौ बत्तीस कुटियां बनी हुई हैं, और तपस्वियों को उतने वर्गों में विभक्त किया गया है जितने अक्षर यूनानी लिपि में हैं। मुझसे लोगों ने यह भी कहा है कि इस वर्गीकरण में अक्षर, आकार और साधकों की मनोवृत्तियों में एक प्रकार की अनुरूपता का ध्यान रखा जाता है। उदाहरणत: वह लोग जो र वर्ग के अन्तर्गत रखे जाते हैं चंचल प्रकृति के होते हैं, और जो लोग शान्तप्रकृति के हैं वह प के अन्तर्गत रखे जाते हैं। बन्धुवर, तुम्हारी जगह मैं होता तो अपनी आंखों से इस रहस्य को देखता और जब तक ऐसे अद्भुत स्थान की सैर न कर लेता, चैन न लेता। क्या तुम इसे अद्भुत नहीं समझते? किसी की मनोवृत्तियों का अनुमान कर लेना कितना कठिन है और जो लोग निम्न श्रेणी में रखा जाना स्वीकार कर लेते हैं, वह वास्तव में साधु हैं, क्योंकि उनकी आत्मशुद्धि का लक्ष्य उनके सामने रहता है। वह जानते हैं कि हम किस भांति जीवन व्यतीत करने से सरल अक्षरों के अन्तर्गत हो सकते हैं। इसके अतिरिक्त व्रतधारियों के देखने और मनन करने योग्य और भी कितनी ही बातें हैं। मैं भिन्न-भिन्न संगतों को जो नील नदी के तट पर फैली हुई हैं, अवश्य देखता, उनके नियमों और सिद्धान्तों का अवलोकन करता, एक आश्रम की नियमावली की दूसरे से तुलना करता कि उनमें क्या अन्तर है, क्या दोष है, क्या गुण है। तुम जैसी धमार्त्मा पुरुष के लिए यह आलोचना सर्वथा योग्य है। तुमने लोगों से यह अवश्य ही सुना होगा कि ऋषि एन्फरेम ने अपने आश्रम के लिए बड़े उत्कृष्ट धार्मिक नियमों

की रचना की है। उनकी आज्ञा लेकर तुम इस नियमावली की नकल कर सकते हो क्योंकि तुम्हारे अक्षर बड़े सुन्दर होते हैं। मैं नहीं लिख सकता क्योंकि मेरे हाथ फावड़ा चलाते-चलाते इतने कठोर हो गये हैं कि उनमें पतली कलम को भोजपत्र पर चलाने की क्षमता ही नहीं रही। लिखने के लिए हाथों का कोमल होना जरूरी है। लेकिन बन्धुवर, तुम तो लिखने में चतुर हो, और तुम्हें ईश्वर को धन्यवाद देना चाहिए कि उसने तुम्हें यह विद्या प्रदान की, क्योंकि सुन्दर लिपियों की जितनी प्रशंसा की जाये थोड़ी है। ग्रन्थों की नकल करना और पढ़ना बुरे विचारों से बचने का बहुत ही उत्तम साधन हैं। बन्धु पापनाशी, तुम हमारे श्रद्धेय ऋषियों, पालम और एन्तोनी के सदुपदेशों को लिपिबद्ध क्यों नहीं कर डालते? ऐसे धार्मिक कामों में लगे रहने से शनै:शैन: तुम चित्त और आत्मा की शांति को पुन: लाभ कर लोगे, फिर एकांत तुम्हें सुखद जान पड़ेगा और शीघ्र ही तुम इस योग्य हो जाओगे कि आत्मशुद्धि की उन क्रियाओं में प्रवृत्त हो जाओगे जिनमें तुम्हारी यात्रा ने बदल दिया था। लेकिन कठिन कष्टों और दमनकारी वेदनाओं के सहन से तुम्हें बहुत आशा न रखनी चाहिए। जब पिता एन्तोनी हमारे बीच में थे तो कहा करते थे-'बहुत वरत रखने से दुर्बलता आती है और दुर्बलता से आलस्य पैदा होता है। कुछ ऐसे तपस्वी हैं जो कई दिनों तक लगातार अनशन व्रत रख अपने शरीर को चौपट कर डालते हैं। उनके विषय में यह कहना सर्वथा सत्य है कि वह अपने ही हाथों से अपनी छाती पर कटार मार लेते हैं और अपने को किसी प्रकार की रुकावट के शैतान के हाथों में सौंप देते हैं।' यह उस पुनीतात्मा एन्तोनी के विचार थे! मैं अज्ञानी मूर्ख बुड्ढा हूं; लेकिन गुरु के मुख से जो कुछ सुना था वह अब तक याद है।'

पापनाशी ने पालम सन्त को इस शुभादेश के लिए धन्यवाद दिया और उस पर विचार करने का वादा किया। जब वह उससे विदा होकर नरकटों के बाड़े के बाहर आ गया जो बगीचे के चारों ओर बना हुआ था, तो उसने पीछे फिरकर देखा। सरल, जीवन्मुक्त साधु पालम पौधों को पानी दे रहा था, और उसकी झुकी हुई कमर पर कबूतर बैठा उसके साथ-साथ घूमता था। इस दृश्य को देखकर पापनाशी रो पड़ा।

अपनी कुटी में जाकर उसने एक विचित्र दृश्य देखा। ऐसा जान पड़ता था कि अगणित बालुकण किसी प्रचण्ड आंधी से उड़कर कुटी में फैल गये हैं। जब उसने जरा ध्यान से देखा तो प्रत्येक बालुकण यथार्थ में एक अति सूक्ष्म आकार का गीदड़ था, सारी कुटी श्रृंगालमय हो गयी थी।

उसी रात को पापनाशी ने स्वप्न देखा कि एक बहुत ऊंचा पत्थर का स्तम्भ है, जिसके शिखर पर एक आदमी का चेहरा दिखाई दे रहा है। उसके कान में कहीं से यह आवाज आयी- इस स्तम्भ पर चढ़!

पापनाशी जागा तो उसे निश्चय हुआ कि यह स्वप्न मुझे ईश्वर की ओर से हुआ है। उसने अपने शिष्यों को बुलाया और उनको इन शब्दों में सम्बोधित किया-'प्रिय पुत्रो, मुझे आदेश मिला है कि तुमसे फिर विदा मांगू और जहां ईश्वर ले जाये वहां जाऊं। मेरी अनुपस्थिति में लेवियन की

आज्ञाओं को मेरी ही आज्ञाओं की भांति मानना और बन्धु पालम की रक्षा करते रहना। ईश्वर तुम्हें शांति दे। नमस्कार!'

जब वह चला तो उसके सभी शिष्य साष्टांग दण्डवत करने लगे और जब उन्होंने सिर उठाया तो उन्हें अपने गुरु की लम्बी, श्याममूर्ति क्षितिज में विलीन होती हुई दिखाई दी।

वह रात और दिन अविश्रान्त चलता रहा। यहां तक कि वह उस मन्दिर में जा पहुंचा, जो प्राचीन काल में मूर्तिपूजकों ने बनाया था और जिसमें वह अपनी विचित्र पूर्वयात्रा में एक रात सोया था। अब इस मन्दिर का भग्नावशेष मात्र रह गया था और सर्प, बिच्छू, चमगादड़ आदि जन्तुओं के अतिरिक्त प्रेत भी इसमें अपना अड्डा बनाये हुए थे। दीवारें जिन पर जादू के चिह्न बने हुए थे, अभी तक खड़ी थीं। तीस वृहदाकार स्तम्भ जिनके शिखरों पर मनुष्य के सिर अथवा कमल के फूल बने हुए थे, अभी तक एक भारी चबूतरे को उठाये हुए थे। लेकिन मन्दिर के एक सिरे पर एक स्तम्भ इस चबूतरे के बीच से सरक गया था और अब अकेला खड़ा था। इसका कलश एक स्त्री को मुस्कराता हुआ मुखमण्डल था। उसकी आंखें लम्बी थीं, कपोल भरे हुए, और मस्तक पर गाय की सींगें थीं।

पापनाशी ने स्तम्भ को देखते ही पहचान गया कि यह वह स्तम्भ है जिसे उसने स्वप्न में देखा था और उसने अनुमान किया कि इसकी ऊंचाई बत्तीस हाथों से कम न होगी। वह निकट गांव में गया और उतनी ही ऊंची एक सीढ़ी बनाई और जब सीढ़ी तैयार हो गयी तो वह स्तम्भ से लगाकर खड़ी की गयी। वह उस पर च़ा और शिखर पर जाकर उसने भूमि पर मस्तक नवाकर यों प्रार्थना की-'भगवान्, यही वह स्थान है जो तूने मेरे लिए बताया है। मेरी परम इच्छा है कि मैं यहीं तेरी दया की छाया में जीवनपर्यन्त रहूं।'

वह अपने साथ भोजन की सामग्रियां न लाया था। उसे भरोसा था कि ईश्वर मेरी सुधि अवश्य लेगा और यह आशा थी कि गांव के भक्ति परायण जन मेरे खाने-पीने का प्रबन्ध कर देंगे और ऐसा हुआ भी। दूसरे दिन तीसरे पहर स्त्रियां अपने बालकों के साथ रोटियां, छुहारे और ताजा पानी लिये हुए आयीं, जिसे बालकों ने स्तम्भ के शिखर पर पहुंचा दिया।

स्तम्भ का कलश इतना चौड़ा न था कि पापनाशी उस पर पैर फैलाकर लेट सकता, इसलिए वह पैरों को नीचे ऊपर किये, सिर छाती पर रखकर सोता था और निद्रा जागृत रहने से भी अधिक कष्टदायक थी। प्रात:काल उठकर अपने पैरों से उसे स्पर्श करता था और वह निद्रा, भय तथा अंगवेदना से पीड़ित उठ बैठता था।

संयोग से जिस बढ़ई ने यह सीढ़ी बनायी थी, वह ईश्वर का भक्त था। उसे यह देखकर चिन्ता हुई कि योगी को वर्षा और धूप से कष्ट हो रहा है। और इस भय से कि कहीं निद्रा में वह नीचे न गिर पड़े, उस पुण्यात्मा पुरुष ने स्तम्भ के शिखर पर छत और कठघरा बना दिया।

थोड़े ही दिनों में उस असाधारण व्यक्ति की चर्चा गांवों में फैलने लगी और रविवार के दिन श्रमजीवियों के दल के दल अपनी स्त्रियों और बच्चों के साथ उसके दर्शनार्थ आने लगे। पापनाशी

के शिष्यों ने जब सुना कि गुरुजी ने इस विचित्र स्थान में शरण ली है तो वह चकित हुए, और उसकी सेवा में उपस्थित होकर उससे स्तम्भ के नीचे अपनी कुटिया बनाने की आज्ञा प्राप्त की। नित्यप्रति प्रात:काल वह आकर अपने स्वामी के चारों ओर खड़े हो जाते और उसके सदुपदेश सुनते थे।

वह उन्हें सिखाता था-प्रिय पुत्रों, उन्हीं नन्हें बालकों के समान बन रहो जिन्हें प्रभु मसीह प्यार किया करते थे। वही मुक्ति का मार्ग है। वासना ही सब पापों का मूल है। वह वासना से उसी भांति उत्पन्न होते हैं, जैसे सन्तान पिता से। अहंकार, लोभ, आलस्य, क्रोध और ईर्ष्या उनकी प्रिय सन्तान हैं। मैंने इस्कन्द्रिया में यही कुटिल व्यापार देखा। मैंने धन सम्पन्न पुरुषों को कुचेष्टाओं में प्रवाहित होते देखा है, जो उस नदी की बाढ़ की भांति हैं, जिसमें मैला जल भरा हो। वह उन्हें दु:ख की खाड़ी में बहा ले जाता है।

एफरायम और सिरापियन के अधिष्ठाताओं ने इस अद्भुत तपस्या का समाचार सुना तो उसके दर्शनों से अपने नेत्रों को कृतार्थ करने की इच्छा प्रकट की। उनकी नौका के त्रिकोण पालों को दूर से नदी में आते देखकर पापनाशी के मन में अनिवार्यत: यह विचार उत्पन्न हुआ कि ईश्वर ने मुझे एकान्त से भी योगियों के लिए आदर्श बना दिया है। दोनों महात्माओं ने जब उसे देखा तो उन्हें बड़ा कुतूहल हुआ और आपस में परामर्श करके उन्होंने सर्वसम्मति से ऐसी अमानुषिक को तपस्या का त्याज्य ठहराया। अतएव उन्होंने पापनाशी से नीचे उतर आने का अनुरोध किया।

वह बोला-'यह जीवनप्रणाली परम्परागत व्यवहार के सर्वथा विरुद्ध है। धर्मसिद्धान्त इसकी आज्ञा नहीं देते।'

लेकिन पापनाशी ने उत्तर दिया-'योगी जीवन के नियमों और परम्परागत व्यवहारों की परवाह नहीं करता। योगी स्वयं असाधारण व्यक्ति होता है, इसलिए यदि उसका जीवन भी असाधारण हो तो आश्चर्य की क्या बात है। मैं ईश्वर की प्रेरणा से यहां चढ़ा हूं। उसी के आदेश से उतरुंगा।'

नित्यप्रति धर्म के इच्छुक आकर पापनाशी के शिष्य बनते और उसी स्तम्भ के नीचे अपनी कुटिया बनाते थे। उनमें से कई शिष्यों ने अपने गुरु का अनुकरण करने के लिए मन्दिर के दूसरे स्तम्भों पर चढ़कर तप करना शुरू किया। पर जब उनके अन्य सहचरों ने इसकी निन्दा की, और वह स्वयं धूप और कष्ट न सह सके, तो नीचे उतर आये।

देश के अन्य भागों से पापियों और भक्तों के जत्थे के जत्थे आने लगे। उनमें से कितने ही बहुत दूर से आते थे। उनके साथ भोजन की कोई वस्तु न होती थी। एक वृद्धा विधवा को सूझी कि उनके हाथ ताजा पानी, खरबूजे आदि फल बेचे जायें तो लाभ हो। स्तम्भ के समीप ही उसने मिट्टी के कुल्हड़ जमा किये। एक नीली चादर तानकर उसने नीचे फलों की टोकरियां सजाईं और पीछे खड़ी होकर हांक लगाने लगी- ठंडा पानी, ताजा फल, जिसे खाना या पानी पीना हो चला आवे। इसकी देखा-देखी एक नानबाई थोड़ी सी लाल ईंटें लाया और समीप ही अपना तन्दूर बनाया। इसमें सादी और खमीरी रोटियां सेंककर वह ग्राहकों को खिलाता था। यात्रियों की संख्या दिन प्रतिदिन

बढ़ने लगी। मिस्र देश के बड़े-बड़े शहरों से भी लोग आने लगे। यह देखकर एक लोभी आदमी ने मुसाफिरों और नौकरों, ऊंटों, खच्चरों आदि को ठहराने के लिए एक सराय बनवाई। थोड़े ही दिन में उस स्तम्भ के सामने एक बाजार लग गया, जहां मछुआरे अपनी मछलियां और किसान अपने फल-मेवे ला-लाकर बेचने लगे। एक नाई भी आ पहुंचा जो किसी वृक्ष की छांह में बैठकर यात्रियों की हजामत बनाता था और दिल्लगी की बातें करके लोगों को हंसाता था। पुराना मन्दिर इतने दिन उजड़े रहने के बाद फिर आबाद हुआ। जहां रात-दिन निर्जनता और नीरवता का आधिपत्य रहता था, वहां अब जीवन के दृश्य और चिह्न दिखाई देने लगे। हरदम चहल-पहल रहती। भठियारों ने पुराने मन्दिर के तहखानों के शराबखाने बना दिये और स्तम्भ पर पापनाशी के चित्र लटकाकर उसके नीचे यूनानी और मिस्री लिपियों में यह विज्ञापन लगा दिये- 'अनार की शराब, अंजीर की शराब और सिलिसिया की सच्ची जौ की शराब यहां मिलती है।' दुकानदारों ने उन दीवारों पर जिन पर पवित्र और सुन्दर बेलबूटे अंकित किये हुए थे, रस्सियों से गूंथकर प्याज लटका दिये। तली हुई मछलियां, मरे हुए खरहे और भेड़ों की लाशें सजाई हुई दिखाई देने लगीं। संध्या समय इस खंडहर के पुराने निवासी अर्थात चूहे नदी की ओर दौड़ते और बगुले सन्देहात्मक भाव से गर्दन उठाकर ऊंची कारनिसों पर बैठ जाते; लेकिन वहां भी उन्हें पाकशालाओं के धुएं, शराबियों के शोरगुल और शराब बेचने वालों की हांक-पुकार से चैन न मिलता। चारों तरफ कोठी वालों ने सड़कें, मकान, चर्च, धर्मशालाएं और ऋषियों के आश्रम बनवा दिये। छः महीने न गुजरने पाये थे कि वहां एक अच्छाखासा शहर बस गया, जहां रक्षाकारी विभाग, न्याय, कारागार, सभी बन गये और वृद्ध मुंशी ने एक पाठशाला भी खोल ली। जंगल में मंगल हो गया, ऊसर में बाग लहराने लगा।

यात्रियों का रात-दिन तांता लगा रहता। शैन:शनै: ईसाई धर्म के प्रधान पदाधिकारी भी श्रद्धा के वशीभूत होकर आने लगे। ऐन्टियोक का प्रधान जो उस समय संयोग से मिस्र में था, अपने समस्त अनुयायियों के साथ आया। उसने पापनाशी के असाधारण तप की मुक्तकंठ से प्रशंसा की। मिस्र के अन्य उच्च महारथियों ने इस सम्मति का अनुमोदन किया। एफरायम और सिरापियन के अध्यक्षों ने यह बात सुनी तो उन्होंने पापनाशी के पास आकर उसके चरणों पर सिर झुकाया और पहले इस तपस्या के विरुद्ध जो विचार प्रकट किये थे उनके लिए लज्जित हुए और क्षमा मांगी। पापनाशी ने उत्तर दिया-'बन्धुओं, यथार्थ यह है कि मैं जो तपस्या कर रहा हूं वह केवल उन प्रलोभनों और दुरिच्छाओं के निवारण के लिए है जो सर्वत्र मुझे घेरे रहते हैं और जिनकी संख्या तथा शक्ति को देखकर मैं दहल उठता हूं। मनुष्य का बाह्य रूप बहुत ही सूक्ष्म और स्वल्प होता है। इस ऊंचे शिखर पर से मैं मनुष्यों की चींटियों के समान जमीन पर रेंगते देखता हूं। किन्तु मनुष्य को अन्दर से देखो तो यह अनन्त और अपार है। वह संसार के समाकार है क्योंकि संसार उसके अन्तर्गत है। मेरे सामने जो कुछ है-यह आश्रय, यह अतिथिशालाएं, नदी पर तैरने वाली नौकाएं, यह ग्राम खेत, वन-उपवन, नदियां, नहरें, पर्वत, मरुस्थल वह उसकी तुलना नहीं कर सकते जो मुझमें है। मैं अपने विराट अन्त:स्थल में असंख्य नगरों और सीमाशून्य पर्वतों को छिपाये हुए हूं, और इस

विराट अन्त:स्थल पर इच्छाएं उसी भांति आच्छादित हैं जैसे निशा पृथ्वी पर आच्छादित हो जाती है। मैं, केवल मैं, अविचार एक जगत हूं।'

सातवें महीने में इस्कन्द्रिया से बुबेस्तीस और सायम नाम की दो वंध्या स्त्रियां, इस लालसा में आयीं कि महात्मा के आशीर्वाद और स्तम्भ के अलौकिक गुणों से उनके संतान होगी। अपनी ऊसर देह को पत्थर से रगड़ा। इन स्त्रियों के पीछे जहां तक निगाह पहुंचती थी, रथों, पालकियों और डोलियों का एक जुलूस चला आता था जो स्तम्भ के पास आकर रुक गया और इस देवपुरुष के दर्शन के लिए धक्कम-धक्का करने लगा। इन सवारियों में से ऐसे रोगी निकले जिनको देखकर हृदय कांप उठता था। माताएं ऐसे बालकों को लायी थीं जिनके अंग टेढ़े हो गये थे, आंखें निकल आयी थीं और गले बैठ गये थे। पापनाशी ने उनकी देह पर अपना हाथ रखा। तब अन्धे, हाथों से टटोलते, पापनाशी की ओर दो रक्तमय छिद्रों से ताकते हुए आये। पक्षाघात पीड़ित प्राणियों ने अपने गतिशून्य सूखे तथा संकुचित अंगों की पापनाशी के सम्मुख उपस्थित किया। लंगड़ों ने अपनी टांगें दिखायीं। कछुई के रोग वाली स्त्रियां दोनों हाथों से अपनी छाती को दबाये हुए आयी और उसके सामने अपने जर्जर वक्ष खोल दिये। जलोदर के रोगी, शराब के पीपों की भांति फूले हुए, उसके सम्मुख भूमि पर लेटाये गये। पापनाशी ने इन समस्त रोगी प्राणियों को आशीर्वाद दिया। फीलपांव से पीड़ित हब्शी संभल-संभलकर चलते हुए आये और उसकी ओर करुण नेत्रों से ताकने लगे। उसने उनके ऊपर सलीब का चिह्न बना दिया। एक युवती बड़ी दूर से डोली में लायी गयी थी। रक्त उगलने के बाद तीन दिन से उसने आंखें न खोली थीं। वह एक मोम की मूर्ति की भांति दीखती थी और उसके माता-पिता ने उसे मुर्दा समझकर उसकी छाती पर खजूर की एक पत्ती रख दी थी। पापनाशी ने ज्यों ही ईश्वर से प्रार्थना की, युवती ने सिर उठाया और आंखें खोल दीं।

यात्रियों ने अपने घर लौटकर इन सिद्धियों की चर्चा की तो मिरगी के रोगी भी दौड़े। मिस्र के सभी प्रान्तों से अगणित रोगी आकर जमा हो गये। ज्यों ही उन्होंने यह स्तम्भ देखा तो मूर्छित हो गये, जमीन पर लोटने लगे और उनके हाथ-पैर अकड़ गये। यद्यपि यह किसी को विश्वास न आयेगा, किन्तु वहां जितने आदमी मौजूद थे, सबके-सब बौखला उठे और रोगियों की भांति कुलांचें खाने लगे। पंडित और पुजारी, स्त्री और पुरुष सबके-सब तले ऊपर लोटने-पोटने लगे। सबों के अंग अकड़े हुए थे, मुंह से फिचकुर बहता था, मिट्टी से मुट्ठियां भर-भरकर फांकते और अनर्गल शब्द मुंह से निकालते थे।

पापनाशी ने शिखर पर से यह कुतूहलजनक दृश्य देखा तो उसके समस्त शरीर में विप्लव सा होने लगा। उसने ईश्वर से प्रार्थना की- 'भगवान्', मैं ही छोड़ा हुआ बकरा हूं, और मैं अपने ऊपर इन सारे प्राणियों के पापों का भार लेता हूं, और यही कारण है कि मेरा शरीर प्रेतों और पिशाचों से भरा हुआ है।'

जब कोई रोगी चंगा होकर जाता था तो लोग उसका स्वागत करते थे, उसका जुलूस निकालते थे, बाजे बजाते, फूल उड़ाते और उसके घर तक पहुंचाते थे, और लाखों कंठों से यह ध्वनि निकलती थी- 'हमारे प्रभु मसीह फिर अवतरित हुए!'

बैसाखियों के सहारे चलने वाले दुर्बल रोगी जब आरोग्य लाभ कर लेते थे, तो अपनी बैसाखियां इसी स्तम्भ में लटका देते थे। हजारों बैसाखियां लटकती हुई दिखाई देती थीं और प्रतिदिन उनकी संख्या बढ़ती ही जाती थी। अपनी मुराद पाने वाली स्त्रियां फूल की माला लटका देती थीं। कितने ही यूनानी यात्रियों ने पापनाशी के प्रति श्रद्धामय दोहे अंकित कर दिये। जो यात्री आता था, वह स्तम्भ पर अपना नाम अंकित कर देता था। अतएव स्तम्भ पर जहां तक आदमी के हाथ पहुंच सकते थे, उस समय की समस्त लिपियों-लैटिन, यूनानी, मिस्री, इबरानी, सुरयानी और जन्दी-का विचित्र सम्मिश्रण दृष्टिगोचर था।

जब ईस्टर का उत्सव आया तो इस चमत्कारों और सिद्धियों के नगर में इतनी भीड़भाड़ हुई। देशदेशान्तरों के यात्रियों का ऐसा जमघट हुआ कि बड़े-बड़े बुड्ढे कहते कि पुराने जादूगरों के दिन फिर लौट आये। सभी प्रकार के मनुष्य, नाना प्रकार के वस्त्र पहने हुए वहां नजर आते थे। मिस्र निवासियों के धारीदार कपड़े, अरबों में ढ़ीले पाजामे, हब्शियों के श्वेत जांघिए, यूनानियों के ऊंचे चोंगे, रोमनिवासियों के नीचे लबादे, असभ्य जातियों के लाल सुथने और वेश्याओं की किमखाब की पेशवाजें, भांति-भांति की टोपियों, मुड़ासों, कमरबन्दों और जूतों-इन सभी कलेवरों की झांकियां मिल जाती थीं। कहीं कोई महिला मुंह पर नकाब डाले, गधे पर सवार चली जाती थी, जिसके आगओगे हब्शी खोजे मुसाफिरों को हटाने के लिए छड़ियां घुमाते, 'हटो, बचो, रास्ता दो' का शोर मचाते रहते थे। कहीं बाजीगरों के खेल होते थे। बाजीगर जमीन पर एक जाजिम बिछाये, मौन दर्शकों के समान अद्भुत छलांगें मारता और भांति-भांति के करतब दिखाता था। कभी रस्सी पर चढ़कर ताली बाजाता, कभी बांस गाड़कर उस पर चढ़ जाता और शिखर पर सिर नीचे पैर ऊपर करके खड़ा हो जाता। कहीं मदारियों के खेल थे, कहीं बन्दरों के नाच, कहीं भालुओं की भद्दी नकलें। सपेरे पिटारियों में से सांप निकालकर दिखाते, हथेली पर बिच्छू दिखाते और सांप का विष उतारने वाली जड़ी बेचते थे। कितना शोर था, कितना धूल, कितनी चकम-दमक। कहीं ऊंटवान ऊंटों को पीट रहा है। और जोर-जोर से गालियां दे रहा है, कहीं फेहरी वाले गली में एक झोली लटकाये चिल्ला-चिल्लाकर कोढ़े की ताबीजें और भूतप्रेत आदि व्याधियों के मंत्र बेचते फिरते हैं, कहीं साधुगण स्वर मिलाकर बाइबिल के भजन गा रहे हैं, कहीं भेड़ें मिमिया रही हैं कहीं गधे चिल्ला रहे हैं, मल्लाह यात्रियों को पुकारते हैं 'देर मत करो!' कहीं भिन्न-भिन्न प्रान्तों की स्त्रियां अपने खोये हुए बालकों को पुकार रही हैं, कोई रोता है और कहीं खुशी में लोग आतिशबाजी छोड़ते हैं। इन समस्त ध्वनियों के मिलने से ऐसा शोर होता था कि कान के परदे फटे जाते थे। और इन सबसे प्रबल ध्वनि उन हब्शी लड़कों की थी जो गले फाड़कर खजूर बेचते फिरते थे। और इन समस्त जनसमूह को खुले हुए मैदान में भी सांस लेने को हवा न मयस्सर होती थी। स्त्रियों

के कपड़ों की महक, हब्शियों के वस्त्रों की दुर्गन्ध, खाना पकाने के धुएं और कपूर, लोहबान आदि की सुगन्ध से, जो भक्तजन महात्मा पापनाशी के सम्मुख जलाते थे, समस्त वायुमंडल दूषित हो गया था, लोगों के दम घुटने लगते थे।

जब रात आयी तो लोगों ने अलाव जलाये, मशालें और लालटेनें जलायी गयीं, किन्तु लाल प्रकाश की छाया और काली सूरतों के सिवा और कुछ न दिखाई देता था। मेले के एक तरफ एक वृद्ध पुरुष तेली धुआंती कुप्पी जलाये, पुराने जमाने की एक कहानी कह रहा था। श्रोता लोग घेरा बनाये हुए थे। बुड्ढे का चेहरा धुंधले प्रकाश में चमक रहा था। वह भाव बना-बनाकर कहानी कहता था, और उसकी परछाईं उसके प्रत्येक भाव को बढ़ा-बढ़ाकर दिखाती थी। श्रोतागण परछाईं के विकृत अभिनय देख-देखकर खुश होते थे। यह कहानी बिट्रीऊ की प्रेमकथा थी। बिट्रीऊ ने अपने हृदय पर जादू कर दिया था और छाती से निकालकर एक बबूल के वृक्ष में रखकर स्वयं वृक्ष का रूप धारण कर लिया था। कहानी पुरानी थी। श्रोताओं ने सैकड़ों ही बार इसे सुना होगा, किन्तु वृद्ध की वर्णशैली बड़ी चित्ताकर्षक थी। इसने कहानी को मजेदार बना दिया था। शराबखानों में मद के प्यासे कुर्सियों पर लेटे हुए भांति-भांति के सुधारस पान कर रहे थे और बोतलें खाली करते चले जाते थे। नर्तकियां आंखों में सुरमा लगाये और पेट खोले उनके सामने नाचती और कोई धार्मिक या श्रृंगार रस का अभिनय करती थीं।

एकांत कमरों में युवकगण चौपड़ या कोई खेल खेलते थे, और वृद्धजन वेश्याओं से दिल बहला रहे थे। इन समस्त दृश्यों के ऊपर वह अकेला, स्थिर, अटल स्तम्भ खड़ा था। उसका गोरूपी कलश प्रकाश की छाया में मुंह फैलाये दिखाई देता था, और उसके ऊपर पृथ्वी आकाश के मध्य पापनाशी अकेला बैठा हुआ यह दृश्य देख रहा था। इतने में चांद ने नभ के अंचल में से सिर निकाला, पहाड़ियां नीले प्रकाश में चमक उठीं और पापनाशी को ऐसा भासित हुआ मानो थायस की सजीव मूर्ति नाचते हुए जल के प्रकाश में चमकती, नीले गगन में निरालंब खड़ी है।

दिन गुजरते जाते थे और पापनाशी ज्यों का त्यों स्तम्भ पर आसन जमाये हुए था। वर्षाकाल आया तो आकाश का जल लकड़ी की छत से टपकटपक उसे भिगोने लगा। इससे सरदी खाकर उसके हाथ-पांव अकड़ उठे, हिलना-डोलना मुश्किल हो गया। उधर दिन को धूप की जलन और रात को ओस की शीत खाते-खाते उसके शरीर की खाल फटने लगी और समस्त देह में घाव, छाले और गिल्टियां पड़ गयीं। लेकिन थायस की इच्छा अब भी उसके अन्तःकरण में व्याप्त थी और वह अन्तर्वेदना से पीड़ित होकर चिल्ला उठता था- 'भगवान ! मेरी ओर भी सांसत कीजिए, और भी यातनाएं अभी पीछे पड़ी हुई हैं, विनाश वासनाएं अभी तक मन का मंथन कर रही हैं। भगवान्, मुझ पर प्राणिमात्र की विषयवासनाओं का भार रख दीजिए, उन सबों को प्रायश्चित करुंगा। यद्यपि यह असत्य है कि यूनानी कुतिये ने समस्त संसार का पापभार अपने ऊपर लिया था, जैसा मैंने किसी समय एक मिथ्यावादी मनुष्य को कहते सुना था, लेकिन उस कथा में कुछ आशय अवश्य छिपा हुआ है जिसकी सचाई अब मेरी समझ में आ रही है, क्योंकि इसमें कोई

सन्देह नहीं है कि जनता के पाप धमार्त्माओं की आत्माओं में प्रविष्ट होते हैं और वह इस भांति विलीन हो जाते हैं, मानो कुएं में गिरे पड़े हों। यही कारण है कि पुण्यात्माओं के मन में जितना मल भरा रहता है, उतना पापियों के मन में कदापि नहीं रहता। इसलिए भगवान्, मैं तुझे धन्यवाद देता हूं कि तूने मुझे संसार का मलकुंड बना दिया है।

एक दिन उस पवित्र नगर में यह खबर उड़ी, और पापनाशी के कानों में भी पहुंची कि एक उच्च राज्यपदाधिकारी, जो इस्कन्द्रिया की जलसेना का अध्यक्ष था, शीघ्र ही उस शहर की सैर करने आ रहा है- नहीं बल्कि रवाना हो चुका है।

यह समाचार सत्य था। वयोवृद्ध कोटा, जो उस साल नील सागर की नदियों और जलमार्गों का निरीक्षण कर रहा था, कई बार इस महात्मा और इस नगर को देखने की इच्छा प्रकट कर चुका था। इस नगर का नाम पापनाशी ही के नाम पर 'पापमोचन' रखा गया था। एक दिन प्रभातकाल इस पवित्र भूमि के निवासियों ने देखा कि नील नदी श्वेत पालों से आच्छन्न हो गयी है। कोटा एक सुनहरी नौका पर, जिस पर बैंगनी रंग के पाल लगे हुए थे, अपनी समस्त नाविकशक्ति के आगे आगे निशाना उड़ाता चला आता है। घाट पर पहुंचकर वह उतर पड़ा और अपने मन्त्री तथा अपने वैद्य अरिस्टीयस के साथ नगर की तरफ चला। मन्त्री के हाथ में नदी के मानचित्र आदि थे। और वैद्य से कोटा स्वयं बातें कर रहा था। वृद्धावस्था में उसे वैद्यराज की बातों में आनन्द मिलता था।

कोटा के पीछे सहस्त्रों मनुष्यों का जुलूस चला और जलतट पर सैनिकों की वर्दियां और राज्य कर्मचारियों के चुगेही-चुगे दिखाई देने लगे। इन चुगों में चौड़ी बैंगनी रंग की गांठ लगी थी, जो रोम की व्यवस्थापक सभा के सदस्यों का सम्मान चिह्न थी। कोटा उस पवित्र स्तम्भ के समीप रुक गया और महात्मा पापनाशी को ध्यान से देखने लगा। गरमी के कारण अपने चुगे के दामन से मुंह पर का पसीना वह पोंछता था। वह स्वभाव से विचित्र अनुभवों का प्रेमी था, और अपनी जलयात्राओं में उसने कितनी ही अद्भुत बातें देखी थीं। वह उन्हें स्मरण रखना चाहता था। उसकी इच्छा थी कि अपना वर्तमान इतिहासग्रन्थ समाप्त करने के बाद अपनी समस्त यात्राओं का वृत्तान्त लिखे और जो-जो अनोखी बातें देखी हैं, उसका उल्लेख करे। यह दृश्य देखकर उसे बहुत दिलचस्पी हुई।

उसने खांसकर कहा-'विचित्र बात है! और यह पुरुष मेरा मेहमान था। मैं अपने यात्रावृत्तान्त में वह अवश्य लिखूंगा। हां, गतवर्ष इस पुरुष ने मेरे यहां दावत खायी थी, और उसके एक ही दिन बाद एक वेश्या को लेकर भाग गया था।'

फिर अपने मन्त्री से बोला-'पुत्र, मेरे पत्रों पर इसका उल्लेख कर दो। इसे स्तम्भ की लम्बाई-चौड़ाई भी दर्ज कर देना। देखना, शिखर पर जो गाय की मूर्ति बनी हुई है, उसे न भूलना।'

तब फिर अपना मुंह पोंछकर बोला-'मुझसे विश्वस्त प्राणियों ने कहा है कि इस योगी ने साल भर से एक क्षण के लिए भी नीचे कदम नहीं रखा। क्यों अरिस्टीयस यह सम्भव है! कोई पुरुष पूरे साल भर तक आकाश में लटका रह सकता है?'

अरिस्टीयस ने उत्तर दिया- किसी अस्वस्थ या उन्मत्त प्राणी के लिए जो बात सम्भव है। आपको शायद यह बात न मालूम होगी कि कतिपय शरीरिक और मानसिक विकार न हो, असम्भव है। आपको शायद यह बात न मालूम होगी कि कतिपय शारीरिक और मानसिक विकारों से इतने अद्भुत शक्ति आ जाती है जो तन्दुरुस्त आदमियों में कभी नहीं आ सकती। क्योंकि यथार्थ में अच्छा स्वास्थ्य या बुरा स्वास्थ्य स्वयं कोई वस्तु नहीं है। वह शरीर के अंग-प्रत्यंग की भिन्न-भिन्न दशाओं का नाममात्र है। रोगों के निदान से मैंने वह बात सिद्ध की है कि वह भी जीवन की आवश्यक अवस्थाएं हैं। मैं बड़े प्रेम से उनकी मीमांसा करता हूं, इसलिए कि उन पर विजय प्राप्त कर सकूं। उनमें से कई बीमारियां प्रशंसनीय है और उनमें बहिर्विकार के रूप में अद्भुत आरोग्यवर्द्धक शक्ति छिपी रहती है। उदाहरण: कभीकभी शारीरिक विकारों से बुद्धिशक्तियां प्रखर हो जाती हैं, बड़े वेग से उनका विकास होने लगता है। आप सिरोन को तो जानते हैं। जब वह बालक था तो वह तुतलाकर बोलता था और मन्दबुद्धि था। लेकिन जब एक सीढ़ी पर से गिर जाने के कारण उसकी कपालिक्रिया हो गयी तो वह उच्चश्रेणी का वकील निकला, जैसाकि आप स्वयं देख रहे हैं। इस योगी का कोई गुप्त अंग अवश्य ही विकृत हो गया है। इनके अतिरिक्त इस अवस्था में जीवन व्यतीत करना इतनी असाधारण बात नहीं है, जितनी आप समझ रहे हैं। आपको भारतवर्ष के योगियों की याद है ? वहां के योगीगण इसी भांति बहुत दिनों तक निश्चल रह सकते हैं-एकदो वर्ष नहीं, बल्कि बीस, तीस, चालीस वर्षों तक। कभी-कभी इससे भी अधिक। यहां तक कि मैंने तो सुना है कि वह निर्जल; निराहार सौ-सौ वर्षों तक समाधिस्थ रहते हैं।'

कोटा ने कहा-ईश्वर की सौगन्ध से कहता हूं, मुझे यह दशा अत्यन्त कुतूहलजनक मालूम हो रही है। यह निराले प्रकार का पागलपन है। मैं इसकी प्रशंसा नहीं कर सकता, क्योंकि मनुष्य का जन्म चलने और काम करने के निमित्त हुआ है और उद्योगहीनता साम्राज्य के प्रति अक्षम्य अत्याचार है। मुझे ऐसे किसी धर्म का ज्ञान नहीं है, जो ऐसी आपत्तिजनक क्रियाओं का आदेश करता हो। सम्भव है, एशियाई सम्प्रदायों में इसकी व्यवस्था हो। जब मैं शाम (सीरिया) का सूबेदार था तो मैंने 'हेरा' नगर के द्वार पर एक ऊंचा चबूतरा बना हुआ देखा। एक आदमी साल में दो बार उस पर चढ़ता था और वहां सात दिनों तक चुपचाप बैठा रहता था। लोगों को विश्वास था कि यह प्राणी देवताओं से बातें करता था और शाम देश को धन-धान्यपूर्ण रखने के लिए उनसे विनय करता था। मुझे यह प्रथा निरर्थक सी जान पड़ी, किन्तु मैंने उसे उठाने की चेष्टा नहीं की। क्योंकि मेरा विचार है कि राज्य कर्मचारियों को प्रजा के रीति-रिवाजों में हस्तक्षेप न करना चाहिए, बल्कि इनको मयार्दित रखना उनका कर्तव्य है। शासकों की नीति कदापि न होनी चाहिए कि प्रजा को किसी विशेष मत की ओर खींचें, बल्कि उसको उसी मत की रक्षा करनी चाहिए जो प्रचलित हो, चाहे वह अच्छा हो या बुरा, क्योंकि देश, काल और जाति की परिस्थिति के अनुसार ही उसका जन्म और विकास हुआ है। अगर शासन किसी मत को दमन करने की चेष्टा करता है, तो वह अपने को विचारों में क्रान्तिकारी और व्यवहारों में अत्याचारी सिद्ध करता है, और प्रजा उससे घृणा करे तो सर्वथा क्षम्य है। फिर आप जनता के मिथ्या विचारों का सुधार क्योंकर कर सकते हैं, अगर

उनको समझने और उन्हें निरक्षेप भाव से देखने में असमर्थ हैं? अरिस्टोयस, मेरा विचार है कि इस पक्षियों के बसाये हुए मेघनगर को आकाश में लटका रहने दूं। उस पर नैसर्गिक शक्तियों का कोप ही क्या कम है कि मैं भी उसको उजाड़ने में अग्रसर बनूं। उसके उजाड़ने से मुझे अपयश के सिवा और कुछ हाथ न लगेगा। हां, इस आकाश निवासी योगी के विचारों और विश्वासों को लेखबद्ध करना चाहिए।

यह कहकर उसने फिर खांसा और अपने मन्त्री के कन्धे पर हाथ रखकर बोला-'पुत्र, नोट कर लो कि ईसाई सम्प्रदाय के कुछ अनुयायियों के मतानुसार स्तम्भों के शिखर पर रहना और वेश्याओं को ले भागना सराहनीय कार्य है। इतना और बढ़ा दो कि यह प्रथाएं सृष्टि करने वाले देवताओं की उपासना के प्रमाण हैं। ईसाई धर्म ईश्वरवादी होकर देवताओं के प्रभाव को अभी तक नहीं मिटा सका। लेकिन इस विषय में हमें स्वयं इस योगी ही से जिज्ञासा करनी चाहिए।

तब फिर उठाकर और धूप से आंखों को बचाने के लिए हाथों की आड़ करके उसने उच्च स्वर में कहा- इधर देखो पापनाशी! अगर तुम अभी यह नहीं भूले हो कि तुम एक बार मेरे मेहमान रह चुके हो तो मेरी बातों का उत्तर दो। तुम वहां आकाश पर बैठे क्या कर रहे हो? तुम्हारे वहां जाने का और रहने का क्या उद्देश्य है? क्या तुम्हारा विचार है कि इस स्तम्भ पर चढ़कर तुम देश का कुछ कल्याण कर सकते हो?

पापनाशी ने कोटा को केवल प्रतिमावादी तुच्छ दृष्टि से देखा और उसे कुछ उत्तर देने योग्य न समझा। लेकिन उसका शिष्य लेवियन समीप आकर बोला-'मान्यवर, वह ऋषि समस्त भूमण्डल के पापों को अपने ऊपर लेता और रोगियों को आरोग्य प्रदान करता है।'

कोटा- 'कसम खुदा की, यह तो बड़ी दिल्लगी की बात है तुम कहते हो अरिस्टीयस, यह आकाशवासी महात्मा चिकित्सा करता है। यह तो तुम्हारा प्रतिवादी निकला। तुम ऐसे आकाशरोही वैद्य से क्योंकर पार पा सकोगे?'

अरिस्टीयस ने सिर हिलाकर कहा-यह बहुत सम्भव है कि वह बाजे-बाजे रोगों की चिकित्सा करने में मुझसे कुशल हो। अदाहरणत: मिरगी ही को ले लीजिए। गंवारी बोलचाल में लोग इसे 'देवरोग' कहते हैं, यद्यपि सभी रोग दैवी हैं, क्योंकि उनके सृजन करने वाले तो देवगण ही हैं। लेकिन इस विशेष रोग का कारण अंशत: कल्पनाशक्ति में है और आप यह रोगियों की कल्पना पर जितना प्रभाव डाल सकता है, उतना मैं अपने चिकित्सालय में खरल और दस्ते से औषधियों घोंटकर कदापि नहीं डाल सकता। महाशय, कितनी ही गुप्त शक्तियां हैं जो शास्त्र और बुद्धि से कहीं बढ़कर प्रभावोत्पादक हैं।'

कोटा-'वह कौन शक्तियां हैं?'

अरिस्टीयस- 'मूर्खता और अज्ञान।'

कोटा- 'मैंने अपनी बड़ी-बड़ी यात्राओं में भी इससे विचित्र दृश्य नहीं देखा, और मुझे आशा है कि कभी कोई सुयोग्य इतिहास लेखक 'मोचननगर' की उत्पत्ति का सविस्तार वर्णन करुंगा। लेकिन हम जैसी बहुधन्धी मनुष्यों को किसी वस्तु के देखने में चाहे वह कितना ही कुतूहलजनक क्यों न हो, अपना बहुत समय न गंवाना चाहिए। चलिए, अब नहरों का निरीक्षण करें। अच्छा पापनाशी, नमस्कार। फिर कभी आऊंगा। लेकिन अगर तुम फिर कभी पृथ्वी पर उतरो और इस्कन्द्रिया आने का संयोग हो तो मुझे न भूलना। मेरे द्वार तुम्हारे स्वागत के लिए नित्य खुले हैं। मेरे यहां आकर अवश्य भोजन करना।'

हजारों मनुष्यों ने कोटा के यह शब्द सुने। एक ने दूसरे से कहा- ईसाइयों में और भी नमक मिर्च लगाया। जनता किसी की प्रशंसा बड़े अधिकारियों के मुंह से सुनती है तो उसकी दृष्टि में उस प्रशंसित मनुष्य का आदर-सम्मान सतगुण अधिक हो जाता है। पापनाशी की ओर भी ख्याति होने लगी। सरल हृदय मतानुरागियों ने इन शब्दों को और भी परिमार्जित और अतिशयोक्तिपूर्ण रूप दे दिया। किंवदन्तियां होने लगीं कि महात्मा पापनाशी ने स्तम्भ के शिखर पर बैठे-बैठे, जलसेना के अध्यक्ष को ईसाई धर्म का अनुगामी बना लिया। उसके उपदेशों में यह चमत्कार है कि सुनते ही बड़े-बड़े नास्तिक भी मस्तक झुका देते हैं। कोटा के अन्तिम शब्दों में भक्तों को गुप्त आशय छिपा हुआ प्रतीत हुआ। जिस स्वागत की उस उच्च अधिकारी ने सूचना दी थी वह साधारण स्वागत नहीं था। वह वास्तव में एक आध्यात्मिक भोज, एक स्वर्गीय सम्मेलन, एक पारलौकिक संयोग का निमंत्रण था। उस सम्भाषण की कथा का बड़ा अद्भुत और अलंकृत विस्तार किया गया। और जिन-जिन महानुभावों ने यह रचना की उन्होंने स्वयं पहले उस पर विश्वास किया। कहा जाता था कि जब कोटा ने विशद तर्क-वितर्क के पश्चात सत्य को अंगीकार किया और प्रभु मसीह की शरण में आया तो एक स्वर्गदूत आकाश से उसके मुंह का पसीना पोंछने आया। यह भी कहा जाता था कि कोटा के साथ उसके वैद्य और मन्त्री ने भी ईसाई धर्म स्वीकार किया। मुख्य ईसाई संस्थाओं के अधिष्ठाताओं ने यह अलौकिक समाचार सुना तो ऐतिहासिक घटनाओं में उसका उल्लेख किया। इतने ख्यातिलाभ के बाद यह कहना किंचित मात्र भी अतिशयोक्ति न थी कि सारा संसार पापनाशी के दर्शनों के लिए उत्कंठित हो गया। पराच्य और पाश्चात्य दोनों ही देशों के ईसाइयों की विस्मित आंखें उनकी ओर उठने लगीं। इटली के प्रधान नगरों ने उसके नाम अभिनन्दन पत्र भेजे और रोम के कैंसर कॉन्स्टैनटाइन ने, जो ईसाई धर्म का पक्षपाती था उनके पास एक पत्र भेजा। ईसाई दूत इस पत्र को बड़े आदर-सम्मान के साथ पापनाशी के पास लाये। लेकिन एक रात को जब वह नवजात नगर हिम की चादर ओढ़े सो रहा था, पापनाशी के कानों में यह शब्द सुनाई दिये-पापनाशी, तू अपने कर्मों से प्रसिद्ध और अपने शब्दों से शक्तिशाली हो गया है। ईश्वर ने अपनी कीर्ति को उज्ज्वल करने के लिए तुझे इस सर्वोच्च पद पर पहुंचाया है। उसने तुझे अलौकिक लीलाएं दिखाने, रोगियों को आरोग्य प्रदान करने, नास्तिकों को सन्मार्ग पर लाने, पापियों का उद्धार करने, एरियन के मतानुयायियों के मुख में कालिमा लगाने और ईसाई जगत में शान्ति और सुख-साम्राज्य स्थापित करने के लिए नियुक्त किया है।'

पापनाशी ने उत्तर दिया- 'ईश्वर की जैसी आज्ञा।'

फिर आवाज आयी थी- 'पापनाशी, उठ जा, और विधमीर कॉन्सटेन्स को उसके राज्यप्रसाद में सन्मार्ग पर ला, जो अपने पूज्य बन्धु कॉन्सटेनटाइन का अनुकरण न करके एरियस और मार्क्स के मिथ्यावाद में फंसा हुआ है। जा, विलम्ब न कर। अष्टधातु के फाटक तेरे पहुंचते ही आप ही आप खुल जायेंगे, और तेरी पादुकाओं की ध्वनि; कैसरों के सिंहासन के सम्मुख सजे भवन की स्वर्णभूमि पर प्रतिध्वनित होगी और तेरी प्रतिभामय वाणी कॉन्स्टैनटाइन के पुत्र के हृदय को परास्त कर देगी। संयुक्त और अखण्ड ईसाई सामराज्य पर राज्य करेगा और जिस प्रकार जीव देह पर शासन करता है, उसी प्रकार ईसाई धर्म साम्राज्य पर शासन करेगा। धनी, रईस, राज्याधिकारी, राज्यसभा के सभासद सभी तेरे अधीन हो जायेंगे। तू जनता को लोभ से मुक्त करेगा और असभ्य जातियों के आक्रमणों का निवारण करेगा। वृद्ध कोटा जो इस समय नौकाविभाग का प्रधान है। तुझे शासन का कर्णधार बना हुआ देखकर तेरे चरण धोयेगा। तेरे शरीरान्त होने पर तेरी मृतदेह इस्कन्द्रिया जायेगी और वहां का प्रधान मठधारी उसे एक ऋषि का स्मारक चिह्न समझकर उसका चुम्बन करेगा! जा!'

पापनाशी ने उत्तर दिया-'ईश्वर की जैसी आज्ञा!'

यह कहकर उसने उठकर खड़े होने की चेष्टा की, किन्तु उस आवाज ने उसकी इच्छा को ताड़कर कहा- 'सबसे महत्व की बात यह है कि तू सीढ़ी द्वारा मत उतर! यह तो साधारण मनुष्यों कीसी बात होगी। ईश्वर ने तुझे अद्भुत शक्ति प्रदान की है। तुझ जैसे प्रतिभाशाली महात्मा को वायु में उड़ना चाहिए। नीचे कूद पड़, स्वर्ग के दूत तुझे संभालने के लिए खड़े हैं, तुरन्त कूद पड़।'

पापनाशी न उत्तर दिया- 'ईश्वर की इस संसार में उसी भांति उपस्थिति है जैसे स्वर्ग में है!'

अपनी विशाल बांहें फैलाकर, मानो कि बृहदाकर पक्षी ने अपने छिदरे पंख फैलाये हों, वह नीचे कूदने वाला ही था कि सहसा एक डरावनी, उपहाससूचक हास्यध्वनि उसके कानों में आयी। भीत होकर उसने पूछा- यह कौन हंस रहा है।'

उस आवाज ने उत्तर दिया- 'चौंकते क्यों हो? अभी तो तुम्हारी मित्रता का आरम्भ हुआ है। एक दिन ऐसा आयेगा जब मुझसे तुम्हारा परिचय घनिष्ठ हो जायेगा। मित्रवर, मैंने ही तुझे इस स्तम्भ पर चढ़ने की प्रेरणा की थी और जिस निरापदभाव से तुमने मेरी आज्ञा शिरोधार्य की उससे मैं बहुत प्रसन्न हूं। पापनाशी, मैं तुमसे बहुत खुश हूं।'

पापनाशी ने भयभीत होकर कहा- 'प्रभु, प्रभु ! मैं तुझे अब पहचान गया, खूब पहचान गया। तू ही वह प्राणी है जो प्रभु मसीह को मन्दिर के कलश पर ले गया था और भूमंडल के समस्त साम्राज्यों का दिग्दर्शन कराया था।'

'तू शैतान है! भगवान्, तुम मुझसे क्यों प्राङ्मुख हो?'

वह थरथर कांपता हुआ भूमि पर गिर पड़ा और सोचने लगा-

मुझे पहले इसका ज्ञान क्यों न हुआ? मैं उन नेत्रहीन, बधिर और अपंग मनुष्यों से भी अभागा हूं जो नित्य शरण आते हैं। मेरी अन्तर्दृष्टि सर्वथा ज्योतिहीन हो गयी है, मुझे दैवी घटनाओं का अब लेशमात्र भी ज्ञान नहीं होता और अब मैं उन भ्रष्टबुद्धि पागलों की भांति हूं जो मिट्टी फांकते हैं और मुर्दों की लाशें घसीटते हैं। मैं अब नरक के अमंगल और स्वर्ग के मधुर शब्दों में भेद करने के योग्य नहीं रहा। मुझसे अब उस नवजात शिशु का नैसर्गिक ज्ञान भी नहीं रहा जो माता के स्तनों के मुंह से निकल जाने पर रोता है, उस कुत्ते का सा भी, जो अपने स्वामी के पद चिह्नों की गन्ध पहचानता है, उस पौधे (सूर्यमुखी) कासा भी जो सूर्य की ओर अपना मुख फेरता रहता है। मैं प्रेतों और पिशाचों के परिहास का केन्द्र हूं। यह सब मुझ पर तालियां बजा रहे हैं, जो अब ज्ञात हुआ, कि शैतान ही मुझे यहां खींचकर लाया। जब उसने मुझे इस स्तम्भ पर चाया तो वासना और अहंकार दोनों ही मेरे साथ च आये ! मैं केवल अपनी इच्छाओं के विस्तार ही से शंकायमान नहीं होता। एंटोनी भी अपनी पर्वतगुफा में ऐसे ही प्रलोभनों से पीड़ित है। मैं चाहता हूं कि इन समस्त पिशाचों की तलवार मेरी देह को छेद स्वर्गदूतों के सम्मुख मेरी धज्जियां उड़ा दी जायें। अब मैं अपनी यातनाओं से प्रेम करना सीख गया हूं। लेकिन ईश्वर मुझसे नहीं बोलता, उसका एक शब्द भी मेरे कानों में नहीं आता। उसका यह निर्दय मौन, यह कठोर निस्तब्धता आश्चर्यजनक है। उसने मुझे त्याग दिया है- मुझे, जिसका उसके सिवा और कोई अवलम्ब न था। वह मुझे इस आफत में अकेला निस्सहाय छोड़े हुए है। वह मुझसे दूर भागता है, घृणा करता है। लेकिन मैं उसका पीछा नहीं छोड़ सकता। यहां मेरे पैर जल रहे हैं, मैं दौड़कर उसके पास पहुंचूंगा।

यह कहते ही उसने वह सीढ़ी थाम ली जो स्तम्भ के सहारे खड़ी थी, उस पर पैर रखे और एक डण्डा नीचे उतरा कि उसका मुख गोरूपी कलश के सम्मुख आ गया। उसे देखकर गोमूर्ति विचित्र रूप से मुस्कराई। उसे अब इसमें कोई सन्देह न था कि जिस स्थान को उसने शांतिलाभ और सत्कीर्ति के लिए पसंद किया था, वह उसके सर्वनाश और पतन का सिद्ध हुआ। वह बड़े वेग से उतरकर जमीन पर आ पहुंचा। उसके पैरों को अब खड़े होने का भी अभ्यास न था, वे डगमगाते थे। लेकिन अपने ऊपर इस पैशाचिक स्तंभ की परछाईं पड़ते देखकर वह जबरदस्ती दौड़ा, मानो कोई कैदी भाग जाता हो। संसार निद्रा में मग्न था। वह सबसे छिपा हुआ उस चौक से होकर निकला जिसके चारों ओर शराब की दुकानें, सराएं, धर्मशालाएं बनी हुई थीं और एक गली में घुस गया, जो लाइबिया की पहाड़ियों की ओर जाती थी। विचित्र बात यह थी कि एक कुत्ता भी भूंकता हुआ उसका पीछा कर रहा था और जब एक मरुभूमि के किनारे तक उसे दौड़ा न ले गया, उसका पीछा न छोड़ा। पापनाशी ऐसे देहातों में पहुंचा जहां सड़कें या पगडंडियां न थीं, केवल वनजन्तुओं के पैरों के निशान थे। इस निर्जन प्रदेश में वह एक दिन और रात लगातार अकेला भागता चला गया।

अन्त में जब वह भूख, प्यास और थकान से इतना बेदम हो गया कि पांव लड़खड़ाने लगे, ऐसा जान पड़ने लगा कि अब जीता न बचूंगा तो वह एक नगर में पहुंचा जो दायें-बायें इतनी दूर तक फैला हुआ था कि उसकी सीमाएं नीले क्षितिज में विलीन हो जाती थीं। चारों ओर निस्तब्धता छायी

हुई थी, किसी प्राणी का नाम न था। मकानों की कमी न थी, पर वह दूर-दूर पर बने हुए थे, और उन मिस्री मीनारों की भांति दीखते थे जो बीच में काट लिये गये हों। सबों की बनावट एक सी थी, मानो एक ही इमारत की बहुत सी नकलें की गयी हों। वास्तव में यह सब कब्रे थीं। उनके द्वार खुले ओर टूटे हुए थे, और उनके अन्दर भेड़ियों और लकड़बग्घों की चमकती हुई आंखें नजर आती थीं, जिन्होंने वहां बच्चे दिये थे। मुर्दे कब्रों के सामने बाहर पड़े हुए थे जिन्हें डाकुओं ने नोचखसोट लिया था और जंगली जानवरों ने जगह-जगह चबा डाला था। इस मृतपुरी में बहुत देश तक चलने के बाद पापनाशी एक कब्र के सामने थककर गिर पड़ा, जो छुहारे के वृक्षों से ढंके हुए एक सोते के समीप थी। यह कब्र खूब सजी हुई थी, उसके ऊपर बेलबूटे बने हुए थे, किन्तु कोई द्वार न था। पापनाशी ने एक छिद्र में से झांका तो अन्दर एक सुन्दर, रंगा हआ तहखाना दिखाई पड़ा जिसमें सांपों के छोटे-छोटे बच्चे इधर-उधर रेंग रहे थे। उसे अब भी यही शंका हो रही थी कि ईश्वर ने मेरा हाथ छोड़ दिया है और मेरा कोई अवलम्ब नहीं है।

उसने एक दिन दीर्घ नि:श्वास लेकर कहा- 'इसी स्थान में मेरा निवास होगा, यही कब्र अब मेरे प्रायश्चित और आत्मदमन का आश्रयस्था न होगी।'

उसके पैर तो उठ न सकते थे, लेटे-लेटे खिसकता हुआ वह अन्दर चला गया, सांपों को अपने पैरों से भगा दिया और निरन्तर अठारह घण्टों तक पक्की भूमि पर सिर रखे हुए औंधे मुंह पड़ा रहा। इसके पश्चात वह उस जलस्रोत पर गया और चुल्लू से पेट भर पानी पिया। तब उसने थोड़े छुहारे तोड़े और कई कमल की बेलें निकाकर कमल गट्टे जमा किये। यही उसका भोजन था। क्षुधा और तृषा शान्त होने पर उसे ऐसा अनुमान हुआ कि यहां वह सभी विघ्नबाधाओं से मुक्त होकर कालक्षेप कर सकता है। अतएव उसने इसे अपने जीवन का नियम बना लिया। प्रात:काल से संध्या तक वह एक क्षण के लिए भी सिर ऊपर न उठाता था।

एक दिन जब वह इस भांति औंधे मुंह पड़ा हुआ था तो उसके कानों में किसी के बोलने की आवाज आयी- पाषाणचित्रों को देख, तुझे ज्ञान प्राप्त होगा।

यह सुनते ही उसने सिर उठाया और तहखाने की दीवारों पर दृष्टिपात किया तो उसे चारों ओर सामाजिक दृश्य अंकित दिखाई दिये। जीवन की साधारण घटनाएं जीती-जागती मूर्तियों द्वारा प्रकट की गयी थीं। यह बड़े प्राचीन समय की चित्रकारी थी और इतनी उत्तम कि जान पड़ता मूर्तियां अब बोलना ही चाहती हैं। चित्रकार ने उनमें जान डाल दी थी। कहीं कोई नानबाई रोटियां बना रहा था और गोलों को कुप्पी की तरह फुलाकर आग फूंकता था, कोई बत्तखों के पर नोंच रहा था और कोई पतीलियों में मांस पका रहा था। जरा और हटकर एक शिकारी कन्धों पर हिरन लिये जाता था, जिसकी देह में बाण चुभे दिखाई देते थे। एक स्थान पर किसान खेती का कामकाज करते थे। कोई बोता था, कोई काटता था, कोई अनाज बखारों से भर रहा था। दूसरे स्थान पर कई स्त्रियां वीणा, बांसुरी और तम्बूरों पर नाच रही थीं। एक सुन्दर युवती सितार बजा रही थी। उसके केशों में कमल का पुष्प शोभा दे रहा था। केश बड़ी सुन्दरता से गुंथे हुए थे। उसके स्वच्छ महीन कपड़ों

से उसके निर्मल अंगों की आभा झलकती थी। उसके मुख और वक्षस्थल की शोभा अद्वितीय थी। उसका मुख एक ओर को फिरा हुआ था, पर कमल नेत्र सीधे ही ताक रहे थे। सर्वांग अनुपम, अद्वितीय, मुग्धकर था। पापनाशी ने उसे देखते ही आंखें नीची कर लीं और उस आवाज को उत्तर दिया- 'तू मुझे इन तस्वीरों का अवलोकन करने का आदेश क्यों देता है। इसमें तेरी क्या इच्छा है? यह सत्य है कि इन चित्रों में प्रतिमावादी पुरुष के सांसारिक जीवन का अंकन किया गया है, जो यहां मेरे पैरों के नीचे* एक कुएं की तह में, काले पत्थर के सन्दूक में बन्द, गड़ा हुआ है। उनसे एक मरे हुए प्राणी की याद आती है, और यद्यपि उनके रूप बहुत चमकीले हैं, पर यथार्थ में वह केवल छाया नहीं, छाया की छाया है, क्योंकि मानवजीवन स्वयं छायामात्र है। मृतदेह का इतना महत्व इतना गर्व!'

उस आवाज ने उत्तर दिया- 'अब वह मर गया है लेकिन एक दिन जीवित था। लेकिन तू एक दिन मर जायेगा और तेरा कोई निशान न होगा। तू ऐसा मिट जायेगा मानो कभी तेरा जन्म ही नहीं हुआ था।'

उस दिन से पापनाशी का चित्त आठों पहर चंचल रहने लगा। एक पल के लिए उसे शान्ति न मिलती। उस आवाज की अविश्रान्त ध्वनि उसके कानों में आया करती। सितार बजाने वाली युवती अपनी लम्बी पलकों के नीचे तक उसकी ओर टकटकी लगाये रहती। आखिर एक दिन वह भी बोली- 'पापनाशी, इधर देख! मैं कितनी मायाविनी और रूपवती हूं! मुझे प्यार क्यों नहीं करता? मेरे प्रेमालिंगन में उस प्रेमदाह को शान्त कर दे जो तुझे विकल कर रहा है। मुझसे तू व्यर्थ आशंकित है। तू मुझसे बच नहीं सकता, मेरे प्रेमपाशों से भाग नहीं सकता! मैं नारी सौन्दर्य हूं। हतबुद्धि! मूर्ख! तू मुझसे कहां भाग जाने का विचार करता है? तुझे कहां शरण मिलेगी? तुझे सुन्दर पुष्पों की शोभा में, खजूर के वृक्षों के फूलों में, उसकी फलों से लदी हुई डालियों में, कबूतरों के पर में, मृगाओं की छलांगों में, जलप्रपातों के मधुर कलरव में, चांद की मन्द ज्योत्सना में, तितलियों के मनोहर रंगों में और यदि अपनी आंखें बंद कर लेगा, तो अपने अंत:स्थल में मेरा ही स्वरूप दिखाई देगा। मेरा सौंदर्य सर्वव्यापक है। एक हजार वर्षों से अधिक हुए कि उस पुरुष ने जो यहां महीन कफन में वेष्टित, एक काले पत्थर की शय्या पर विश्राम कर रहा है, मुझे अपने हृदय से लगाया था। एक हजार वर्षों से अधिक हुआ कि उसने मेरे सुधामय अधरों का अन्तिम बार रसास्वादन किया था और उसकी दीर्घ निद्रा अभी तक उसकी सुगन्ध से महक रही है। पापनाशी, तुम मुझे भलीभांति जानते हो? तुम मुझे भूल कैसे गये? मुझे पहचाना क्यों नहीं! इसी पर आत्मज्ञानी बनने का दावा करते हो? मैं थायस के असंख्य अवतारों में से एक हूं। तुम विद्वान हो और जीवों के तत्त्व को जानते हो। तुमने बड़ी-बड़ी यात्राएं की हैं और यात्राओं ही से मनुष्य आदमी बनता है, उसके ज्ञान और बुद्धि का विकास होता है। यात्रा के दिनों में बहुधा इतनी नवीन वस्तुएं देखने में आ जाती हैं, जितनी घर पर बैठे हुए दस वर्ष में भी न आयेंगी। तुमने सुना है कि पूर्वकाल में थायस हेलेन के नाम से यूनान में रहती थी। उसने थीब्स में फिर दूसरा अवतार लिया। मैं ही

थीब्स की थायस थी। इसका कारण क्या है कि तुम इतना भी न भांप सके। पहचानो, यह किसकी कब्र है? क्या तुम बिल्कुल भूल गये कि हमने कैसे-कैसे विहार किये थे। जब मैं जीवित थी तो मैंने इस संसार के पापों का बड़ा भार अपने सिर पर लिया था और अब केवल छायामात्र रह जाने पर भी एक चित्र के रूप में भी, मुझमें इतनी सामर्थ्य है कि मैं तुम्हारे पापों को अपने ऊपर ले सकूं। हां, मुझमें इतनी सामर्थ्य है। जिसने जीवन में समस्त संसार के पापों का भार उठाया, क्या उसका चित्र अब एक प्राणी के पापों को भार न उठा सकेगा। विस्मित क्यों होते हो? आश्चर्य की कोई बात नहीं। विधाता ही ने यह व्यवस्था कर दी कि तुम जहां जाओगे, थायस तुम्हारे साथ रहेगी। अब अपनी चिरसंगिनी थायस की क्यों अवहेलना करते हो? तुम विधाता के नियम को नहीं तोड़ सकते।'

पापनाशी ने पत्थर के फर्श पर अपना सिर पटक दिया और भयभीत होकर चीख उठा। अब यह सितारवादिनी नित्यप्रति दीवार से न जाने किस तरह अलग होकर उसके समीप आ जाती और मन्दश्वास लेते हुए उससे स्पष्ट शब्दों में वार्तालाप करती। और जब वह विरक्त प्राणी उसकी क्षुब्ध चेष्टाओं का बहिष्कार करता तो वह उससे कहती- 'प्रियतम! मुझे प्यार क्यों नहीं करते? मुझसे इतनी निठुराई क्यों करते हो? जब तक तुम मुझसे दूर भागते रहोगे, मैं तुम्हें विकल करती रहूंगी, तुम्हें यातनाएं देती रहूंगी। तुम्हें अभी यह नहीं मालूम है कि मृत स्त्री की आत्मा कितनी धैर्यशालिनी होती है। अगर आवश्यकता हो तो मैं उस समय तक तुम्हारा इन्तजार करुंगी जब तक तुम मर न जाओगे। मरने के बाद भी मैं तुम्हारा पीछा न छोडूंगी। मैं जादूगरनी हूं, मुझे मंत्रों का बहुत अभ्यास है। मैं तुम्हारी मृतदेह में नया जीव डाल दूंगी। जो उसे चैतन्य कर देगा और जो मुझे वह वस्तु प्रदान करके अपने को धन्य मानेगा जो मैं तुमसे मांगते-मांगते हार गयी और न पा सकी! मैं उस पुनजीर्वित शरीर के साथ मनमाना सुख भोग करुंगी। और प्रिय पापनाशी, सोचो, तुम्हारी दशा कितनी करुणाजनक होगी जब तुम्हारी स्वर्गवासिनी आत्मा उस ऊंचे स्थान पर बैठे हुए देखेगी कि मेरी ही देह की क्या छीछालेदर हो रही है। स्वयं ईश्वर जिसने हिसाब के दिन के बाद तुम्हें अनन्तकाल तक के लिए यह देह लौटा देने का वचन दिया है, चक्कर में पड़ जायेगा कि क्या करूं। वह उस मानव शरीर को स्वर्ग के पवित्र धाम में कैसे स्थान देगा जिसमें एक प्रेत का निवास है और जिससे एक जादूगरनी की माया लिपटी हुई है? तुमने उस कठिन समस्या का विचार नहीं किया। न ईश्वर ही ने उस पर विचार करने का कष्ट उठाया। तुमसे कोई पर्दा नहीं। हम तुम दोनों एक ही हैं ईश्वर बहुत विचारशील नहीं जान पड़ता। कोई साधारण जादूगर उसे धोखें में डाल सकता है; और यदि उसके पास आकाश, वज्र और मेघों की जलसेना न होती तो देहाती लौंडे उसकी दाढ़ी नोचकर भाग जाते, उससे कोई भयभीत न होता, और उसकी विस्तृत सृष्टि का अन्त हो जाता। यथार्थ में उसका पुराना शत्रु सर्प उससे कहीं चतुर और दूरदर्शी है। सर्पराज के कौशल का पारावार नहीं है। यह कलाओं में प्रवीण हैं यदि मैं ऐसी सुन्दरी हूं तो इसका कारण यह है कि उसने मुझे अपने ही हाथों से रचा और यह शोभा प्रदान की। उसी ने मुझे बालों का गूंथना, अर्धकुसुमित अधरों से हंसना और आभूषणों से अंगों को सजाना सिखाया। तुम अभी तक उसका

माहात्म्य नहीं जानते। जब तुम पहली बार इस कब्र में आये तो तुमने अपने पैरों से उन सर्पों को भगा दिया जो यहां रहते थे और उनके अंडों को कुचल डाला। तुम्हें इसकी लेशमात्र भी चिन्ता न हुई कि यह सर्पराज के आत्मीय हैं। मित्र, मुझे भय है कि इस अविचार का तुमको कड़ा दंड मिलेगा। सर्पराज तुमसे बदला लिये बिना न रहेगा। तिस पर भी तुम इतना तो जानते ही थे कि वह संगीत में निपुण और प्रेमकला में सिद्धहस्त है। तुमने यह जानकर भी उसकी अवज्ञा की। कला और सौन्दर्य दोनों ही से झगड़ा कर बैठे, दोनों को ही पांव तले कुचलने की चेष्टा की। और अब तुम दैहिक और मानसिक आतंकों से ग्रस्त हो रहे हो। तुम्हारा ईश्वर क्यों तुम्हारी सहायता नहीं करता? उसके लिए यह असम्भव है। उसका आकार भूमंडल के आकार के समान ही है, इसलिए उसे चलने की जगह ही कहां है, और अगर असम्भव को सम्भव मान लें, तो उसकी भूमंडलव्यापी देह के किंचितमात्र हिलने पर सारी सृष्टि अपनी जगह से खिसक जायेगी, संसार का नाम ही न रहेगा। तुम्हारे सर्वज्ञाता ईश्वर ने अपनी सृष्टि में अपने को कैद कर रखा है।

पापनाशी को मालूम था कि जादू द्वारा बड़े-बड़े अनैसर्गिक कार्य सिद्ध हो जाया करते हैं। यह विचार करके उसको बड़ी घबराहट हुई-

शायद वह मृत पुरुष जो मेरे पैरों के नीचे समाधिस्थ है, उन मन्त्रों को याद रखे हुए है जो 'गुप्त ग्रंथ' में गुप्त रूप से लिखे हुए हैं। वह ग्रंथ अवश्य ही किसी बादशाह की कब्र के निकट होगी। उन मन्त्रों के बल से मुर्दे वही देह धारण कर लेते हैं, जो उन्होंने इस लोक में धारण किया था, और फिर सूर्य के प्रकाश और रमणियों की मन्द मुस्कान का आनन्द उठाते हैं।

उसको सबसे अधिक भय इस बात का था कि कहीं यह सितार बजाने वाली सुन्दरी और वह मृत पुरुष निकल न आये और उसके सामने उसी भांति संभोग न करने लगें, जैसे वह अपने जीवन में किया करते थे। कभी-कभी उसे ऐसा मालूम होता था कि चुम्बन का शब्द सुनाई दे रहा है।

वह मानसिक ताप से जला जाता था, और अब ईश्वर की दयादृष्टि से वंचित होकर उसे विचारों से उतना ही भय लगता था, जितना भावों से। न जाने मन में कब क्या भाव जागृत हो जाय।

एक दिन संध्या समय जब वह अपने नियमानुसार औंधे मुंह पड़ा सिजदा कर रहा था; किसी अपरिचित प्राणी ने उससे कहा-

'पापनाशी, पृथ्वी पर उससे कितने ही अधिक और कितने ही विचित्र प्राणी बसते हैं, जितना तुम अनुमान कर सकते हो, और यदि मैं तुम्हें यह सब दिखा सकूं जिसका मैंने अनुभव किया है, तो तुम आश्चर्य से भर जाओगे। संसार में ऐसे मनुष्य भी हैं जिनके ललाट के मध्य में केवल एक ही आंख होती है और वह जीवन का सारा काम उसी एक आंख से करते हैं। ऐसे प्राणी भी देखे गये हैं जिनके एक ही टांग होती है और वह उछल-उछलकर चलते हैं। इन एक टांगों से एक पूरा प्रान्त बसा हुआ है। ऐसे प्राणी भी हैं, जो इच्छानुसार स्त्री या पुरुष बन जाते हैं। उनका लिंगभेद नहीं होता। इतना ही सुनकर न चकराओ; पृथ्वी पर मानव वृक्ष हैं जिनकी जड़ें जमीन में फैलती हैं, बिना सिर वाले मनुष्य हैं, जिनकी छाती में मुंह, दो आंखें और एक नाक रहती है। क्या तुम शुद्ध

मन से विश्वास करते हो कि प्रभु मसीह ने इन प्राणियों की मुक्ति के निमित्त ही शरीर त्याग किया? अगर उसने इन दुखियों को छोड़ दिया है, तो यह किसकी शरण जायेंगे, कौन इनकी मुक्ति का दायी होगा?'

इसके कुछ समय बाद पापनाशी को एक स्वप्न हुआ। उसने निर्मल प्रकाश में एक चौड़ी सड़क, बहते हुए नाले और लहलहाते हुए उद्यान देखे। सड़क पर अरिस्टोबोलस और चेरियास अपने अरबी घोड़ों को सरपट दौड़ाये चले जाते थे और इस चौगान दौड़ से उनका चित्त इतना उल्लसित हो रहा था कि उनके मुंह अरुणवर्ण हुए जाते थे। उनके समीप ही के एक पेशताक में खड़ा कवि कलिक्रान्त अपनी कविता पढ़ रहा था। सफल वर्ग उसके स्वर में कांपता था और उसकी आंखों में चमकता था। उद्यान में जेनाथेमीज पके हुए सेब चुन रहा था और एक सर्प को थपकियां दे रहा था, जिसके नीले पर थे। हरमोडोरस श्वेत वस्त्र पहने, सिर पर एक रत्नजणित मुकुट रखे, एक वृक्ष के नीचे ध्यान में मग्न बैठा था। इस वृक्ष में फूलों की जगह छोटे-छोटे सिर लटक रहे थे जो मिस्र देश की देवियों की भांति गिद्ध, बाज या उज्ज्वल चन्द्रमण्डल का मुकुट पहने हुए थे। पीछे की ओर एक जलकुण्ड के समीप बैठा हुआ निसियास नक्षत्रों की अनन्त गति का अवलोकन कर रहा था।

तब एक स्त्री मुंह पर नकाब डाले और हाथ में मेहंदी की एक टहनी लिये पापनाशी के पास आयी और बोली-'पापनाशी, इधर देख! कुछ लोग ऐसे हैं जो अनन्त सौन्दर्य के लिए लालायित रहते हैं, और अपने नश्वर जीवन को अमर समझते हैं। कुछ ऐसे प्राणी भी हैं, जो जड़ और विचार शून्य हैं, जो कभी जीवन के तत्त्वों पर विचार ही नहीं करते लेकिन दोनों ही केवल जीवन के नाते प्रकृति देवी की आज्ञाओं का पालन करते हैं; वह केवल इतने ही से सन्तुष्ट और सुखी हैं कि हम जीते हैं, और संसार के अद्वितीय कलानिधि का गुणगान करते हैं क्योंकि मनुष्य ईश्वर की मूर्तिमान स्तुति है। प्राणी मात्र का विचार है कि सुख एक निष्पाप, विशुद्ध वस्तु है, और सुखभोग मनुष्य के लिए वर्जित नहीं है। अगर इन लोगों का विचार सत्य है तो पापनाशी, तुम कहीं के न रहे। तुम्हारा जीवन नष्ट हो गया। तुमने प्रकृति के दिये हुए सर्वोत्तम पदार्थ को तुच्छ समझा। तुम जानते हो, तुम्हें इसका क्या दण्ड मिलेगा?'

पापनाशी की नींद टूट गयी।

इसी भांति पापनाशी को निरन्तर शारीरिक तथा मानसिक प्रलोभनों का सामना करना पड़ता था। यह दुष्प्रेरणाएं उसे सर्वत्र घेरे रहती थीं। शैतान एक पल के लिए भी उसे चैन न लेने देता। उस निर्जन कब्र में किसी बड़े नगर की सड़कों से भी अधिक प्राणी बसे हुए जान पड़ते थे। भूत-पिशाच हंस-हंसकर शोर मचाया करते और अगणित प्रेत, चुड़ैल आदि और नाना प्रकार की दुरात्माएं जीवन का साधारण व्यवहार करती रहती थीं। संध्या समय जब वह जलधारा की ओर जाता तो चुड़ैले उसके चारों ओर एकत्र हो जातीं और उसे अपने कामोत्तेजक नृत्यों में खींच ले जाने की चेष्टा करतीं। पिशाचों को अब उससे जरा भी भय न होता था। वे उसका उपहास करते,

उस पर अश्लील व्यंग करते और बहुधा उस पर मुष्टिप्रहार भी कर देते। वह इन अपमानों से अत्यन्त दु:खी होता था। एक दिन एक पिशाच, जो उसकी बांह से बड़ा नहीं था, उस रस्सी को चुरा ले गया जो वह अपनी कमर में बांधे था। अब वह बिल्कुल नंगा था। आवरण की छाया भी उसकी देह पर न थी। यह सबसे घोर अपमान था जो एक तपस्वी का हो सकता था।

पापनाशी ने सोचा- मन तू मुझे कहां लिये जाता है?

उस दिन से उसने निश्चय किया कि अब हाथों से श्रम करेगा जिसमें विचारेंद्रियों को वह शान्ति मिले जिसकी उन्हें बड़ी आवश्यकता थी। आलस्य का सबसे बुरा फल कुप्रवृत्तियों को उकसाना है।

जलधारा के निकट, छुहारे के वृक्षों के नीचे कई केले के पौधे थे जिनकी पत्तियां बहुत बड़ी-बड़ी थीं। पापनाशी ने उनके तने काट लिये और उन्हें कब्र के पास लाया। उन्हें उसने एक पत्थर से कुचला और उनके रेशे निकाले। रस्सी बनाने वालों को उसने केले के तार निकालते देखा था। वह उस रस्सी की जगह जो एक पिशाच चुरा ले गया था कमरे में लपेटने के लिए दूसरी रस्सी बनाना चाहता था। प्रेतों ने उसकी दिनचर्या में यह परिवर्तन देखा तो क्रुद्ध हुए। किन्तु उसी क्षण से उनका शोर बन्द हो गया, और सितार वाली रमणी ने भी अपनी अलौकिक संगीतकला को बन्द कर दिया और पूर्ववत दीवार से जा मिली और चुपचाप खड़ी हो गयी।

पापनाशी ज्यों-ज्यों केले के तनों को कुचलता था, उसका आत्मविश्वास, धैर्य और धर्मबल बढ़ता जाता था।

उसने मन में विचार किया- ईश्वर की इच्छा है तो अब भी इन्द्रियों का दमन कर सकता हूं। रही आत्मा, उसकी धर्मनिष्ठा अभी तक निश्चल और अभेद्य है। ये प्रेत, पिशाचगण और वह कुलटा स्त्री, मेरे मन में ईश्वर के सम्बन्ध में भांति-भांति की शंकाएं उत्पन्न करते रहते हैं। मैं ऋषि जॉन के शब्दों में उनको यह उत्तर दूंगा-आदि में शब्द था और शब्द भी निराकार ईश्वर था। यह मेरा अटल विश्वास है, और यदि मेरा विश्वास मिथ्या और भ्रममूलक है, तो मैं दृढ़ता से उस पर विश्वास करता हूं। वास्तव में इसे मिथ्या ही होना चाहिए। यदि ऐसा न होता तो मैं 'विश्वास' करता, केवल ईमान न लाता बल्कि अनुभव करता, जानता। अनुभव से अनन्त जीवन नहीं प्राप्त होता ज्ञान हमें मुक्ति नहीं दे सकता। उद्धार करने वाला केवल विश्वास है। अत: हमारे उद्धर की भित्ति मिथ्या और असत्य है।

यह सोचते-सोचते वह रुक गया। तर्क उसे न जाने किधर लिये जाता था।

वह इन बिखरे हुए रेशों को दिनभर धूप में सुखाता और रात-भर ओस में भीगने देता। दिन में कई बार वह रेशों को फेरता था कि कहीं सड़ न जायें। अब उसे यह अनुभव करके परम आनन्द होता था कि बालकों के समान सरल और निष्कपट हो गया है।

रस्सी बट चुकने के बाद उसने चटाइयां और टोकरियां बनाने के लए नरकट काटकर जमा किया। वह समाधिकुटी एक टोकरी बनाने वाले की दूकान बन गयी। और अब पापनाशी जब चाहता ईश प्रार्थना करता, जब चाहता काम करता; लेकिन इतना संयम और यत्न करने पर भी ईश्वर की उस पर दयादृष्टि न हुई। एक रात को वह एक ऐसी आवाज सुनकर जाग पड़ा जिसने उसका एक-एक रोआं खड़ा कर दिया। यह उसी मरे हुए आदमी की आवाज थी जो उस कब्र के अन्दर दफन था। और कौन बोलने वाला था?

आवाज सायं-सायं करती हुई जल्दी-जल्दी यों पुकार रही थी- 'हेलेन, हेलेन, आओ, मेरे साथ स्नान करो!'

एक स्त्री ने जिसका मुंह पापनाशी के कानों के समीप ही जान पड़ता था, उत्तर दिया- प्रियतम, मैं उठ नहीं सकती। मेरे ऊपर एक आदमी सोया हुआ है।

सहसा पापनाशी को ऐसा मालूम हुआ कि वह अपना गाल किसी स्त्री के हृदयस्थल पर रखे हुए है। वह तुरन्त पहचान गया कि वही सितार बजाने वाली युवती है। वह ज्यों ही जरा सा खिसका तो स्त्री का बोझ कुछ हलका हो गया और उसने अपनी छाती ऊपर उठायी। पापनाशी तब कामोन्मत्त होकर, उस कोमल, सुगंधमय, गर्म शरीर से चिमट गया और दोनों हाथों से उसे पकड़कर भींच लिया! सर्वनाशी दुर्दमनीय वासना ने उसे परास्त कर दिया। गिड़गिड़ाकर वह कहने लगा- 'ठहरो, ठहरो, प्रिय! ठहरो, मेरी जान!'

लेकिन युवती एक छलांग में कब्र के द्वार पर जा पहुंची। पापनाशी को दोनों हाथ फैलाये, देखकर वह हंस पड़ी और उसकी मुस्कराहट राशि की उज्ज्वल किरणों में चमक उठी।

उसने निष्ठुरता से कहा- 'मैं क्यों ठहरूं? ऐसे प्रेमी के लिए जिसकी भावनाशक्ति इतनी सजीव और परखर हो, छाया ही काफी है। फिर तुम अब पतित हो गये, तुम्हारे पतन में अब कोई कसर नहीं रही। मेरी मनोकामना पूरी हो गयी, अब मेरा तुमसे क्या नाता?'

पापनाशी ने सारी रात रो-रोकर काटी और उषाकाल हुआ तो उसने प्रभु मसीह की वंदना की जिसमें भक्तिपूर्ण व्यंग भरा हुआ था- ईशु, प्रभु ईशु, तूने क्यों मुझसे आंखें फेर लीं! तू देख रहा है कि मैं कितनी भयावह परिस्थितियों में घिरा हुआ हूं। मेरे प्यारे मुक्तिदाता आ, मेरी सहायता कर। तेरा पिता मुझसे नाराज है, मेरी अनुनय-विनय कुछ नहीं सुनता, इसलिए याद रख कि तेरे सिवाय मेरा अब कोई नहीं है। तेरे पिता से अब मुझे कोई आशा नहीं है मैं उसके रहस्य को समझ नहीं सकता और न उसे मुझ पर दया आती है। किन्तु तूने एक स्त्री के गर्भ से जन्म लिया है, तूने माता का स्नेह भोग किया है और इसलिए तुझ पर मेरी श्रद्धा है। याद रख कि तू भी एक समय मानव देहधारी था। मैं तेरी प्रार्थना करता हूं, इस कारण नहीं कि तू ईश्वर का ईश्वर, ज्योति की ज्योति परमपिता है, बल्कि इस कारण कि तूने इस लोक में, जहां अब मैं नाना यातनाएं भोग रहा हूं, दरिद्र और दीन प्राणियों का सा जीवन व्यतीत किया है, इस कारण कि शैतान ने तुझे भी

कुवासनाओं के भंवर में डालने की चेष्टा की है, और मानसिक वेदना ने तेरे भी मुख को पसीने से तर किया है। मेरे मसीह, मेरे बन्धु मसीह, मैं तेरी दया का, तेरी मनुष्यता का प्रार्थी हूं।

जब वह अपने हाथों को मल-मलकर यह प्रार्थना कर रहा था, तो अट्टाहास की प्रचंड ध्वनि से कब्र की दीवारें हिल गयीं और वही आवाज, जो स्तम्भ शिखर पर उसके कानों में आयी थी, अपमानसूचक शब्दों में बोली- 'यह प्रार्थना तो विधमीर मार्कस के मुख से निकलने के योग्य है! पापनाशी भी मार्कस का चेला हो गया। वाह वाह! क्या कहना! पापनाशी विधमीर हो गया!'

पापनाशी पर मानो वज्रघात हो गया। वह मूर्छित होकर पृथ्वी पर गिर पड़ा।

जब उसने फिर आंखें खोलीं, तो उसने देखा कि तपस्वी काले कनटोप पहने उसके चारों ओर खड़े हैं, उसके मुख पर पानी के छींटे दे रहे हैं और उसकी झाड़-फूंक, यन्त्र-मन्त्र में लगे हुए हैं। कोई आदमी हाथों में खजूर की डालियां लिये बाहर खड़े हैं।

उनमें से एक ने कहा- 'हम लोग इधर से होकर जा रहे थे, तो हमने इस कब्र से चिल्लाने की आवाज निकलती हुई सुनी, और जब अन्दर आये तो तुम्हें पृथ्वी पर अचेत पड़े देखा। निस्सन्देह प्रेतों ने तुम्हें पछाड़ दिया था और हमको देखकर भाग खड़े हुए।'

पापनाशी ने सिर उठाकर क्षीण स्वर में पूछा- 'बन्धुवर, आप लोग कौन है? आप लोग क्यों खजूर की डालियां लिये हुए हैं? क्या मेरी मृतक क्रिया करने तो नहीं आये हैं?'

उनमें से एक तपस्वी बोला- 'बन्धुवर, क्या तुम्हें खबर नहीं कि हमारे पूज्यपिता एण्तोनी, जिनकी अवस्था अब एक सौ पांच वर्षों की हो गयी है, अपने अन्तिम काल की सूचना पाकर उस पर्वत से उतर आये हैं, जहां वह एकांतवास कर रहे थे? उन्होंने अपने अगणित शिष्यों और भक्तों को जो उनकी आध्यात्मिक सन्तानें हैं, आशीर्वाद देने के निमित्त यह कष्ट उठाया है। हम खजूर की डालियां लिये (जो शान्ति की सूचक हैं) अपने पिता की अभ्यर्थना करने जा रहे हैं। लेकिन बन्धुवर, यह क्या बात है कि तुमको ऐसी महान घटना की खबर नहीं। क्या यह सम्भव है कि कोई देवदूत यह सूचना लेकर इस कब्र में नहीं आया?'

पापनाशी बोला- 'आह! मेरी कुछ न पूछो। मैं अब इस कृपा के योगय नहीं हूं और इस मृत्युपुरी में प्रेतों और पिशाचों के सिवा और कोई नहीं रहता। मेरे लिए ईश्वर से प्रार्थना करो। मेरा नाम पापनाशी है जो एक धर्माश्रम का अध्यक्ष था। प्रभु के सेवकों में मुझसे अधिक दु:खी और कोई न होगा।'

पापनाशी का नाम सुनते ही सब योगियों ने खजूर की डालियां हिलायीं और एक स्वर से उसकी प्रशंसा करने लगे। वह तपस्वी जो पहले बोला था, विस्मय से चौंककर बोला- 'क्या तुम वही सन्त पापनाशी हो, जिसकी उज्ज्वल कीर्ति इतनी विख्यात हो रही है कि लोग अनुमान करने लगे थे कि किसी दिन वह पूज्य एण्तोनी की बराबरी करने लगेगा? श्रद्धेय पिता, तुम्हीं ने थायस नाम की वेश्या को ईश्वर के चरणों में रत किया? तुम्हीं को तो देवदूत उठाकर एक उच्च स्तम्भ के

शिखर पर बिठा आये थे, जहां तुम नित्य प्रभु मसीह के भोज में सम्मिलित होते थे। जो लोग उस समय स्तम्भ के नीचे खड़े थे, उन्होंने अपने नेत्रों से तुम्हारा स्वर्गोत्थान देखा। देवदूतों के पास श्वेत मेघावरण की भांति तुम्हारे चारों ओर मंडल बनाये थे और तुम दाहिना हाथ फैलाये मनुष्यों को आशीर्वाद देते जाते थे। दूसरे दिन जब लोगों ने तुम्हें वहां न पाया तो उनकी शोकध्वनि उस मुकुटहीन स्तम्भ के शिखर पर जा पहुंची। चारों ओर हाहाकार मच गया। लेकिन तुम्हारे शिष्य लेवियन ने तुम्हारे आत्मोत्सर्ग की कथा कही और तुम्हारे आश्रम का अध्यक्ष बनाया गया। किन्तु वहां पॉल नाम का एक मूर्ख भी था! शायद वह भी तुम्हारे शिष्यों में था। उने जनसम्मति के विरोध करने की चेष्टा की। उसका कहना था कि उसने स्वप्न देखा है कि पिशाच तुम्हें पकड़े लिये जाता है। जनता को यह सुनकर बड़ा क्रोध आया। उन्होंने उसको पत्थर से मारना चाहा। चारों ओर से लोग दौड़ पड़े। ईश्वर ही जाने कैसे मूर्ख की जान बची। हां, वह बच अवश्य गया। मेरा नाम जोजीमस है। मैं इन तपस्वियों का अध्यक्ष हूं, जो इस समय तुम्हारे चरणों पर गिरे हुए हैं। अपने शिष्यों की भांति मैं भी तुम्हारे चरणों पर सिर रखता हूं कि पुत्रों के साथ पिता को भी तुम्हारे शुभ शब्दों का फल मिल जाये। हम लोगों को अपने आशीर्वाद से शान्ति दीजिये। उसके बाद उन अलौकिक कृत्यों का भी वर्णन कीजिए जो ईश्वर आपके द्वारा पूरा करना चाहता है। हमारा परम सौभाग्य है कि आप जैसे महान पुरुष के दर्शन हुए।'

नाशी ने उत्तर दिया- 'बन्धुवर, तुमने मेरे विषय में जो धारणा बना रखी है वह यथार्थ से कोसों दूर है। ईश्वर की मुझ पर कृपादृष्टि होती तो दूर की बात है, मैं उसके हाथों कठोरतम यातनायें भोग रहा हूं। मेरी जो दुर्गति हुई है उसका वृत्तान्त सुनाना व्यर्थ है। मुझे स्तम्भ के शिखर पर देवदूत नहीं ले गये थे। यह लोगों की मिथ्या कल्पना है। वास्तव में मेरी आंखों के सामने एक पर्दा पड़ गया है और मुझे कुछ सूझ नहीं पड़ता मैं स्वप्नवत जीवन व्यतीत कर रहा हूं। ईश्वरविमुख होकर मानवजीवन स्वप्न के समान है। जब मैंने इस्कन्द्रिया की यात्रा की थी तो थोड़े ही समय में मुझे कितने ही वादों के सुनने का अवसर मिला और मुझे ज्ञात हुआ कि भ्रांति की सेवा गणना से परे है। वह नित्य मेरा पीछा किया करती है और मेरे चारों तरफ संगीनों की दीवार खड़ी है।'

जोजिमस ने उत्तर दिया- 'पूज्य पिता, आपको स्मरण रखना चाहिए कि संतगण और मुख्यत: एकान्त सेवी सन्तगण भयंकर यातनाओं से पीड़ित होते रहते हैं। अगर यह सत्य नहीं है कि देवदूत तुम्हें ले गये तो अवश्य ही यह सम्मान तुम्हारी मूर्ति अथवा छाया का हुआ होगा, क्योंकि लेवियन, तपस्वीगण और दर्शकों ने अपनी आंखों से तुम्हें विमान पर ऊपर जाते देखा।'

पापनाशी ने सन्त एण्तोनी के पास जाकर उनसे आशीर्वाद लेने का निश्चय किया। बोला-'बन्धु जोजीमस, मुझे भी खजूर की एक डाली दे दो और मैं भी तुम्हारे साथ पिता एण्तोनी का दर्शन करने चलूंगा।'

जोजीमस ने कहा- 'बहुत अच्छी बात है। तपस्वियों के लिए सैनिक विधान ही उपयुक्त है क्योंकि हम लोग ईश्वर के सिपाही हैं। हम और तुम अधिष्ठाता हैं, इसलिए आगे-आगे चलेंगे और यह लोग भजन गाते हुए हमारी पीछे-पीछे चलेंगे।'

जब सब लोग यात्रा को चले तो पापनाशी ने कहा-'बराह्मा एक है क्योंकि वह सत्य है और संसार अनेक है क्योंकि वह असत्य है। हमें संसार की सभी वस्तुओं से मुंह मोड़ लेना चाहिए, उनमें भी जो देखने में सर्वदा निर्दोष जान पड़ती हैं। उनकी बहुरूपता उन्हें इतनी मनोहारिणी बना देती है जो इस बात का प्रत्यक्ष प्रमाण है कि वह दूषित हैं। इसी कारण मैं किसी कमल को भी शांत निर्मल सागर में हिलते हुए देखता हूं तो मुझे आत्मवेदना होने लगती है, और चित्त मलिन हो जाता है। जिन वस्तुओं का ज्ञान इन्द्रियों द्वारा होता है, वे सभी त्याज्य हैं। रेणुका का एक अणु भी दोषों से रहित नहीं, हमें उससे सशंक रहना चाहिए। सभी वस्तुएं हमें बहकाती हैं, हमें राग में रत कराती हैं। और स्त्री तो उन सारे प्रलोभनों का योग मात्र है जो वायुमंडल में फूलों से लहराती हुई पृथ्वी पर और स्वच्छ सागर में विचरण करते हैं। वह पुरुष धन्य है जिसकी आत्मा बन्द द्वार के समान है। वही पुरुष सुखी है जो गूंगा, बहरा, अन्धा होना जानता है, और जो इसलिए सांसारिक वस्तुओं से अज्ञात रहता है कि ईश्वर का ज्ञान प्राप्त करे।'

जोजीमस ने इस कथन पर विचार करने के बाद उत्तर दिया-'पूज्य पिता, तुमने अपनी आत्मा मेरे सामने खोलकर रख दी है, इसलिए आवश्यक है कि मैं अपने पापों को तुम्हारे सामने स्वीकार करूं। इस भांति हम अपनी धर्मप्रथा के अनुसार परस्पर अपने-अपने अपराधों को स्वीकार कर लेंगे। यह व्रत धारण करने के पहले मेरा सांसारिक जीवन अत्यन्त दुर्वासनामय था। मदौरा नगर में, जो वेश्याओं के लिए प्रसिद्ध था, मैं नाना प्रकार के विलासभोग किया करता था। नित्यप्रति रात्रि समय जवान विषयगामियों और वीणा बजाने वाली स्त्रियों के साथ शराब पीता, और उनमें जो पसन्द आती उसे अपने साथ घर ले जाता। तुम जैसा साधु पुरुष कल्पना भी नहीं कर सकता कि मेरी प्रचण्ड कामातुरता मुझे किसी सीमा तक ले जाती थी, बस इतना ही कह देता पर्याप्त है कि मुझसे न विवाहित बचती थी न देवकन्या, और मैं चारों ओर व्यभिचार और अधर्म फैलाया करता था। मेरे हृदय में कुवासनाओं के सिवा किसी बात का ध्यान ही न आता था। मैं अपनी इन्द्रियों को मदिरा से उत्तेजित करता था और यथार्थ में मदिरा का सबसे बड़ा पियक्कड़ समझा जाता था। तिस पर मैं ईसाई धर्मावलम्बी था, और सलीब पर चढ़ाये गये मसीह पर मेरा अटल विश्वास था। अपनी सम्पूर्ण सम्पत्ति भोग-विलास में उड़ाने के बाद मैं अभाव की वेदनाओं से विकल होने लगा था कि मैंने रंगीले सहचरों में सबसे बलवान पुरुष को एकाएक एक भयंकर रोग में ग्रस्त होते देखा। उसका शरीर दिनोंदिन क्षीण होने लगा। उसकी टांगें अब उसे संभाल न सकतीं, उसके कांपते हुए हाथ शिथिल पड़ गये, उसकी ज्योतिहीन आंखें बन्द रहने लगीं। उसके कंठ से कराहने के सिवा और कोई ध्वनि न निकलती। उसका मन, जो उसकी देह में भी अधिक आलस्यप्रेमी था, निद्रा में मग्न रहता, पशुओं की भांति व्यवहार करने के दण्ड स्वरूप ईश्वर ने

उसे पशु ही का अनुरूप बना दिया। अपनी सम्पत्ति के हाथ से निकल जाने के कारण मैं पहले ही से कुछ विचारशील और संयमी हो गया था। किन्तु एक परम मित्र की दुर्दशा से वह रंग और भी गहरा हो गया। इस उदाहरण ने मेरी आंखें खेल दीं। इसका मेरे मन पर इतना गहरा प्रभाव पड़ा कि मैंने संसार को त्याग दिया और इस मरुभूमि में चला आया। वहां गत बीस वर्षों से मैं ऐसी शान्ति का आनन्द उठा रहा हूं, जिसमें कोई विघ्न न पड़ा। मैं अपने तपस्वी शिष्यों के साथ यथासमय जुलाहे, राज बढ़ई अथवा लेखक का काम किया करता हूं, लेकिन जो सच पूछो तो मुझे लिखने में कोई आनन्द नहीं आता, क्योंकि मैं कर्म को विचार से श्रेष्ठ समझता हूं। मेरे विचार हैं कि मुझ पर ईश्वर की दयादृष्टि है क्योंकि घोर से घोर पापों में आसक्त रहने पर भी मैंने कभी आशा नहीं छोड़ी। यह भाव मन से एक क्षण के लिए भी दूर हुआ कि परम पिता मुझ पर अवश्य अकृपा करेंगे। आशादीपक को जलाये रखने से अन्धकार मिट जाता है।

यह बातें सुनकर पापनाशी ने अपनी आंखें आकाश की ओर उठायीं और यों गिला की- 'भगवान! तुम इस प्राणी पर दयादृष्टि रखते हो जिस पर व्यभिचार, अधर्म और विषयभोग जैसे पापों की कालिमा पुती हुई है, और मुझ पर, जिसने सदैव तेरी आज्ञाओं का पालन किया, कभी तेरी इच्छा और उपदेश के विरुद्ध आचरण नहीं किया, तेरी इतनी अकृपा? तेरा न्याय कितना रहस्यमय है और तेरी व्यवस्थाएं कितनी दुर्हाग्य?'

जोजीमस ने अपने हाथ फैलाकर कहा- पूज्य पिता, देखिये, क्षितिज के दोनों ओर काली-काली श्रृंखलाएं चली आ रही हैं, मानो चीटियां किसी अन्य स्थान को जा रही हों। यह सब हमारे सहयात्री हैं, जो पिता एण्तोनी के दर्शन को आ रहे हैं।'

जब यह लोग उन यात्रियों के पास पहुंचे तो उन्हें एक विशाल दृश्य दिखाई दिया। तपस्वियों की सेना तीन वृहद अर्धगोलाकार पंक्तियों में दूर तक फैली हुई थी। पहली श्रेणी में मरुभूमि के वृद्ध तपस्वी थे, जिनके हाथों में सलीबें थीं और जिनकी दाढ़ी जमीन को छू रही थीं। दूसरी पंक्ति में एफ्रायम और सेरापियन के तपस्वी और नील के तटवर्ती प्रान्त के व्रतधारी विराज रहे थे। उनके पीछे के महात्मागण थे जो अपनी दूरवर्ती पहाड़ियों से आये थे? कुछ लोग अपने संवलाये और सूखे हुए शरीर को बिना सिले हुए चीथड़ों से ढ़के हुए थे, दूसरे लोगों की देह पर वस्त्रों की जगह केवल नरकट की हिड्डुयां थीं, जो बेंत की डालियों को ऐंठकर बांध ली गयी थीं। कितने ही बिल्कुल नंगे थे लेकिन ईश्वर ने उनकी नग्नता को भेड़ के घने-घने बालों में छिपा दिया था। सभी के हाथों में खजूर की डालियां थीं। उनकी शोभा ऐसी थी मानो पन्ने के इन्द्रधनुष हों अथवा उनकी उपमा स्वर्ग की दीवारों से जी सकती थी।

इतने विस्तृत जनसमूह में ऐसी सुव्यवस्था छाई हुई थी कि पापनाशी को अपने अधीनस्थ तपस्वियों को खोज निकालने में लेशमात्र भी कठिनाई न पड़ी। वह उनके समीप जाकर खड़ा हो गया, किन्तु पहले अपने मुंह को कनटोप से अच्छी तरह ढंक लिया कि उसे कोई पहचान न सके और उनकी धार्मिक आकांक्षा में बाधा न पड़े।

सहसा असंख्य कण्ठों से गगन भेदी नाद उठा- वह महात्मा, वह महात्मा आये! देखो वह मुक्तात्मा है जिसने नरक और शैतान को परास्त कर दिया है, जो ईश्वर का चहेता, हमारा पूज्य पिता एण्तोनी है!

तब चारों ओर सन्नाटा छा गया और प्रत्येक मस्तक पृथ्वी पर झुक गया।

उस विस्तीर्ण मरुस्थल में एक पर्वत के शिखर पर से महात्मा एण्तोनी अपने दो प्रिय शिष्यों के हाथों के सहारे, जिनके नाम मकेरियस और अमेथस थे आहिस्ता से उतर रहे थे। वह धीरे-धीरे चलते थे पर उनका शरीर अभी तक तीर की भांति सीधा था और उससे उनकी असाधारण शक्ति प्रकट होती थी। उनकी श्वेत दाढ़ी, चौड़ी छाती पर फैली हुई थी और उनके मुंड़े हुए चिकने सिर पर प्रकाश की रेखाएं, यों जगमगा रही थीं मानो मूसा पैगम्बर का मस्तक हो। उनकी आंखों में उकाव की आंखों की सी तीव्र ज्योति थी, और उनके गोल कपोलों पर बालकों की सी मधुर मुस्कान थी। अपने भक्तों को आशीर्वाद देने के लिए वह अपनी बाहें उठाये हुए थे, जो एक शताब्दी के असाधारण और अविश्रांत परिश्रम से जर्जर हो गयी थीं। अन्त में उनके मुख से यह प्रेममय शब्द उच्चरित हुए- 'ऐ जेकब, तेरे मण्डप कितने विशाल, और ऐ इसराइल, तेरे शामियाने कितने सुखमय हैं।'

इसके एक क्षण के उपरान्त वह जीती-जागती दीवार एक सिरे से दूसरे सिरे तक मधुर मेघ ध्वनि की भांति इस भजन से गुञ्जरित हो गयी- धन्य है वह प्राणी जो ईश्वर भीरू है!

एण्तोनी अमेथस और मकेरियस के साथ वृद्ध तपस्वियों, व्रतधारियों और ब्रह्मचारियों के बीच में से होते हुए निकले। यह महात्मा जिसने स्वर्ग और नरक दोनों ही देखा था, यह तपस्वी जिसने एक पर्वत के शिखर पर बैठे हुए ईसाई धर्म का संचालन किया था, यह ऋषि जिसने विधर्मियों और नास्तिकों का काफिया तंग कर दिया था, इस समय अपने प्रत्येक पुत्र से स्नेहमय शब्दों में बोलता था, और प्रसन्नमुख उसने विदा मांगता था किन्तु आज उसकी स्वर्गयात्रा का शुभ दिवस था। परमपिता ईश्वर ने आज अपने लाडले बेटे को अपने यहां आने का निमन्त्रण दिया था।

उसने एफ्रायम और सिरेपियन के अध्यक्षों से कहा- 'तुम दोनों बहुसंख्यक सेनाओं के नेतृत्व और संचालन में कुशल हो, इसलिए तुम दोनों स्वर्ग में स्वर्ण के सैनिक वस्त्र धारण करोगे और देवदूतों के नेता मीकायेल अपनी सेनाओं के सेनापति की पदवी तुम्हें प्रदान करेंगे।'

वृद्ध पॉल को देखकर उन्होंने उसे आलिंगन किया और बोले- 'देखो, यह मेरे समस्त पुत्रों में सज्जन और दयालु है। इसकी आत्मा से ऐसी मनोहर सुरभि प्रस्फुटित होती है जैसी गुलाब की कलियों के फूलों से, जिन्हें वह नित्य बोता है।'

सन्त जोजीमस को उन्होंने इन शब्दों में सम्बोधित किया-'तू कभी ईश्वरीय दया और क्षमा से निराश नहीं हुआ, इसलिए तेरी आत्मा में ईश्वरीय शान्ति का निवास है। तेरी सुकीर्ति का कमल तेरे कुकर्मों के कीचड़ से उदय हुआ है।'

उनके सभी भाषाओं से देवबुद्धि प्रकट होती थी।

वृद्धजनों से उन्होंने कहा- ईश्वर के सिंहासन के चारों ओर अस्सी वृद्धपुरुष उज्ज्वल वस्त्र पहने, सिर पर स्वर्णमुकुट धारण किये बैठे रहते हैं।

युवकवृन्द को उन्होंने इन शब्दों में सान्त्वना दी-'प्रसन्न रहो, उदासीनता उस लोगों के लिए छोड़ दो जो संसार का सुख भोग रहे हैं!'

इस भांति सबसे हंस-हंसकर बातें करते, उपदेश देते वह अपने धर्मपुत्रों की सेना के सामने से चले जाते थे। सहसा पापनाशी उन्हें समीप आते देखकर उनके चरणों पर गिर पड़ा। उसका हृदय आशा और भय से विदीर्ण हो रहा था।

'मेरे पूज्य पिता, मेरे दयालु पिता!' उसने मानसिक वेदना से पीड़ित होकर कहा- 'प्रिय पिता, मेरी बांह पकड़िए, क्योंकि मैं भंवर में बहा जाता हूं। मैंने थायस की आत्मा को ईश्वर के चरणों पर समर्पित किया; मैंने एक ऊंचे स्तम्भ के शिखर पर और एक कब्र की कन्दरा में तप किया है, भूमि पर रगड़ खाते-खाते मेरे मस्तक में ऊंट के घुटनों के समान घट्ठे पड़ गये हैं, तिस पर भी ईश्वर ने मुझसे आंखें फेर ली हैं। पिता, मुझे आशीर्वाद दीजिए इससे मेरा उद्धार हो जायेगा।'

किन्तु एण्तोनी ने इसका उत्तर न दिया, उसने पापनाशी के शिष्यों को ऐसी तीव्र दृष्टि से देखा जिसके सामने खड़ा होना मुश्किल था। इतने में उनकी निगाह मूर्ख पॉल पर जा पड़ी। वह जरा देर उसकी तरफ देखते रहे, फिर उसे अपने समीप आने का संकेत किया। चूंकि सभी आदमियों को विस्मय हुआ कि वह महात्मा इस मूर्ख और पागल आदमी से बातें कर रहे हैं, अतएव उनकी शंका का समाधान करने के लिए उन्होंने कहा- 'ईश्वर ने इस व्यक्ति पर जितनी वत्सलता प्रकट की है उतनी तुम में से किसी पर नहीं। पुत्र पॉल, अपनी आंखें ऊपर उठा और मुझे बतला कि तुझे स्वर्ग में क्या दिखाई देता है।'

बुद्धिहीन पॉल ने आंखें उठायीं। उसके मुख पर तेज छा गया और उसकी वाणी मुक्त हो गयी। बोला- 'मैं स्वर्ग में एक शय्या बिछी हुई देखता हूं जिसमें सुनहरी और बैंगनी चादरें लगी हुई हैं। उसके पास तीन देवकन्याएं बैठी हुई बड़ी चौकसी से देख रही हैं कि कोई अन्य आत्मा उसके निकट न आने पाये। जिस सम्मानित व्यक्ति के लिए शय्या बिछाई गयी है उसके सिवाय कोई निकट नहीं जा सकता।'

पापनाशी ने यह समझकर कि यह शय्या उसकी सत्कीर्ति की परिचायक है, ईश्वर को धन्यवाद देना शुरू किया। किन्तु सन्त एण्तोनी ने उसे चुप रहने और मूर्ख पॉल की बातों को सुनने का संकेत किया। पॉल उसी आत्मोल्लास की धुन में बोला-'तीनों देवकन्याएं मुझसे बातें कर रही हैं। वह मुझसे कहती हैं कि शीघ्र ही एक विदुषी मृत्युलोक से प्रस्थान करने वाली है। इस्कन्द्रिया की थायस मरणासन्न है; और हमने यह शय्या उसके आदर सत्कार के निमित्त तैयार की है, क्योंकि हम तीनों उसी की विभूतियां हैं। हमारे नाम हैं भक्ति, भय और प्रेम!'

एण्तोनी ने पूछा- 'प्रिय पुत्र, तुझे और क्या दिखाई देता है?'

मूर्ख पॉल ने अध: से ऊर्ध्व तक शून्य दृष्टि से देखा, एक क्षितिज से दूसरी क्षितिज तक नजर दौड़ायी। सहसा उसकी दृष्टि पापनाशी पर जा पड़ी। दैवी भय से उसका मुंह पीला पड़ गया और उसके नेत्रों से अदृश्य ज्वाला निकलने लगी।

उसने एक लम्बी सांस लेकर कहा- 'मैं तीन पिशाचों को देख रहा हूं जो उमंग से भरे हुए इस मनुष्य को पकड़ने की तैयारी कर रहे हैं। उनमें से एक का आकार एक स्तम्भ की भांति है, दूसरे का एक स्त्री की भांति और तीसरे का एक जादूगर की भांति। तीनों के नाम गर्म लोहे से दाग दिये हैं-एक का मस्तक पर, दूसरे के पेट पर और तीसरे का छाती पर और वे नाम हैं-अहंकार, विलासप्रेम और शंका। बस, मुझे और कुछ नहीं सूझता।'

यह कहने के बाद पॉल की आंखें फिर निष्प्रभ हो गयीं, मुंह नीचे को लटक गया और वह पूर्ववत सीधा-सादा मालूम होने लगा।

जब पापनाशी ने शिष्यगण एण्तोनी की ओर सचिन्त और सशंक भाव से देखने लगे तो उन्होंने यह शब्द कहे- 'ईश्वर ने अपनी सच्चाई व्यवस्था सुना दी। हमारा कर्तव्य है कि हम उसको शिरोधार्य करें और चुप रहें। असंतोष और गिला उसके सेवकों के लिए उपयुक्त नहीं।

यह कहकर वह आगे बढ़ गये। सूर्य ने अस्ताचल को प्रयाण किया और उसे अपने अरुण प्रकाश से आलोकित कर दिया। सन्त एण्तोनी की छाया दैवी लीला से अत्यन्त दीर्घ रूप धारण करके उसके पीछे, एक अनन्त गलीचे की भांति फैली हुई थी, कि सन्त एण्तोनी की स्मृति भी इस भांति दीर्घजीवी होगी, और लोग अनन्तकाल तक उसका यश गाते रहेंगे।

किन्तु पापनाशी वज्राहत की भांति खड़ा रहा। उसे न कुछ सूझता था, न कुछ सुनाई देता था। यही शब्द उसके कानों में गूंज रहे थे-थायस मरणासन्न है!

उसे कभी इस बात का ध्यान ही न आया था। बीस वर्षों तक निरन्तर उसने मोमियाई के सिर को देखा था, मृत्यु का स्वरूप उसकी आंखों के सम्मुख रहता था। पर यह विचार कि मृत्यु एक दिन थायस की आंखें बन्द कर देगी, उसे घोर आश्चर्य में डाल रहा था।

'थायस मर रही है!' इन शब्दों में कितनी विस्मयकारी और भयंकर आशय है! थायस मर रही है, वह अब इस लोक में न रहेगी, तो फिर सूर्य का, फूलों का, सरोवरों का और समस्त सृष्टि का उद्देश्य ही क्या? इस ब्रह्माण्ड ही की क्या आवश्यकता है। सहसा वह झपटकर चला- 'उसे देखूंगा, एक बार फिर उससे मिलूंगा!' वह दौड़ने लगा। उसे कुछ खबर न थी कि वह कहां जा रहा है, किन्तु अन्त:प्रेरणा उसे अविचल रूप से लक्ष्य की ओर लिये जाती थी, वह सीधे नील नदी की ओर चला जा रहा था। नदी पर उसे पालों का एक समूह तैरता हुआ दिखाई पड़ा। वह कूदकर एक नौका में जा बैठा, जिसे हब्शी चला रहे थे, और वहां नौका के मुस्तूल पर पीठ टेककर मुदित आंखों से यात्रा मार्ग का स्मरण करता हुआ, वह क्रोध और वेदना से बोला-आह! मैं कितना मूर्ख

हूं कि थायस को पहले ही अपना न कर लिया जब समय था! कितना मूर्ख हूं कि समझा कि संसार में थायस के सिवा और भी कुछ है! कितना पागलपन था! मैं ईश्वर के विचार में, आत्मोद्धार की चिन्ता में, अनन्त जीवन की आकांक्षा में रत रहता; मानो थायस को देखने के बाद भी इन पाखण्डों में कुछ महत्व था। मुझे उस समय कुछ न सूझा कि उस स्त्री के चुम्बन में अनन्त सुख भरा हुआ है, और उसके बिना जीवन निरर्थक है, जिसका मूल्य एक दुःस्वप्न से अधिक नहीं। मूर्ख! तूने उसे देखा, फिर भी तुझे परलोक के सुखों की इच्छा बनी रही! अरे कायर, तू उसे देखकर भी ईश्वर से डरता रहा! ईश्वर स्वर्ग! अनादि! यह सब क्या गोरखधन्धा है! उनमें रखा ही क्या है, और क्या वह उस आनन्द का अल्पांश नहीं दे सकते हैं, जो तुझे उससे मिलता। अरे अभागे, निबुर्द्धि, मिथ्यावादी, मूर्ख जो थायस के अधरों को छोड़कर ईश्वरीय कृपा को अन्यत्र खोजता रहा! तेरी आंखों पर किसने पर्दा डाल दिया था? उस प्राणी का सत्यानाश हो जाय जिसने उस समय तुझे अन्धा बना दिया था। तुझे दैवी कोप का क्या भय था जब तू उसके प्रेम का एक क्षण भी आनन्द उठा लेता। पर तूने ऐसा न किया। उसने तेरे लिए अपनी बांहें फैला दी थीं, जिनमें मांस के साथ फूलों की सुगन्ध मिश्रित थी, और तूने उसके उन्मुक्त वृक्ष के अनुपम सुधा सागर में अपने को प्लावित न कर दिया। तू नित्य उस द्वेषध्वनि पर कान लगाये रहा था, जो तुझसे कहती थी भाग-भाग! अन्धे! हां शोक ! पश्चात्ताप ! हां निराश ! नरक में उसे कभी न भूलने वाली घड़ी की आनन्द स्मृति ले जाने का और ईश्वर से यह कहने का अवसर हाथों से निकल गया कि 'मेरे मांस को जला, मेरी धमनियों में जितना रक्त है उसे चूस ले, मेरी सारी हिड्डयों को चूर-चूर कर दे, लेकिन तू मेरे हृदय से उस सुखद स्मृति को नहीं निकाल सकता, जो चिरकाल तक मुझे सुगन्धित और प्रमुदित रखेगी! थायस मर रही है! ईश्वर तू कितना हास्यास्पद है! तुझे कैसे बताऊं कि मैं तेरे नरकलोक को तुच्छ समझता हूं, उसकी हंसी उड़ाता हूं! थायस मर रही है, वह मेरी कभी न होगी, कभी नहीं, कभी नहीं!

नौका तेज धारा के साथ बहती जाती थी और वह दिन के दिन पेट के बल पड़ा हुआ बार-बार कहता था- कभी नहीं! कभी नहीं!! कभी नहीं!!

तब यह विचार आने पर कि उसने औरों को अपना प्रेम रस चखाया, केवल मैं ही वंचित रहा। उसने संसार को अपने प्रेम की लहरों से प्लावित कर दिया और मैं उसके होंठों को भी न तर कर सका। वह दांत पीसकर उठ बैठा और अन्तर्वेदना से चिल्लाने लगा। वह अपने नखों से, अपनी छाती को खरोंचने और अपने हाथों को दातों से काटने लगा।

उसके मन में यह विचार उठा- यदि मैं उसके सारे प्रेमियों का संहारा कर देता तो कितना अच्छा होता।

इस हत्याकाण्ड की कल्पना ने उसे सरल हत्यातृष्णा से आन्दोलित कर दिया। वह सोचने लगा कि वह निसियास का खूब आराम से, मजे ले-लेकर वध करेगा और उसके चेहरे को बराबर देखता रहेगा कि कैसे उसकी जान निकलती है। तब अकस्मात उसका क्रोधावेग द्रवीभूत हो गया।

वह रोने और सिसकने लगा; वह दीन और नर्म हो गया। एक अज्ञात विनयशीलता ने उसके चित्त को कोमल बना दिया। उसे यह आकांक्षा हुई कि अपने बालपन के साथी निसियास के गले में बांहें डाल दे और उससे कहे-निसियास मैं तुम्हें प्यार करता हूं क्योंकि तुमने उससे प्रेम किया है। मुझसे उसकी प्रेम चर्चा करो। मुझसे वह बातें कहो जो वह तुमसे किया करती थी।

लेकिन अभी तक उसके हृदय में इन वाक्य बाण की नोक निरन्तर चुभ रही थी- थायस मर रही है!

फिर वह प्रेमोन्मत्त होकर कहने लगा- ओ दिन के उजाले! ओ निशा के आकाश दीपकों की रौप्य छटा, ओ आकाश, ओ झूमती हुई चोटियों वाले वृक्षों! ओ वन जन्तुओं! ओ गृहपशुओं! ओ मनुष्यों के चिन्तित हृदयों! क्या तुम्हारे कान बहरे हो गये हैं? तुम्हें सुनाई नहीं देता कि थायस मर रही है? मन्द समीरण, निर्मल प्रकाश, मनोहर सुगन्ध! इनकी अब क्या जरूरत है? तुम भाग जाओ, लुप्त हो जाओ! ओ भूमण्डल के रूप और विचार! अपने मुंह छिपा लो, मिट जाओ! क्या तुम नहीं जानते कि थायस मर रही है? वह संसार के माधुर्य का केन्द्र थी जो वस्तु उसके समीप आती थी वह उसकी रूप ज्योति से प्रतिबिम्बित होकर चमक उठती थी। इस्कन्द्रिया के भोज में जितने विद्वान्, ज्ञानी, वृद्ध उसके समीप बैठते थे उनके विचार कितने चित्ताकर्षक थे, उनके भाषण कितने सरस! कितने हंसमुख लोग थे! उनके अधरों पर मधुर मुस्कान की शोभा थी और उनके विचार आनन्दभोग की सुगन्ध में डूबे हुए थे। थायस की छाया उनके ऊपर थी, इसलिए उनके मुख से जो कुछ निकलता वह सुन्दर, सत्य और मधुर होता था! उनके कथन एक शुभ्र अभक्ति से अलंकृत हो जाते थे। शोक! वह शोक सब अब स्वप्न हो गया। उस सुखमय अभिनय का अन्त हो गया। थायस मर रही है! वह मौत मुझे क्यों नहीं आती। उसकी मौत से मरना मेरे लिए कितना स्वाभाविक और सरल है! लेकिन ओ अभागे, निकम्मे, कायर पुरुष, ओ निराश और विषाद में डूबी हुई दुरात्मा, क्या तू मरने के लिए ही बनायी गयी है? क्या तू समझता है कि तू मृत्यु का स्वाद रख सकेगा? जिसने अभी जीवन का मर्म नहीं जाना, वह मरना क्या जाने? हां, अगर ईश्वर है, और मुझे दण्ड दे, तो मैं करने को तैयार हूं। सुनता है ओ ईश्वर, मैं तुझसे घृणा करता हूं सुनता है ! मैं तुझे कोसता हूं! मुझे अपने अग्निवज्रों से भस्म कर दे, मैं इसका इच्छुक हूं, यहां मेरी बड़ी अभिलाषा है। तू मुझे अग्निकुण्ड में डाल दे। तुझे उत्तेजित करने के लिए, देख, मैं तेरे मुख पर थूकता हूं। मेरे लिए अनन्त नरकवास की जरूरत है। इसके बिना यह अपार क्रोध शान्त न होगा जो मेरे हृदय में खड़क रहा है।

दूसरे दिन प्रात:काल अलबीना ने पापनाशी को अपने आश्रम में खड़े पाया। वह उसका स्वागत करती हुई बोली- 'पूज्य पिता, हम अपने शान्तिभवन में तुम्हारा स्वागत करते हैं, क्योंकि आप अवश्य ही उस विदुषी की आत्मा को शान्ति प्रदान करने आये हैं जिसे अपने यहां आश्रम दिया है। आपको विदित होगा कि ईश्वर ने अपनी असीम कृपा से उसे अपने पास बुलाया है। यह समाचार आपसे क्योंकर छिपा रह सकता था जिसे स्वर्ग के दूतों ने मरुस्थल के इस सिरे से उस सिरे तक

पहुंचा दिया है? यथार्थ में थायस का शुभ अंत निकट है। उसके आत्मोद्धार की क्रिया पूरी हो गयी और मैं सूक्ष्मत: आप पर यह प्रकट कर देना उचित समझती हूं कि जब तक वह यहां रही, उसका व्यवहार और आचरण कैसा रहा। आपके चले जाने के पश्चात जब वह अपनी मुहर लगाई हुई कुटी में एकान्त सेवन के लिए रखी गयी, तो मैंने उसके भोजन के साथ बांसुरी भी भेज दी, जो ठीक उसी प्रकार की थी जैसी नर्तकियां भोज के अवसरों पर बजाया करती हैं। मैंने यह व्यवस्था इसलिए की जिसमें उसका चित्त उदास न हो और वह ईश्वर के सामने उससे कम संगीतचातुर्य और कुशाग्रता न प्रकट करे जितनी वह मनुष्यों के सामने दिखाती थी। अनुभव से सिद्ध हुआ कि मैंने व्यवस्था करने में दूरदर्षिता और चरित्र परिचय से काम लिया, क्योंकि थायस दिनभर बांसुरी बजाकर ईश्वर का कीर्तिगान करती रहती थी और अन्य देवकन्याएं, जो उसकी बंसी की ध्वनि से आकर्षित होती थीं, कहतीं- हमें इस गान में स्वर्गकुंजों की बुलबुल की चहक का आनन्द मिलता है! उसके स्वर्गसंगीत से सारा आश्रम गुंजरित हो जाता था। पथिक भी अनायास खड़े होकर उसे सुनकर अपने कान पवित्र कर लेते थे। इस भांति थायस तपश्चयार करती रही। यहां तक कि साठ दिनों के बाद वह द्वार जिस पर आपने मुहर लगा दी थी, आप ही आप खुल गया और वह मिट्टी की मुहर टूट गयी। यद्यपि उसे किसी मनुष्य ने छुआ तक नहीं। इस लक्षण से मुझे ज्ञात हुआ कि आपने उसके लिए जो प्रायश्चित नियत किया था, वह पूरा हो गया और ईश्वर ने उसके सब अपराध क्षमा कर दिये। उसी समय से वह मेरी अन्य देवकन्याओं के साधारण जीवन में भाग लेने लगी है। उन्हीं के साथ काम-धन्धा करती है, उन्हीं के साथ ध्यान उपासना करती है। वह अपने वचन और व्यवहार की नम्रता से उनके लिए एक आदर्श चरित्र थी, और उनके बीच में पवित्रता की एक मूर्ति सी जान पड़ती थी। कभी-कभी वह मनमलिन हो जाती थी, किन्तु वे घटाएं जल्द ही कट जाती थीं और फिर सूर्य का विहसित प्रकाश फैल जाता था। जब मैंने देखा कि उसके हृदय में ईश्वर के प्रति भक्ति, आशा और प्रेम के भाव उदित हो गये हैं, तो फिर मैंने उनके अभिनय कला नैपुण्य का उपयोग करने में विलम्ब नहीं किया। यहां तक कि मैं उसके सौन्दर्य को भी उसकी बहनों की धर्मोन्नति के लिए काम में लाई। मैंने उससे सद्ग्रंथ में वर्णित देवकन्याओं और विदुषियों की कीर्तियों का अभिनय करने के लिए आदेश किया। उसने ईश्वर, डीबोरा, जूडिथ, लाजरस की बहन मरियम, तथा प्रभु मसीह की माता मरियम का अभिनय किया। पूज्य पिता, मैं जानती हूं कि आपका संयमशील मन इन कृत्यों के विचार ही से कम्पित होता है, लेकिन आपने भी यदि उसे इन धार्मिक दृश्यों में देखा होता तो आपका हृदय पुलकित हो जाता। जब वह अपने खजूर के पत्तों से सुन्दर हाथ आकाश की ओर उठाती थी, तो उसके लोचनों से सच्चे आंसुओं की वर्षा होने लगती थी। मैंने बहुत दिनों तक स्त्री समुदाय पर शासन किया है और मेरा यह नियम है कि उनके स्वभाव और प्रवृत्तियों की अवहेलना न की जाय। सभी बीजों में एक समान फूल नहीं लगते, न सभी आत्माएं समान रूप में निवृत्त होती हैं। यह बात भी न भूलनी चाहिए कि थायस ने अपने को ईश्वर के चरणों पर उस समय अर्पित किया जब उसका मुख कमल पूर्ण विकास पर था और ऐसा

आत्मसमर्पण अगर अद्वितीय नहीं, तो विरला अवश्य है। यह सौन्दर्य जो उसका स्वाभाविक आवरण है, तीस मास के विषम ताप पर भी अभी तक निष्प्रभ नहीं हुआ है। अपनी इस बीमारी में उसकी निरन्तर यही इच्छा रही है कि आकाश को देखा करे। इसलिए मैं नित्य प्रात:काल उसे आंगन में कुएं के पास, पुराने अंजीरे के वृक्ष के नीचे, जिसकी छाया में इस आश्रम की अधिष्ठात्रियां उपदेश किया करती हैं, ले जाती हूं। दयालु पिता, वह आपको वहीं मिलेगी। किन्तु जल्दी कीजिए, क्योंकि ईश्वर का आदेश हो चुका है और आज की रात वह मुख कफन से ढंक जायेगा जो ईश्वर ने इस जगत को लज्जित और उत्साहित करने के लिए बनाया है। यही स्वरूप आत्मा का संहार करता था, यही उसका उद्धार करेगा।

पापनाशी अलबीना के पीछे-पीछे आंगन में गया जो सूर्य के प्रकाश से आच्छादित हो रहा था। ईंटों की छत के किनारों पर श्वेत कपोतों की एक मुक्त माला सी बनी हुई थी। अंजीर के वृक्ष की छांह में एक शय्या पर थायस हाथ पर हाथ रखे लेटी हुई थी। उसका मुख श्रीविहीन हो गया था। उसके पास कई स्त्रियां मुंह पर नकाब डाले खड़ी अन्तिम संस्कार सूचक गीत गा रही थीं-

'परम पिता, मुझ दीन प्राणी पर
अपनी सप्रेम वत्सलता से दया कर।
अपनी करुणादृष्टि से
मेरे अपराधों को क्षमा कर।'

पापनाशी ने पुकारा- 'थायस!'

थायस ने पलकें उठायी और अपनी आंखों की पुतलियां उस कंठध्वनि की ओर फेरीं।

अलबीना ने देवकन्याओं को पीछे हट जाने की आज्ञा दी, क्योंकि पापनाशी पर उनकी छाया पड़ना भी धर्म विरुद्ध था।

पापनाशी ने फिर पुकारा- 'थायस।'

उसने अपना सिर धीरे से उठाया। उसके पीले होंठों से एक हल्की सांस निकल आयी।

उसने क्षीण स्वर में कहा- 'पिता, क्या आप हैं? आपको याद है कि हमने सोते से पानी पिया था और छुहारे तोड़े थे? पिता, उसी दिन मेरे हृदय में प्रेम का अभ्युदय हुआ- अनन्त जीवन के प्रेम का!'

यह कहकर वह चुप हो गयी। उसका सिर पीछे को झुक गया।

यमदूतों ने उसे घेर लिया था और अन्तिम प्राणवेदना श्वेत बूंदों ने उसके माथे को आर्द्र कर दिया था। एक कबूतर अपने अरुण क्रन्दन से उस स्थान की नीरवता भंग कर रहा था। तब पापनाशी की सिसकियां देवकन्याओं के भजनों के साथ सम्मिश्रत हो गयीं।

'मुझे मेरी कालिमाओं से भलीभांति पवित्र कर दे और मेरे पापों को धो दे, क्योंकि मैं अपने कुकर्मों को स्वीकार करती हूं, और मेरे पातक मेरे नेत्रों के सम्मुख उपस्थित हैं।'

सहसा थायस उठकर शय्या पर बैठ गयी। उसकी बैंगनी आंखें फैल गयीं, और वह तल्लीन होकर बांहों को फैलाये हुए दूर की पहाड़ियों की ओर ताकने लगी। तब उसने स्पष्ट और उत्फुल्ल स्वर में कहा- 'वह देखो, अनन्त प्रभात के गुलाब खिले हैं।'

उसकी आंखों में एक विचित्र स्फूर्ति आ गयी, उसके मुख पर हल्का सा रंग छा गया। उसकी जीवनज्योति चमक उठी थी, और वह पहले से भी अधिक सुन्दर और प्रसन्न वदन हो गयी थी।

पापनाशी घुटनों के बल बैठ गया; अपनी लम्बी, पतली बांहें उसके गले में डाल दीं, और बोला- ऐसे स्वरों में जिसे स्वयं न पहचान सकता था कि यह मेरी ही आवाज है- 'प्रिय, अभी मरने का नाम न ले! मैं तुझ पर जान देता हूं। अभी न मर! थायस, सुन, कान धरकर सुन, मैंने तेरे साथ छल किया है, तुझे दगा दिया है। मैं स्वयं भ्रांति में पड़ा हुआ था। ईश्वर, स्वर्ग आदि यह सब निरर्थक शब्द हैं, मिथ्या हैं। इस ऐहिक जीवन से बढ़कर और कोई वस्तु; और कोई पदार्थ नहीं है। मानव प्रेम ही संसार में सबसे उत्तम रत्न है। मेरा तुझ पर अनन्त प्रेम है। अभी न मर। यह कभी नहीं हो सकता, तेरा महत्त्व इससे कहीं अधिक है, तू मरने के लिए बनाई ही नहीं गयीं। आ, मेरे साथ चल! यहां से भाग चलें। मैं तुझे अपनी गोद में उठाकर पृथ्वी की उस सीमा तक ले जा सकता हूं। आ, हम प्रेम में मग्न हो जायें। प्रिय, सुन, मैं क्या कहता हूं। एक बार कह दे, मैं जिऊंगी-मैं जीना चाहती हूं! थायस उठ, उठ!'

थायस ने एक शब्द भी न सुना। उसकी दृष्टि अनन्त की ओर लगी हुई थी।

अन्त में वह निर्बल स्वर में बोली- 'स्वर्ग के द्वार खुल रहे हैं, मैं देवदूतों को, नबियों को और सन्तों को देख रही हूं- मेरा सरल हृदय थियोडर उन्हीं में है। उसके सिर पर फूलों का मुकुट है, वह मुस्कराता है, मुझे पुकार रहा है। दो देवदूत मेरे पास आये हैं, वह इधर चले आ रहे हैं....वह कितने सुन्दर हैं! मैं ईश्वर के दर्शन कर रही हूं!'

उसने एक प्रफुल्ल उच्छवास लिया और उसका सिर तकिये पर पीछे गिर पड़ा। थायस का प्राणान्त हो गया! सब देखते ही रह गये, चिड़िया उड़ गयी।

पापनाशी ने अंतिम बार, निराश होकर, उसको गले से लगा लिया। उसकी आंखें उसे तृष्णा, प्रेम और क्रोध से फाड़े खाती थीं।

अलबीना ने पापनाशी से कहा- 'दूर हो, पापी पिशाच!'

और उसने बड़ी कोमलता से अपनी उंगलियां मृत बालिका की पलकों पर रखीं। पापनाशी पीछे हट गया, जैसे किसी ने धक्का दे दिया हो। उसकी आंखों में ज्वाला निकल रही थी। ऐसा मालूम होता था कि उसके पैरों के तले पृथ्वी फट गयी है।

देवकन्याएं जकरिया का भजन गा रही थीं-

'इजराइलियों के खुदा को कोटि धन्यवाद!'

अकस्मात उनके कंठ अवरुद्ध हो गये, मानो किसी ने गला बन्द कर दिया। वह इतना घिनौना हो गया था कि जब उसने अपना हाथ अपने मुंह पर फेरा, तो उसे स्वयं ज्ञात हुआ कि उसका स्वरूप कितना विकृत हो गया है!

***

www.ingramcontent.com/pod-product-compliance
Ingram Content Group UK Ltd.
Pitfield, Milton Keynes, MK11 3LW, UK
UKHW042016190726
13854UKWH00005B/2302

9 789390 852598